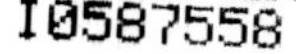

Bagriy & Co.

СЕМЁН КАМИНСКИЙ

Чья-то прошлая жизнь

сборник рассказов

Иллюстрации Андрея Рабодзеенко

Bagriy & Company
Chicago • Чикаго
2019

Simon Kaminski
SOMEONE'S PAST LIFE
A Collection of Short Stories
(Russian Edition)

The book is a collection of lyrical, humorous short stories about the latest wave of Russian immigration to America, and characters spanning several generations of the Soviet and post-Soviet eras in Russia and in Ukraine.

Семён Каминский
ЧЬЯ-ТО ПРОШЛАЯ ЖИЗНЬ
Сборник рассказов

Книга знакомит читателя с избранными рассказами прозаика Семёна Каминского, живущего в США. Эти истории — иногда весёлые, иногда лирические, но всегда увлекательно написанные — о русских и американцах, о представителях последней, «перестроечной» волны иммиграции в Америку, о людях разных поколений советской и постсоветской эпох в России и Украине.

ISBN: 978-1-7337824-4-9 (Paperback)
ISBN: 978-1-7337824-5-6 (E-book)
Library of Congress Control Number: 2019948774

Edited by Olga Novikova
Illustrations by Andrei Rabodzeenko
Book and cover design by Mykhail Kondratenko

Редактор: Ольга Новикова
Иллюстрации: Андрей Рабодзеенко
Вёрстка, обложка: Михаил Кондратенко

Published by
Bagriy & Company
Chicago, Illinois, USA
www.bagriycompany.com

Printed in the United States of America

СОДЕРЖАНИЕ

Заноза 8

Чья-то прошлая жизнь 19

Урюк 28

Два хобота 33

Папина любовь 36

Как Владимир Семёнович спасал нас 44

Стоцик 48

Сметана 60

Маркиза ангелов 65

Новый щеночек 70

Счастливчик 77

Отрава 84

Мама Пасюка 92

Швабра для Саддама 104

Чистая душа 111

Шутики мистера Калименко 116

Шоколадка 126

Драка 134

Судьба барабанщицы 137

Исход 158

День всех святых 162

Саша энд Паша 167

Боб, форшмак и рок-н-ролл 176

«Чёрный доктор» 189

Тёплая встреча 197

Дама с собачкой и мобилкой 203

Мест нет 205

Сервиз Гарднера 210

Ты сказала… 222

Гудбай, Руби Тьюздэй! 227

Утренний «ёрдок» 236

Пицца-гёрл 239

Учебное пособие по строительству замков из песка 265

Across The Room 282

Сладкие радости индейского лета 287

Тридцать минут до центра Чикаго 316

Ангелы по пять 327

Евсей Цейтлин. Чьи-то растаявшие жизни 331

Заноза

Хотя мне ещё не очень много лет, иногда, вспоминая какое-то событие или место, я вдруг с удивлением и некоторым смятением понимаю, что некоторых из тех, кто был со мной *там*, уже нет в живых… А те, кто есть, — где они? Где те, кто делил, играя «в ножичка», очерченный кругом кусочек грязной земли старого двора? Ел восхитительную, коричневую, со светлыми выпуклостями орехов трубочку мороженого, купленную в «стекляшке» на углу за целых 28 копеек? Дышал рядом в невыносимо потной тесноте июльского трамвая по дороге в провинциальный Дворец культуры, куда «Поющие гитары» привезли на один вечер рок-оперу «Орфей и Эвридика»?

Я не знаю. Попытки описать что-то такое (живущее теперь только в моей голове) жене, детям, новым друзьям — совершенно бессмысленны. Им просто становится скучно. И я вполне понимаю почему: нет у меня таких слов, чтобы описать воспоминание, имеющее некий чёткий смысл для меня, но для всех остальных — совсем незначительное. Неброское. Неяркое. Банальное…

Как передать, например, тягучий сонный летний мир морской слободки старого приморского городка, куда родители много раз привозили нас на лето? Мир, в котором остался запах высохшей морской травы, набитой в хрустящие матрасы. Вкус манной каши с большим куском сливочного масла — это мама подала нам завтрак в круглой беседке, сбитой из деревянных планочек во дворе дома, где мы остановились. Длинный огород, выходящий прямо к морю. Большущий паук с крестом на спине, в паутине, под потолком этой беседки (раньше никогда не приходилось видеть такого!). И тяжёлое солнце, долгими июльскими днями настойчиво давящее курортников к горячему мелкому пляжному песку...

А потом, уже в другой, более поздний приезд: босые, крепко загоревшие ноги и лёгонькие светлые волосы абсолютно недоступной девчонки — соседки наших хозяев. Наверно, ровесница... Совершенно немыслимо даже заговорить с ней. Даже подумать о том, чтобы заговорить с ней...

И как передашь тревожное ощущение своих четырнадцати лет?

Каждое пляжное утро отдыхающие начинали с ритуала сооружения личного шалаша. Все приходили со связкой четырёх аккуратно обструганных палок, которые вбивались в песок, и на них старательно привязывался тент из полосатых простыней. Не помню, возможно, родители послали меня к Лёшкиному шалашу одолжить на пару минут нужный камень для забивания палок? Или Лёшка подошёл посмотреть, как мы с отцом играем под нашим тентом в шахматы на старой, немного примятой картонной доске? А может, наш бадминтонный воланчик упал на их подстилку? Помню только, что, познакомившись, мы сразу и накрепко прилипли друг к другу, счастливые оттого, что здесь наконец-то нашёлся человек, с которым будет совсем не скучно делить размеренное летопровождение. Оказалось, что у нас похоже всё: возраст, любимые Стругацкие и Рэй Брэдбери, преподавательские профессии родителей, небольшие квартиры в центре больших соседних промышленных городов, количество братьев и сестёр.

А улыбка у него была такая: вроде бы человек долго-долго ждал чего-то, почти не надеялся найти и вдруг нашёл… и улыбнулся.

Как здорово теперь было вместе часами болтаться в мелкой, совершенно спокойной и почти не отличимой от температуры тела морской водичке! А вечером в десятый раз смотреть в душном местном клубе «300 спартанцев» и «Парижские тайны». И секретно обсуждать ту самую соседскую девчонку, к которой никому из нас никак не подойти…

Впрочем, с девчонкой всё решилось просто. Во время нашего вечернего променада по морской слободке один из знакомых «пляжных» мальчишек вдруг подвёл её к нам со словами: «Это — Ирка, она тут хотела с вами познакомиться». Ирка оказалась приветливой простушкой, много и безостановочно тарахтела, и стало понятно, что нам с ней совсем неинтересно.

Однажды Лёшка сильно занозил на пляже ногу — видно, на какую-то щепку наступил. Он долго и тщательно вытаскивал непослушную занозу из ноги, потом сообщил, что срочно идёт домой — обработать ранку. А в ответ на мои уменькие ироничные замечания по этому поводу заявил:

— Отец Маяковского, между прочим, умер оттого, что укололся булавкой, сшивая бумаги… А был крепким человеком, лесником, ходил на медведя в одиночку… Понял?

…Потом мы уезжали домой — в наши разные города, и ещё одно детское летнее знакомство грустно подходило к концу. Мы решили, как это обычно бывает, обменяться адресами и стали записывать их друг другу на клочках какой-то бумаги. Я очень стеснялся своей фамилии, однозначно и бесповоротно открывающей мою принадлежность к «некоренной» национальности. К той самой, которой вроде бы и не существовало в нашей большой советской стране. Но делать было нечего, и я, с чувством падения в пропасть, отдал ему свою бумажку… О, счастье! Совершенно ненашенское окончание «штейн» моей злополучной фамилии вполне соответствовало его «ман»… Похоже, мы были одного поля ягодки!

Мне лет пять. Я гуляю с бабушкой по улице Ленина, недалеко от старого трёхэтажного дома, где мы тогда жили. Проезжают редкие машины (и это одна из ближайших к центру улиц большого города — сейчас на этом месте просто постоянный затор). Медленно плетётся вверх по улице телега старьёвщика. Старенькая лошадь тянет, старается, периодически оставляет на дороге пахучие кучки — метит свой нелёгкий путь. Старьёвщик — лето, а он в телогрейке — придерживает на коленях вожжи и хитровато посматривает по сторонам. Во рту у него белая свистулька от воздушного шарика, время от времени она издаёт зудящий пронзительный звук.

Толстенные дубы вдоль тротуаров, незаасфальтированные круги серой земли вокруг каждого дерева. Мне всё интересно, и я подолгу разглядываю гигантские корни, уходящие в землю. Мне легко это делать не наклоняясь, потому что я маленький, земля ко мне близко.

Из-под арки дома выскакивают несколько мальчишек постарше — наши соседи по двору. Чумазые, воюют, чем-то бросаются. Баба Люба недовольно поглядывает на них.

— Почему они такие грязные? — спрашиваю я.

— Русские дети… — она поджимает губы.

Я не понимаю её ответа и, поразмыслив, через какое-то время спрашиваю:

— Это… как?

— Русские, — повторяет баба Люба. Видимо, мне всё уже должно быть ясно, но я по-прежнему не понимаю, что она хочет этим сказать.

— А мы кто?

— А мы — евреи.

Я больше ничего не спрашиваю.

Мне уже не до вопросов и не до этих мальчишек.

Я потрясён.

Осенью меня, «домашнего мальчика», почему-то решают «устроить» в детсад. Я покорно иду туда с мамой. Прихожая, одинаковые шкафчики, на дверцах которых намалёваны небольшие цветные картинки. «Этот шкафчик с арбузом — твой», — как-то чересчур радостно и настойчиво говорят мне, и уже сразу хочется домой. Это желание ещё больше усиливается от ненавистного мне запаха и вкуса сладких макарон с молоком.

После трёх дней посещения этого заведения бабушка и мама застают меня дома, бегающим и прыгающим по дивану с громкой задорной присказкой, смысла которой я не понимаю, но которая нравится мне незнакомым жужжащим словцом:

> Жид, жид, жид
> По верёвочке бежит!

И так — раз сто.

Я слышу, как бабушка твёрдо говорит маме:

— Чтоб я про этот детский сад больше не слышала!

Моё знакомство с детским садом благополучно заканчивается. Навсегда.

Мне — двенадцать лет. Я иду записываться в районную детскую библиотеку имени М. Светлова — это недалеко от дома, только проспект перейти. Читать я люблю, дома все книжки уже перечитаны по много раз, у знакомых и друзей — тоже. В маленькой библиотеке, которая расположена в полуподвале белой кирпичной пятиэтажки, всё время очередь. Наконец немолодая библиотекарша за стойкой начинает заполнять на меня формуляр:

— Имя?

Я достаточно громко говорю ей своё имя.

— Фамилия?

Я говорю фамилию. Тише.

— Национальность?

По-моему, меня с интересом слушает вся очередь. Я невольно ещё понижаю голос…

Спустя какое-то время отец высмеивает меня:

— Моя знакомая, Полина Давидовна Натансон, которая работает в детской библиотеке, рассказала мне, что ты стеснялся назвать свою национальность, когда пришёл записываться?

Много лет мы с Лёшкой регулярно писали друг другу пухлые письма. В них было всё: и жизнь, и стихи, и наши неразделённые влюблённости. Ездили друг к другу на каникулы, по очереди нетерпеливо просиживая тяжкие четыре часа в духоте общего вагона. Щенячья радость встреч, долгие-долгие ночные разговоры… о чём-то важном… бог знает о чём… запах бобинной «Дайны», разогретой от многочасового проигрывания «Beatles For Sale»:

This happened once before,
When I came to your door,
No reply…

С горем пополам мы учили в школе английский и почти не понимали, что они поют, эти удивительные парни. Только отдельные фразы… «No reply» — нет ответа… Нет ответа.

И опять лето, мы — студенты второго курса. Еле-еле я «добил» свою вторую экзаменационную сессию. В этот раз Лёшка приезжает ко мне. Я почти не сплю несколько ночей перед его приездом. За полтора часа до поезда прихожу на вокзал, до которого мне от дома — рукой подать. Слоняюсь по влажному от короткого летнего дождя перрону, подгоняю взглядом чёрные ажурные стрелки старых вокзальных часов. Наконец на вокзал неспешно вползает голубой фирменный поезд из его города.

Мы говорим, говорим не умолкая. Основная тема, по-прежнему, — «о них»: он, конечно, завидует — у меня уже есть девушка, и я, чувствуя себя солиднее и удачливее, задираю свой большой нос. А у него, такого красавчика, так ничего и не клеится: слишком много сомнений, рассуждений, слишком мало напора. Девчонки с ним дружат, гуляют — и выходят замуж за других.

В одной из своих прогулок мы оказываемся на берегу Днепра. Лёшка стоит спиной к реке, опираясь на светло-серый гранитный парапет, молчит, а я что-то оживлённо рассказываю и рассказываю, стоя перед ним: продолжаю, честно говоря, здорово хвастать. Вдруг кто-то сильно толкает меня сзади, да так, что я почти падаю на Лёшку.

Это — местные «пацаны». Самого крепкого из них я припоминаю — Тарас или Стас — из того дома, где живёт моя девчонка.

— Ты! — начинает он и всё остальное добавляет «матюгами». — Чтоб я тебя… с Люськой больше у нас во дворе не видел, понял?

Я понял: их — пятеро. И сам — не герой, и втягивать Лёшку в эти разборки не хочу. Когда они уходят, я уже совсем не чувствую себя перед ним героем-любовником и замолкаю. А Лёшка наконец потихоньку начинает рассказывать о себе. О прочитанных книгах, о Тарковском, фильмы которого, особенно «Андрея Рублёва», он обожает, о живописи…

В двадцать лет, во время студенческого туристического похода на лодках по рекам Алтайского края, Лёшка неожиданно заболел тяжёлой почечной болезнью. Товарищи подумали, что его сильно покусали комары, и всё время шутили по этому поводу. Правда обнаружилась уже дома.

Я приезжал к нему, ходил в больницу, откуда его почти не выпускали. Было страшно видеть его тонкое лицо до неузнаваемости отёкшим, похожей оставалась только улыбка. Похожей…

Кто-то знакомый с медициной сказал мне: «Он не протянет больше трёх лет…» Я очень разозлился на говорившего — как он осмелился такое…?! Да этого просто быть не может!

Ни заботливые родители, ни хорошие врачи, ни лучшие в то время лекарства не смогли спасти Лёшку. Он провалялся в разных больницах своего города чуть больше года — диализ, диализ… опять диализ! Потом родители решились перевезти его в Москву. Он умер осенью в Склифе.

В одном из последних писем Лёшка с обычным юмором описывал свои приключения в больнице перед отъездом в Москву. Оказывается, там он умудрился познакомиться с красивой девчонкой лет восемнадцати. Её не смутила его болезнь, его вид тяжёлого почечного больного… Её звали Ирой. Она лежала в каком-то другом отделении, кажется, ей вырезали гланды, и вскоре выписали, но она продолжала каждый день навещать его.

К концу тон письма неожиданно менялся:

«Ты знаешь, это всё-таки произошло. В пустом актовом зале. Это так здорово».

Я прилетел в его город, такой знакомый город, и в этот же вечер мы — друзья и какие-то незнакомые мне люди (оказалось, что сотрудники института, где преподавал Лёшкин отец) — встречали самолёт из Москвы. Вышли родители — тихие, очень уставшие. Все стояли кучкой посреди зала, долго чего-то ждали, негромко переговариваясь. Не сразу я понял, что ждут, когда из самолёта выгрузят гроб — цинковый гроб со стеклянным окошечком на крышке. Я заглянул в окошечко — там был мороз, чужой желтоватый высокий лоб и чёрные волосы, почему-то зачёсанные назад. Мы помогли внести его в какой-то микроавтобус, а дома — поднять по лестницам в квартиру. Поставили на столе в гостиной. Вместе с родителями нас осталось всего несколько человек — самые близкие. Стали отпаивать крышку разогретым утюгом.

— Нужно переодеть… рубашку и костюм, — сказала Лёшкина мама, — помогите, пожалуйста, приподнять.

— Очень тяжёлый, — сказал отец.

Мы переодевали Лёшку — ничего страшнее в моей жизни никогда не было. Дай бог, не будет. Говорили по-прежнему тихо, междометиями.

— Какой же ты холодненький, Лёшенька! — вдруг зашлась в крике мама…

Утро похорон было дождливое. Во дворе большой сталинки собралась толпа, высокий Лёшкин папа, сгорбившись, косо держал над гробом зонтик. Я обнаружил стоящую рядом со мной симпатичную заплаканную девушку и поймал себя на том, что разглядываю сбоку её лёгонькие светлые волосы, покрасневшие веки и пухлые губки… и немного улыбаюсь… Да как же я могу?! В такой момент! Я даже незаметно посмотрел по сторонам — не увидел ли кто эту ужасную мою улыбку? Преступную улыбку? Слава богу, вроде бы никто…

Нет старых дубов на улице Ленина, вместо них уже давно посадили молоденькие клёны. И клёны эти успели вырасти. И чтобы увидеть что-то на земле, мне нужно не просто наклониться — мне нужно стать на колени на эту землю. Впрочем, это уже совсем другая земля — далеко-далеко от старого дома (его снесли в девяностых), чумазых русских мальчишек, библиотеки имени М. Светлова и сладких макарон с молоком. Жена у меня — русская, сыновья не только говорят, но и думают по-английски, и никому нет особого дела до моей фамилии и национальности — да мало ли разных фамилий и национальностей на свете?

А я… мне ещё не очень много лет, но иногда, вспоминая какое-то событие или место, я вдруг с удивлением и некоторым смятением понимаю, что некоторых из тех, кто был со мной *там*, уже нет в живых. Только саднит и саднит вросшая, назойливая заноза моей памяти. И уже никак эту занозу не вытащить — пока думается и помнится… Пока живой.

Чья-то прошлая жизнь

Просторный двухэтажный дом был выстроен из красного кирпича на одной из уютных боковых улочек в центре города лет сто назад. Даже молодым он выглядел не шикарно, но приятно и солидно, как и его хозяйка — всеми уважаемая Фейга Юдковна, повивальная бабка, акушерка — краснолицая, большезадая, с коротковатыми полными ногами, уверенно стоящими на земле старого украинского «міста». Она безотказно пользовала и евреек, и русских, и украинок, а однажды принимала роды у таборной цыганки, которую привезли ночью на двухколёсной бричке прямо к Фейге во двор. Видно, какие-то уж чересчур трудные роды случились, раз цыгане не решились принимать их в таборе сами. Тут же во дворе цыганские роды были оперативно и благополучно приняты, только Глашка, которой пришлось таскать кастрюли с горячей водой по деревянной лестнице со второго, хозяйского, этажа, крепко умаялась.

Помогать-то Фейга Юдковна всем помогала, но цену себе знала, и деньги за помощь брала немалые, особенно с тех, у кого они были. И деньги, и золотые-серебряные украшения, и камушки. Поэтому и дом такой серьёзный смогла построить на месте квёлого, старенького, доставшегося от родителей, когда-то державших скромную мацепекарню.

Свежую ломкую мацу к празднику Фейга, конечно, любила, но родительское дело казалось ей неинтересным. Собственное занятие было гораздо важнее и денежнее мацы, и спрос на её умения оставался непреходящим, так что пекарню она продала. Её муж, тихий и не больно удачливый коммивояжёр, слушался супругу во всём беспрекословно.

А тайны ей были известны самые страшные и не подлежащие разглашению даже за давностью лет. Все знали, что она не только роды принимает, но и другие услуги оказывает, изредка помогая грустноватому доктору Лукацкому, тоже жившему неподалёку, но об этом никто не распространялся. Фейга Юдковна — персона нужная, кто знает, может, её помощь когда-нибудь понадобится, чего ж зря болтать.

И бабкой её тогда, конечно, никто не звал: когда дом построили, ей, может, лет тридцать всего было. Близкие называли её Фаней, а кое-кто из русских и украинских знакомых — Феней.

В общем, достойная была женщина, но надменная, характер имела весьма скандальный и всерьёз рассорилась со своими соседями: с одной стороны вплотную к её дому стоял домик грека-бакалейщика, а с другой, чуточку подальше, — дом какого-то местного чиновника средней важности. Что именно они не поделили, история умалчивает, но нетрудно предположить: как раз эти самые не подлежащие разглашению тайны и сыграли свою роль. Потому что и жена немолодого грека, и жена неприветливого чиновника были женщинами не работающими, не шибко красивыми, но весьма и весьма любвеобильными. И кто-то якобы видел их неоднократно посещавшими умелую соседку... Хотя, может, они к ней просто по-соседски заходили, одолжить луковицу или немного постного масла? Однако факт есть факт. Назло акушерке обиженные мужья, по-видимому сговорившись, так надстроили свои одноэтажные дома, что со стороны грека во всех окнах её дома навсегда наступил полумрак. А со стороны чиновника, где между домами был узкий проезд во двор Фани, если и заглядывало солнышко, то ненадолго, поутру, на несколько часов. Надо же — и денег не пожалели! И оказался её хороший дом нелепо зажатым между двумя глухими, уродливо высокими кирпичными стенами.

Впрочем, тогда уже некому было особо обращать внимание на красоту или удобства. Потому что вскоре понеслись мимо (и слава богу, что мимо!) малахольные конники бандитского вида, направляясь к главному городскому почтамту. Пошли рядами на митинги и парады красные товарищи с бодрящими песнями и под весёлым хмельком. А потом, почти не глядя по сторонам, проехали чёрные оккупанты в огромных грузовых автомобилях. Этих Фанина семья, правда, не видела (опять же, слава богу!), так как успела эвакуироваться, но самому дому всё это, без сомнения, было отлично видно. Например, как недалеко упал сбитый самолёт, и улица, спустя несколько лет, стала называться именем Героя Советского Союза — погибшего в нём лётчика.

Затем жизнь чуть наладилась, но дому было нехорошо. В каждой, даже самой тесной комнатушке селились в большом количестве новые люди и тараканы, а растущая семья Фейги Юдковны — муж, сын, невестка, внуки — после эвакуации стала помещаться всего в двух комнатах, да и то с соседями.

В доме и во дворе противно запахло старым борщом и какой-то совершенно неописуемой дрянью. Стены поросли плесенью, кирпичи кое-где выпали, так что зрелище и вовсе перестало быть приятным и, тем более, солидным. В окнах стало ещё темнее.

Хотя возраст настойчиво брал своё, какое-то время Фаня ещё служила фельдшером в больнице скорой помощи, но домашнюю практику прекратила — это было нынче строжайше запрещено и грозило ужасными бедами, о которых даже шёпотом говорить не стоило. Возможно, случаи такие в обстановке особой секретности всё-таки были: кто ж, как не Фаня, выручал самых разнесчастных, одиноких и покинутых? И теперь почти за символическую плату… Но кто это докажет? Глашка из нижнего этажа ей помогает? Да нет, нет, боже упаси! Глаша просто приходила по старой дружбе варенье варить в глубоком медном тазу.

Как-то раз в сумерки к Фане на веранду поднялись две посетительницы. Одна из них была хозяйке знакома — учительница в соседней школе.

— Вот, Фанечка Юдковна, дочка моя, Ленка… — тихо вздохнула гостья, присаживаясь на краешек табурета в Фаниной прихожей, превратившейся в тесную кухоньку, — неполных пятнадцать — и уже… Помогите непутёвой.

Фаня оглядела непутёвую дочку учительницы, стоящую перед ней.

— Косу с детства, выходит, ещё не резали? — поинтересовалась Фаня, взвешивая на руке толстую чёрную девчачью косу.

— Не, — не поднимая глаз, еле слышно проговорила щуплая девушка, — не резали.

— И кто ж этот герой? — ехидно продолжала Фаня, наклонив голову и пытаясь заглянуть Ленке в глаза.

— Не говорит, — опять вздохнула учительница после короткой паузы. — Ревёт, но не говорит…

— Вы, Тамара Борисовна, подождите здесь минутку, мы в столовую пройдём, — Фаня увела девушку в комнату. Учительница так и осталась сидеть на табуретке, глядя перед собой в растрескавшуюся побелку кухонной стены и не решаясь встать.

— Вот что, — сказала Фаня, возвращаясь минут через двадцать, — худая она, поэтому на ней не видно, но делать уже поздновато… и я не хочу. Нужно оставлять.

— Да что вы говорите?! — громко всхлипнула учительница, тут же прикрывая себе рот рукой. — И никак нельзя?..

— Никак, — отрезала Фаня, — но думаю, что всё будет хорошо. Я в больнице договорюсь: есть надёжные доктора, и я сама при том обязательно буду. Только надо в другую школу перевести, чтобы разговоров было поменьше. А самым ретивым мы рты позакрываем: и у них бережно хранимые секреты найдутся. Я подноготную у половины города знаю. И в гороно есть нужные люди… Про своего героя она мне рассказала, гоняться за ним не стоит, без него справитесь. И не донимайте эту дурынду вопросами. Не она — первая, не она — последняя. Такая жизнь…

И снова с флагами и транспарантами мимо регулярно двигались хорошо организованные трудящиеся массы, так же организованно и массово заходя облегчиться во двор, попавшийся им по дороге в коммунистическое далёко и к трибунам центральной площади. И хотя в глубине двора виднелся туалет из серых шлакоблоков, мужчины поливали стены дома, а дамы присаживались под той самой деревянной лестницей, ведущей на второй этаж. Транспаранты и флаги ожидали в некотором отдалении, прислонённые к стенам. Запах усиливался.

— Как там ваш наследник непутёвый? — спрашивала Фаня у Тамары Борисовны, приходя в школу за своей младшей внучкой.

— Толик очень даже путёвый! — расцветала учительница. — Умный мальчик растёт. А Ленка устроилась работать в домоуправление. Замуж вышла, муж хороший, Колей зовут, Толика усыновил. Сейчас Лена второго ждёт, сильно поправилась. Про вас она с таким уважением всегда вспоминает. Толик, говорит, вырастет, непременно про Фанечку Юдковну ему расскажу, он поймёт.

— Да бросьте, ничего он не поймёт, — махала рукой Фаня, прощаясь, — что они понимают?

С годами дом сильно просел: первый этаж, в котором когда-то хранилась утварь и обитала прислуга, а теперь квартиросъёмщики, частично ушёл под землю. Полы из длинных крашеных досок прогнулись; когда их мыли, к центру комнат стекала вода, туда же скатывались катушки с нитками, детские мячики и машинки. Щели поглощали не только самые мелкие предметы — булавки из рук пришедшей на дом модистки, бусинки рассыпавшегося перламутрового мониста и монетки, но даже карандаши, ручки и расчёски, а иногда что-то покрупнее, и всё это уже никоим образом не получалось достать. Может, именно там незаметно потерялись и долгие годы, наполненные однообразными хлопотами? Притаились тревожные шорохи и заглушённые стоны от нестерпимой боли? Спрятались неясные воспоминания?

Фаня — теперь уже, бесповоротно, баба Феня — тоже сдала, совсем не практиковала и мучилась настырным в своём постоянстве радикулитом, согнувшим её в три погибели. Мужа давно не было, дети не шибко её почитали, переселив в самую тёмную комнату, да она и сама не хотела занимать светлое жизненное пространство. Она начала путать имена своих внуков и правнуков и перестала слышать, когда у неё что-то просили, особенно когда просили деньги. А молодое поколение, уже не скрывая, смеялось над тем, как она говорила «бирлянды» вместо «бриллианты», рассказывая о прошлой жизни, о каких-то тайнах и своём деятельном участии в судьбах разных — счастливых и несчастливых — людей. Да и кто вообще верил в эту прошлую жизнь бабы

Фени? Разве что почти такая же древняя Глашка, которая все эти годы так и жила в двух каморках нижнего этажа. Она и её муж Яким по-прежнему называли бывшую хозяйку Фейгой Юдковной и не забывали приносить на пасху освящённую сладкую пасочку собственной выпечки. Баба Феня целую неделю ела её маленькими кусочками вместе с мацой, запивая чаем.

Ровно через двадцать лет, день в день после смерти бабы Фени, дом наконец признали аварийным и должны были снести, а жильцов переселить. Фенин сын и его уже женатые дети очень радовались получению квартир (правда, в дальнем-дальнем рабочем микрорайоне), а никчёмный дом, так ужасно надоевший всем своими старческими проблемами, постарались забыть навсегда. И он остался пустовать в центре города, на одной из уютных боковых улочек имени Героя Советского Союза.

А потом флаги, транспаранты, парады, хорошо организованные трудящиеся массы прекратились, и про дом забыли ещё лет на десять. Он был уже так страшен, что даже появившиеся бомжи боялись туда забираться — вдруг обвалится. Впрочем, соседние дома, по-прежнему закрывающие его от солнца, выглядели не намного лучше.

* * *

Правление банка размещается в двухэтажном доме красного кирпича. Дом древний, ещё и плывуны под ним обнаружились, правление кучу денег ухлопало, чтобы не только привести его в порядок, но хорошо укрепить фундамент и достроить в глубь двора. Земелька тут теперь ох как дорого стоит — центр города!

Анатолий Николаевич, президент банка, мужик прижимистый. Даже кондиционеры поставили всего по одному на отдел — экономят на чём могут. Но вот что удивительно: два соседних одноэтажных дома приказал выкупить и высокую кирпичную кладку, что торчала на их стенах, почти примыкающих с двух сторон к зданию правления, обязательно разобрать. А зачем эти странные, намного выше крыш надстройки были сделаны — никому не известно. Кто-то слышал, что так от пожара в прошлом защищались, другие говорят, что только шеф настоящие причины знает, что-то личное у него связано с этим домом, где сейчас правление, хотя он в нём никогда не жил.

Как-то раз подкатили к нему на корпоративной вечеринке с вопросом, как бы между прочим. А он смеётся, говорит, если бы не было этого дома и его хозяйки, и меня, может, не было. И надстройки, мол, с соседних домов он убрал не только для того, чтобы в правлении было светло, а чтобы восстановить справедливость за всю прошлую жизнь. Шутит, наверно, или был навеселе — перед этим одну грандиозную сделку провернули…

В общем, толком никто и не понял: что это за справедливость такая? Что за хозяйка? И чья прошлая жизнь?

Урюк

В Самарканд ехали долго, иногда в вагонах, а иногда на каких-то открытых платформах, часто пересаживаясь с одного поезда на другой. Когда начинался налёт, мама сразу же крепко хватала Гришку за руку, прижимала к себе и старалась не отпускать ни на секунду: пару раз он уже убегал стрелять по самолётам из толстой палки, которую таскал с собой. Звук строчащего пулемёта он изображал ртом очень здорово — научился незадолго до отъезда, когда возле их дома на Чечелевке играл с пацанами в войнушку. Нужно было прижать язык изнутри к стиснутым зубам и с силой выдувать из себя воздух; если долго так делать, то начинала немного кружиться голова. А палку он потом потерял — забыл возле скамейки на какой-то станции, где они, расположившись со всеми своими чемоданами и узлами, ждали очередного поезда. Гришка дремал, а младший мамин брат Ёська вдруг примчался и закричал: «Давайте скорее, на пятом пути уже отходит на Ташкент!» Все побежали, дедушка потащил сонного Гришку на руках, и про палку Гришка вспомнил уже тогда, когда поезд тронулся. Палку жалко, она была замечательная — почти ровная, с двумя сучками, как рукоятки у автомата.

На третий день после того, как приехали в Самарканд и сняли две комнатки, дочку хозяина дома ужалил в ногу скорпион. Дочку звали Маликой, они играли, сидя вечером на корточках на тёплой утоптанной земле двора, и скорпион, похоже, выскочил откуда-то из-под камня. Гришка его даже не рассмотрел как следует.

Ой, как Малика орала! Её папка прибежал со стеклянной банкой, стал мазать укушенное место каким-то лекарством из этой банки, а мама Малики принялась поить её молоком, заставила выпить целых три стакана, и они, все сразу, что-то громко говорили по-узбекски. Пока это происходило, Гришка околачивался рядышком, посматривал то на них, то на банку: там в прозрачном масле плавал другой, коричневый, дохлый скорпион, и ужасно хотелось его получше разглядеть… А Малика — ничего, на следующий день они уже опять играли во дворе.

С собой из дому они привезли много ненужного — миски, кастрюли, подушки, а вот палку он потерял, и большую пожарную машину мама с собой брать не захотела, как он ни упрашивал. Правда, лестница у машины была отломана, и красная краска немного ободралась, но все равно оставлять её фашистам было очень жалко. Бабушка же больше всего переживала за свои тарелки с золотым ободком и всю дорогу причитала: «Как там наша посуда? Как посуда? Осенька, не бросай так чемодан! Маня, осторожно! Осторожно! Всё разобьётся! С чего мы будем есть? Нам же нельзя с некошерной посуды!» И пока тарелки не распаковали и не водрузили стопкой на шкаф, не успокоилась. Теперь дедушка или Ёська доставали их оттуда перед обедом, а после еды, когда бабушка их перемоет, так же аккуратно составляли назад. Старый хозяйский платяной шкаф с широкой зеркальной дверцей стоял в комнате у бабушки и дедушки, там же спал Ёська, а Гришка с мамой помещались вместе на одной кровати в смежной каморке без окон.

Хотя ночами мама плакала тихо, Гришка просыпался. Он знал, что писем уже давно не было, и боялся что-то спрашивать, только лежал, притаившись в темноте, и слушал, как мама вздрагивает и глотает слёзы. Внутри всё у него становилось сильно колючим, он думал, думал, но потом опять крепко засыпал. И никогда не слышал, как мама уходила утром на работу, хотя он очень хотел сказать ей «с добрым утром» и вообще что-нибудь.

Иногда дедушка устраивал весёлое представление. Он усаживал Гришку в определённом месте комнаты, близко к шкафу, на колченогую табуретку, и приказывал не вставать. А сам надевал соломенную шляпу и заходил за противоположный угол шкафа, с той стороны, где зеркальная дверца, но прятался не полностью, а так, что его голова и туловище оставались видны ровно наполовину. Затем дедушка прижимался носом к углу шкафа, смешно надувал щёки, выпучивал глаза, взмахивал руками и… взлетал. Ноги его удивительнейшим образом отрывались от земли, шляпа тоже приподнималась и повисала над головой. В первый раз от такого зрелища Гришка был просто в восторге, но, даже поняв в чём фокус, с радостью смотрел этот трюк ещё не один раз. С того места, где стояла табуретка, не было видно, что правая дедушкина нога стоит за углом шкафа на полу, и его правая рука, невидимая для Гришки, приподнимает шляпу. Дедушка отрывал от пола только левую ногу и махал в воздухе только левой рукой, но зеркало, в котором отражались и нога, и рука, и шляпа, создавало вторую половину его тела, и возникала полная иллюзия отрыва дедушки от земли и старой шляпы — от его головы.

И ещё на шкафу, рядом с тарелками, в белом полотняном мешке хранился урюк. Его купили на базарчике, понемногу доставали из мешка и тогда давали Гришке полакомиться.

Но хотелось больше. Когда в комнате никого не было, он забирался на ту же самую табуретку и, еле дотягиваясь до мешка, таскал урюк через проделанную дырочку. В течение нескольких дней ему это удавалось, но вдруг, во время следующей попытки, он сделал неловкое движение, потерял равновесие и, схватившись за мешок, падая, потянул его вниз. И тут же со шкафа полетели вниз одна за другой и драгоценные бабушкины тарелки…

Бабушка в это время сидела во дворе, недалеко от открытого окошка, разговаривая с мамой Малики. Услышав жуткий грохот и звон, она, держась за сердце, вбежала в комнату. За ней — дедушка, мама Малики, Малика, Ёська…

Обалдевший Гришка сидел на полу среди осколков с золотым ободком, перевёрнутой табуретки, оранжевых шариков из разорвавшегося мешка и во все глаза смотрел на бабушку. Он уже смирился с тем, что сейчас его убьют.

Но тут в тишине послышались быстрые шаги, и в проёме двери появилась мама.

— Он живой, — как-то очень чётко проговорила она, не обращая внимания ни на Гришку, ни на тарелки, ни на урюк, и показала зажатую в руке бумажку, — видите, он живой!..

Какие-то тарелки бабушка потом очень удачно купила у бухарского еврея по имени Сулейман. Тот усердно клялся, что они кошерные, кошернее не бывает.

Два хобота

Играет лёгкая танцевальная музыка. Ну, допустим, оркестр Гленна Миллера из американской кинокартины «Серенада солнечной долины». Или оркестр нашего Эдди Рознера.

Однажды летом, наверно, в воскресенье, маленького мальчика повели в зоопарк. Повели его мама и папа… Ага, раз с ними был папа — это точно было воскресенье. Начну сначала.

Однажды летним, солнечным, но не жарким воскресеньем мама и папа повели маленького мальчика в зоопарк. Мама нарядилась в чёрное шёлковое платье в крупный белый горошек, на котором красовалась стеклянная брошка в виде стрекозы, и соломенную шляпку — так тогда было модно. А папа… Впрочем, какое имеет значение, в чём был папа?

В зоопарке самым главным зрелищем считался африканский слон. Очень пожилой, но всё-таки слон. Каждый день такого у себя во дворе не увидишь. И вообще во дворе не увидишь. А в те времена даже по телевизору — редко. И телевизор был не у всех. Толпа перед загоном слона стояла большая-пребольшая, но маленьких детей с родителями пропускали вперёд. День выдался, как я уже отметил, солнечный и нежаркий, по радио в зоопарке транслировали вот эту самую лёгкую музыку, мороженое и газированную воду продавали во всех киосках, так что посетители вели себя почти вежливо.

Слон, как говорится, видал виды. Кожа у него была как огромная, серая, мятая промокашка, а многие части тела от долгой жизни сильно обвисли.

Мальчик внимательно рассматривал слона, стоя перед заборчиком и держа маму за руку, а потом, подняв голову, спросил:

— Мама, а почему у слона два хобота? Один — спереди, ещё один — сзади, и оба достают почти до земли…

Мама сильно смутилась от такого громкого и совершенно конкретного вопроса, тем более что она и сама заметила некоторые анатомические особенности старого африканца. Она в замешательстве оглянулась, чтобы поручить ответ папе, но папы рядом не оказалось. А окружающие люди, услышавшие вопрос юного натуралиста, с интересом смотрели на маму и ждали, что она ответит.

— Давай поищем нашего папу, — наконец нашла что сказать мама и решительно потащила сына сквозь толпу. — Сейчас нам папа всё объяснит!..

Но найти папу сразу не удалось, и мама чуть не оторвала мальчику руку в процессе быстрого передвижения по аллейкам, посыпанным мелким хрустящим ракушечником. Папа обнаружился на белой скамейке, в некотором удалении от слона. Он сидел рядом с какой-то незнакомой тётей, и они ели пломбир. Причём тётя, видимо, была незнакомой только для мальчика, потому что папа с ней разговаривал очень оживлённо. Но, когда мама с мальчиком подошли поближе, папа не стал больше продолжать разговор, вскочил и направился к ним навстречу. А мама почему-то стала говорить с папой шипящим голосом, наверно, изображала змею, которую они перед этим видели в серпентарии. И рассказывала она ему совсем не про слона, а про какую-то грязную свинью. И так всю дорогу домой. Мальчик хотел всё-таки выяснить подробности про слона, но мама с папой были так заняты обсуждением этой свиньи, что ему и слова вставить не дали.

А потом воскресенье закончилось.

И тут мы подходим к моменту, когда я должен сделать признание. Лёгкая танцевальная музыка обрывается… Тишина.

Этим мальчиком был я.

Но теперь я очень редко думаю о том, почему у старого слона было два хобота. Тут хотя бы с одним разобраться.

Папина любовь

Много было всего: разопрелого днепровского воздуха, громких прощаний, беспокойных дымных запахов, плеска мутноватой воды под трапом, колких отблесков на лицах от больших золотых букв «Матрос Вакуленчук», полукругом расположенных по борту теплохода. Мама стояла под крышей синего домика плавучей пристани, возле белых деревянных перил, и держала Юльку на руках. Юлька выворачивалась попкой, тянулась куда-то в сторону, а мама старалась повернуть её лицом к ним — посмотри, вон папа и Коля уезжают на пароходе, ту-ту-у… ну, посмотри, что ж ты вертишься!

Они с папой на палубе — настоящие отъезжающие в далёкое и опасное путешествие (по морям, по волнам): папа — в широких светлых штанах, Колька — в шортах (многострадальные колени густо замазаны зелёнкой), папина рука лежит на Колькином плече. Немного снисходительные ко всем тем, кто остаётся на дебаркадере, и особенно к тем, кто дальше — там, на берегу, они стоят с лёгкой спокойной улыбкой…

Какое там — спокойной! У Кольки всё так и подскакивает внутри: сейчас теплоход отвалит от пристани родного города, и начнётся летнее отпускное путешествие с папой… Ну, не по морям, а по Днепру, не очень далёкое — до Херсона и назад, и не долгие годы пройдут до их триумфального возвращения, а три дня… но об этом совершенно незачем думать! Тем более что в это путешествие решено отправиться исключительно мужской компанией — Юлька ещё маленькая и недавно переболела воспалением лёгких, а значит, женщины, как положено, остаются на берегу…

Вот они уже и остаются! Гудок, ещё гудок… Кто-то, добавляя шума, неразборчиво кричит откуда-то сверху (капитан теплохода, в рупор?), толстый грязноватый канат с облегчением освобождён от потёртой железной катушки, и — поплыли… Отступили назад перила дебаркадера, мамины махи свободной рукой, название города над её головой, машины на набережной, толстый элеватор и причудливые пируэты портовых кранов… Плывём!

Потом началось неторопливое удовольствие обустройства в двухместной каюте. Разложили вещи, спрятали в утробу одной из коек клетчатый матерчатый чемодан на молнии. Долго щёлкали разными кнопками от ламп, открывали и закрывали окно, выходящее на палубу первого класса. Так же, не спеша, отправились в ресторан, в конец длинного коридора, и их неясные отражения шли вместе с ними в тёмном полированном дереве многочисленных дверей. Колька на ходу рассматривал какие-то странные картинки, эмблемы и усердно читал инструкции в аккуратных рамках. Папа что-то спросил у официанта, выбрали столик, а затем, прямо из ресторана, вышли на открытую площадку кормы и постояли на тугом ветру, у флага — не могли оторвать взгляда от спешащей за теплоходом бесконечной струи… пока не появилась компания молодых людей с гитарой, которые, едва расположившись на шезлонгах, грянули нестройно, но рьяно:

У крокодила морда плоская,
У крокодила морда плоская,
У крокодила морда плоская,
Он не умеет целовать.
Его по морде били чайником,
Его по морде били чайником,
Его по морде били чайником,
Чтоб научился целовать.

После ужина они сразу же облазили весь теплоход: спускались на нижние палубы, заглядывали в громкое, суетливое машинное отделение и в молчаливый парадный носовой салон, пустой, с зачехлёнными сероватой тканью диванами и роялем. А в сумерки даже постояли перед крутой лестницей на капитанский мостик, где из окон рубки падал на их поднятые вверх лица таинственный свет.

Самым же интересным оказался проход теплохода через шлюзы: все пассажиры при этом обязательно заполняли палубы, пристально рассматривая огромные — много выше их судна! — шлюзовые ворота в потёках склизких зеленоватых водорослей и густую некрасивую пену за бортом, слушали какие-то гудки, шумы и тарабарские переговоры.

Папа беспрерывно что-то объяснял Кольке или увлечённо рассказывал о приключениях из своей молодости. Получалось, что детство и юность у него были довольно бесшабашные, и в это никак не верилось, глядя на теперешнего папу — в больших очках, полноватого, всегда такого аккуратного («пи-да-гог» — так говорила про него лучшая мамина подруга тётя Рая, медленно, с нажимом процеживая каждый слог сквозь испачканные красной помадой зубы).

— ...В коридоре нашей коммуналки было темно, особенно если входишь с улицы. Жил там у нас Лёва Коган, погружённый всегда в какие-то свои мысли. И вот, на зимних каникулах, Лёва Коган, за целый день насмотревшись на зверей из заезжего зверинца, пробирается почти на ощупь к себе в комнату. А я поджидаю его в углу. Протягиваю руки с шапкой, ласково касаюсь мехом его лица и тихо говорю «р-р-ры»… Он визжит, отскакивает куда-то назад, падает на задницу в чьё-то помойное ведро и с новым воплем переворачивается на пол. Распахиваются двери, зажигают свет… Мой дядя Сева мгновенно всё понял и мне — бах!..

Бойкая компания с гитарой по-прежнему встречалась им в самых неожиданных местах теплохода, казалось, что, сидя кружком, они распевают одну и ту же задорную песню, аккомпанируя папиным историям:

> У бегемота нету талии,
> Он не умеет танцевать.

После чего неотвратимо следовало:

> Его по морде били чайником,
> Чтоб научился танцевать.

— …Я подхожу к этому блатыге Ромке, вот так вытаскиваю папиросу изо рта…

— А ты что — курил?!

— Ну да, немного… не в затяжку… просто модно было. В общем, я подхожу и говорю ему: «А пошёл ты знаешь куда!» Он остолбенел, а я с ходу ему — под дых… Он стал приседать на корточки, дышать не может, а я говорю, да чтобы я тебя больше никогда…

Заснул Колька внезапно, едва прилёг на минутку в каюте, не раздеваясь, под звуки ночного шлюзования. Спалось ему отлично, ничего не снилось, а утром он первым делом выскочил на палубу — что там нового, радостного и удивительного? Какие незнакомые города и пристани проплываем, чем гружены длиннющие встречные баржи, как называются и кого везут разнообразные катера и лодки?..

— Коля, — окликнул его папа. Он сидел с какой-то молодой женщиной. — Познакомься, Валентина Илларионовна… преподаватель музыки.

Колька изобразил воспитанного мальчика — подошёл, поздоровался, ответил на пару вопросов, чувствуя, что неинтересно не только ему — отвечать, но и этой… как её… Валентине Илларионовне — спрашивать. Она задавала их вкрадчивым, словно круглым голосом, и сама была круглолицая, в невесомом сиренево-цветочном платье, которое, как подумалось Кольке, неприлично облегало и местами как-то пропадало на ней. А когда она посмотрела Кольке прямо в лицо, то глаза у неё оказались неожиданно прозрачные и холодные — вылитая Снежная королева, только летом.

— Я пойду… умоюсь, — заявил Колька и удрал в каюту.

Весь этот день они были с папой уже не одни. И на палубе, и в ресторане, и когда теплоход подолгу стоял возле очередного города и можно было пойти погулять по набережной, а иногда и по ближайшим улицам или паркам, с ними была Валентина. Она негромко, но значительно смеялась всем папиным шуткам, носила с собой журнал «Иностранная литература» и сладко пахла. Днём сидеть на палубе в шезлонге было жарко, её цветастое платье прилипало к ногам, она часто приподнимала его и даже слегка обмахивалась краешком подола. Папа по-прежнему не замолкал, но забавные пацаны из рассказов исчезли, теперь упоминались Суриков, Герасимов, Вертинский, Григ…

— Коля, ты бы пошёл познакомился вон с теми ребятами — по-моему, они твоего возраста, — периодически предлагал ему папа, прерывая беседу, но Колька никуда не отлучался, молча рисовал в тетрадке звездолёты или вертелся неподалёку, посматривая то на воду, то на берег, то на Валентину.

Вечером в носовом салоне папа отвернул с рояля толстый чехол, и Валентина так долго и старательно играла, что вся её гладкая причёска растрепалась, и в салон стали заходить люди с прогулочной палубы, рассаживаться на диванах. Папа остался стоять, облокотившись на рояль, внимательным лицом — к Валентине, а Колька сидел с ногами в самом дальнем угловом кресле, скучал.

И ночью Валентина снилась Кольке. Там, во сне, ей вообще всё время было жарко, цветастое платье снова прилипало к ногам. Кольке, как воспитанному человеку, нельзя было туда смотреть, а так хотелось — пристально, не отрываясь. Он проснулся от необычно острого ощущения — влажный, и не только от пота. Сначала сильно испугался, а потом вспомнил, что по этому поводу говорили мальчишки: вот оно что-о… Какое-то время он не мог заснуть, не зная, что делать и как встать, чтобы убрать безобразие, не разбудив папу, однако провалился в новый крепкий сон — уже без Валентины.

Разбудили его вопли знакомой компании, с утра оказавшейся на палубе где-то рядом с их каютой:

> А новичок — сопля зелёная,
> Он не умеет страховать.

И дальше, конечно:

> Его по морде били чайником,
> Чтоб научился страховать.

Была жаркая середина дня, когда остановились в Каховке, и тщательно изученное настенное расписание поведало Кольке о стоянке в полтора часа. Как и другие пассажиры, они отправились гулять вдоль реки. Прошли мимо четырёх бабулек с вёдрами и кастрюлями, прикрытыми крышками или марлей, — продавали варёную кукурузу, домашние малосольные огурчики и что-то ещё. А на небольшом расстоянии от причала им вдруг открылся песчаный пляжик с кабинками для переодевания.

— Коль, — сказал папа, — искупнуться бы… Сбегай в каюту, возьми полотенца, подстилочку и плавки. А мы тут с Валей… с Валентиной Илларионовной тебя на скамеечке подождём.

Кольке отчаянно не хотелось оставлять их, но он понял, что сейчас возразить уже нечего, и, что-то буркнув, помчался на теплоход.

Дорожка… мостки… трап. Вот и лестница на верхнюю палубу. Коридор… ключ… каюта. Он дёрнул со спинки кровати плавки, перебросил через плечо полотенца — и в обратный путь, быстрее, быстрее…

Сбегая с пристани, Колька сильно споткнулся, пропахал голыми коленками по жёсткому шершавому дереву шатких, с широкими щелями мостков, по-дурацки клюнул носом вперёд, чуть ли не под ноги торгующим старушкам, а полотенца, плавки, кепка с головы — всё полетело прямо в серую пыль дорожки.

— Ой, сыночка, ну шо ж цэ ты так! — вскрикнула одна из старушек.

Колька ещё долго сидел на земле, пялился мокрыми глазами на свои расквашенные, в кусках старой зелёнки и пыли колени, а где-то неподалёку, — наверно, на том самом пляжике за дебаркадером, — опять били и били чайником по морде несчастного бегемота.

Как Владимир Семёнович спасал нас

Топе

Конец шестидесятых. Длинные волосы, брюки из хлопка с лавсаном со строго измеряемым клёшем (25 сантиметров, не меньше!), семиструнные гитары и Высоцкий. Моя гитара (Черниговская музыкальная фабрика, 7 руб. 50 коп.) достаётся мне по огромному блату («от дяди Иосифа»), она тяжёлая, тёмно-красная с жёлтым подпалом. Гриф ужасно неудобный, струны стоят высоко и прижимать их трудно, но неожиданно оказывается, что его можно поднять повыше просто с помощью ключа от больших чёрных часов, стоящих на секретере в гостиной. Вместо обычных металлических струн вскоре удаётся раздобыть нейлоновые — это тоже большой дефицит. Я холю гитару — зачем-то натираю вязкой, крепко пахнущей политролью для дерева, найденной у мамы в кладовке, борясь таким образом с существующими и несуществующими царапинами на её прекрасных боках. Я не расстаюсь с ней почти никогда, даже таскаю за собой в школу, но не днём, а на внеклассные посиделки. Уже выучены пять «главных» аккордов — «звёздочек» в ре-миноре и несколько вариантов «боя» правой рукой. Высоцкий с бобин заучен в страшном количестве, песен двести, не меньше. Всем нравится, и я всегда и везде в центре внимания, причём взрослые, на удивление, принимают такое пение с неменьшим энтузиазмом, чем мои ровесники. Это внимание окружающих к себе сильнее и приятнее даже портвейна и сигарет, уже неоднократно опробованных, поэтому дурные привычки совершенно ко мне не прилипают. Только шальные песни, жёсткие мозоли на пальцах, хрипловатый, иногда действительно немного сорванный голос — знаете, под кого.

Осень, везде на улицах города — плакаты «Всесоюзная перепись населения», а мы каждый вечер бродим с гитарой и моим другом Витькой из соседнего двора по этим улицам, скверам и набережной Днепра. Я умудряюсь орать песни даже на ходу, он совершенно не умеет играть, но что-то восторженно подпевает. И — ощущение постоянно приподнятого настроения…

Однажды мы сидим с ним на скамейке, среди ивняка, в глубине широкой зелёной посадки на набережной. Скамейка эта должна была чинно стоять на аллее перед речным парапетом, но кто-то её сюда, в укромное место, до нас перетащил, и постаралась, видимо, большая компания: скамейка тяжёлая, деревянная, белая, с чёрными изогнутыми чугунными ножками и такими же боковыми опорами. Почти стемнело, и нас накрывают уютные тени, а перед нами у реки — неяркий голубоватый свет редких высоких фонарей на бетонных столбах. Я что-то наигрываю.

Неожиданно из-за деревьев выходит группа крепких парней, гораздо старше нас, блатного вида, навеселе и явно ищущих развлечений. Их пятеро, но кажется, что десять. Они быстро окружают нашу скамейку, и один из них, главный, в фуражке и с приподнятой толстой верхней губой, начинает приставать к Витьке с вопросами. Дело пахнет очень серьёзным мордобитием, к тому же Витька — резкий и вспыльчивый — хотя испугался не меньше моего, но уже насупился и вот-вот скажет что-то поперёк. А вокруг, на набережной — ни души, так что, похоже, мы влипли с нашей любовью к вечерним прогулкам в рискованных местах. Убить, возможно, и не убьют, но покалечить могут крепко, тем более что боец среди нас только Витька, а я — хилый очкарик, освобождённый от «физры» ещё с пятого класса по причине шумов в сердце (был тогда такой популярный детский диагноз). И сейчас сердце это бешено колотится где-то в конечностях, с шумом или без — я уже не знаю, но чувство полнейшей нереальности нарастает.

Тут вожак замечает гитару на моих коленях и снисходительно говорит:

— А ну, сделай нам что-нибудь…

И я делаю. Я не знаю, что он ожидал, но я, сам себе удивляясь, не забыв ни одного слова и как бы даже спокойным голосом (по крайней мере, мне так кажется), пою:

> В тот вечер я не пил, не пел,
> Я на неё вовсю смотрел,
> Как смотрят дети, как смотрят дети.
> Но тот, кто раньше с нею был…

Я пою «Нинку», «У тебя глаза как нож», «За меня невеста отрыдает честно» и ещё две-три песни. Наше окружение как-то обмякает, расслабляется. Они постепенно рассаживаются вокруг на траве и на скамейке и слушают очень тихо, не перебивая ни словом, ни резким движением. Вожак вытаскивает из внутреннего кармана куртки начатую бутылку какого-то вина и говорит, обращаясь только ко мне, уважительно:

— Будешь?

Я вежливо отказываюсь и, почувствовав момент, встаю:

— Мы пойдём…

Они совершенно спокойно говорят нам «пока» — почти все, по очереди, и мы, как бы не спеша, ретируемся сначала на освещённую аллею, затем, чуть быстрее, переходим через дорогу — к магазинам, к людным улицам. Мы идём всё быстрее и быстрее, почти бежим, и только через несколько кварталов Витька останавливается — и говорит, говорит мне что-то восторженное. А я и так знаю, что я — большой молодец. Впрочем, не только я. И даже совсем не я — Владимир Семёнович…

И всё ещё в диком восторге от неожиданного спасения и от себя самого, я останавливаюсь на перекрёстке возле одного из плакатов про перепись, на ходу придумываю нечто каламбурное, задиристо-матерное и такое же бессмысленное, как этот плакат, и тут же громко декламирую, к новому восторгу своего приятеля:

Скоро будет пере-пись!
Красота — хоть за…бись!

Стоцик

Украинская фамилия Стеценко ничего не значила, потому что и вид, и манеры у него были самые что ни на есть еврейские: чёрные-чёрные блестящие жирные кучерявые волосы, немного выпуклые глаза, полное лицо и сам — весь такой мягкий, округлый, квёлый. (Лет до одиннадцати-двенадцати мог легко расплакаться, если во дворе обидели, и даже не просто расплакаться, но и зареветь в голос.) Впрочем, по фамилии-то его никто и не называл, по имени — тоже, разве что когда бабушка Рая начинала звать его домой, то подходила к воротам соседского двора, где он в основном и околачивался, и требовательно выкликала: «Юрка! Домой!» А мальчишки всех ближайших домов со Старой и Новой улицы звали его Стоцик, и им в то время было ещё наплевать — кто там еврей, кто украинец, а кто русский. Лишь бы человек был не подлым, не ябедничал и умел что-нибудь делать хорошо, например играть «в ножичка». А Стоцик умел рассказывать всякие байки.

Самая главная его байка была про отца, которого ни он, ни остальные мальчишки никогда не видели. Отец его — действительно еврей, из хорошей парикмахерской семьи, женился на русской девушке — улыбчивой студентке медучилища Ларисе, родом из пригородного села. Привёл её жить на Старую улицу к своим родителям, но вскоре после свадьбы сел в тюрьму — ни много ни мало — на пятнадцать лет: за пьяный грабёж и что-то там очень плохое ещё, подробности никто и не знал. И осталась Лариса жить с новорождённым Юркой у пожилого Якова-парикмахера и его жены в двух маленьких комнатах одноэтажного дореволюционного дома. А куда денешься? Так бы и прожила с ними все эти годы, если бы на деньги парикмахера не пристроили во дворе к глухой стене соседнего дома маленькую, но отдельную «хатынку» — кирпичный сарайчик с сенями и одной крошечной комнатёнкой, два с половиной на три метра, и не зарегистрировали этот домишко в райисполкоме как настоящее жильё, чтобы газ туда можно было подвести для отопления. Так Стоцик и жил: целый день у дедушки с бабушкой, а вечером, когда мамка из больницы с дежурства придёт, — в этот домишко, спать. Удобства… они, в любом случае, были во дворе, разницы никакой.

В Стоцикиных же историях отец был кем-то вроде честного и благородного народного мстителя, ну как из «Неуловимых» или из «Парижских тайн» с Жаном Марэ, не хуже. И посадили отца не по делу, а подставили нехорошие друзья, и помнил Стоцик якобы отца именно таким вот прекрасным и благородным, и мама отца любила и ждала самозабвенно. А то, что Стоцик родился тогда, когда отец уже сидел под следствием на 1-ой Канатной улице, мальчишки подсчитать не могли, да и не хотели.

Короче, быть бы Стоцику вечным героем летних вечерних посиделок на длинной полуразломанной деревянной лавочке, врытой в землю перед двором дома номер 25, если бы не появился прямо в этом самом доме новый сосед — тонкокостный, длинноносый, сутулый очкарик Женька.

Он был ровесником Стоцика, играл на фортепиано, писал какие-то стихи и обладал ещё большим талантом к рассказыванию всяких историй. Что, в общем-то, и не удивительно вовсе, потому что семья у него была «интеллигентская», а книжек, питающих воображение, — полные шкафы. Мало того, Женькин отец, искусствовед, имел доступ к специальной литературе, той, например, что поступала в кинотеатры для рекламы, а такая информация была редкой, совсем скудной по тем временам. Бывал он на кинофестивалях и выставках в Москве и оттуда также привозил горы интересных красочных буклетов, не только для своих лекций, но и для Женьки. Получая же контрамарки в театры и в кино на премьеры, часто брал с собой сына. Так что человеку тринадцати лет, имеющему к тому же и хорошее воображение, придумывать для дворовых мальчишек ежедневную «просто потрясающую историю с продолжением», иногда прямо на ходу, не представляло особого труда.

Приходили из ближайших домов даже слушатели постарше: небольшого роста, но очень крепкий, с короткими набриолиненными волосами, двадцатилетний Степан, вернувшийся после армии, и, помоложе, но сильно блатной, Аркашка, также недавно вернувшийся, правда, после совсем другой двухлетней отлучки. Предлагали всем сигареты, молчали и слушали, только иногда вставляя какие-то вопросы и замечания (типа: «А что, эта чувиха была сильно красивая?»), хотя остальным пацанам перебивать рассказчика не дозволялось. И это было правильно, потому что остановись Женька — мог бы и сбиться с рассказа.

А истории Женькины были хотя и разные по содержанию, но в основном представляли собой довольно удивительный сплав собственной фантазии, книг Александра Беляева, Жюля Верна, Конан Дойля, фантастических рассказов из дефицитного ежемесячника «Искатель», древнегреческих мифов и сюжетов приключенческих фильмов из журналов отца, ещё не вышедших на киноэкран в их провинциальном городе (к слову сказать, и в дальнейшем не все из этих фильмов вышли в местный кинопрокат, так что источник Женькиного вдохновения во многих случаях так и остался нераскрытым).

Стоцика всё это внимание к Женьке расстраивало ужасно, а мальчишки быстро смекнули, кто чего стоит, и так как других достойных по дворовым меркам качеств, кроме устного творчества, у Стоцика было немного, отношение к нему изменилось: бить не били, но презрительное «Стоцик-Поцик» уже стало звучать довольно часто. К тому же вернувшийся из тюрьмы долгожданный отец его выглядел совсем не так, как Стоцик раньше рассказывал: приземистый, почти лысый и совсем-совсем незаметный. Мать Стоцика с ним жить не захотела, и отец поселился у какой-то своей подружки в другом конце города, почти не появляясь в старом доме своих родителей. В общем, никакой радости от его возвращения Стоцик не почувствовал, а почти позор.

Поэтому для сохранения авторитета оставалось только очень близко подружиться с Женькой и таким образом если не восстановить свою былую популярность, то хотя бы быть всегда рядом с главным героем, как доктор Ватсон, Санчо Панса или помощники беляевского профессора Вагнера. И вот это у него отлично получилось.

Скоро он был уже вхож в Женькин дом, точно помнил, как зовут по имени-отчеству его родителей и бабушку с дедушкой, мог взять почитать любую книжку (а читал он очень аккуратно, страниц не загибал, за едой пятен на книжных листах не сажал, так что никогда никаких нареканий даже от сверхчувствительной к порядку Женькиной мамы не получал). И даже в тёплый туалет с настоящим унитазом мог сходить у них дома, если, мол, приспичило, пока они с Женькой играют в настольные игры в комнатах или на веранде, а это не то, что на дырке в Стоцикином дворе сидеть.

А когда и Стоцику прописали носить очки, да ещё с большими диоптриями, выглядеть он стал солиднее, чем Женька. На всех вечерних посиделках он всегда присутствовал вместе с ним, умудряясь сбегать из дому даже с «катаром верхних дыхательных путей», если таковой и отрывал его от дворовой жизни. Он помнил имена всех героев Женькиных историй и замысловатую канву рассказа, поэтому всегда был готов напомнить, чем закончилось вчерашнее приключение, ненавязчиво подсказать что-то рассказчику, если тот вдруг забыл или напутал. Всё это делалось крайне деликатно, никак не умаляя Женькиных достоинств, и, хотя уличное уважение к Стоцику не вернулось, презрение утихло.

Лет в пятнадцать Стоцик первым научился играть на шестиструнной гитаре дворовые песни, что также возвысило его и в глазах Женьки, и в глазах остальных приятелей, особенно Аркашки. Несмотря на толстые, вроде бы неуклюжие пальцы и не самый приятный голос, у Стоцика очень хорошо получалось что-то надсадно проникновенное, вроде того как:

> И вот открываются двери,
> И виден кладбищенский двор.
> Три тёмных сырые могилы:
> Мать, сын и отец-прокурор…

(«Ну, протащил ты меня, чувак, протащил», — приговаривал после задушевного исполнения подобных песен Аркашка и втихаря поощрительно предлагал Стоцику «курнуть плана». Стоцик пробовал, а потом хотелось смеяться совершенно без удержу, и сильно-сильно болела башка.)

Ещё из Стоцикиного репертуара всем нравилась другая незатейливая лирическая мелодия со словами:

Ушла, ушла любовь,

ушла, как дивный сон,

и некому её вернуть назад…

И вот она нагрянула, эта самая любовь, просто как повальная осенняя эпидемия гриппа, и Женьку заставила забыть свои россказни на лавочке, и Стоцика заморочила своим тяжким мучительным зудом. И это была беда. Потому что и у Женьки, и у Стоцика — она была одна и та же. Звали её Лида.

Женька, конечно, сразу же не преминул щегольнуть стихами: «Хорошая девочка Лида… А чем же она хороша?». Он говорил, что это из Смелякова, но Стоцик-то знал, что это из фильма «Операция "Ы"», только он первый постеснялся Лидке это сказать.

Лида появилась в их школе ещё в шестом классе, но тогда на неё никто и внимания не обратил, а вот теперь, в десятом, — началось. И поёт, и танцует, и стихи щебечет. Вроде не очень красивая, но задорная такая. Поклонники одолевают. А Женька и Стоцик, главные среди них, — вдвоём всё время возле неё. Женька, конечно, пользовался её явным предпочтением, но Стоцик опять пустил в ход свою старую навязчивую тактику: то он один провожает её из школы, когда Женька после занятий уходит в свою музыкалку, то он в гостях у неё подолгу остаётся, даже когда одноклассники уже ушли. Плохо только, что Лидкина мать явно на него косится — сомнительный кавалер…

Осенью сосед Стёпка устроился работать на масложировом комбинате, недалеко от их дома. Как-то поздно вечером в квартире парикмахера Якова раздался перепугавший всех звонок: оказалось, неожиданно пришёл Степан.

— Тёть Рая, — сказал он Стоцикиной бабке, — со смены я. Вам тут свежевыжатого подсолнечного масла принёс, надо? Я недорого возьму, там все берут, кто помногу, а я чуток…

Он хитро улыбнулся, распахнул рабочую телогрейку и показал несколько пластмассовых фляжек, засунутых под ремень брюк.

— Горячее ещё, жжётся… Давайте быстрее ёмкость какую-то, перелить.

И пока Рая доставала какую-то кастрюлю, Степан, расстёгивая пояс штанов, поведал Стоцику, который, как обычно, допоздна смотрел телевизор в квартире деда и бабы:

— Я, брат, деньги на свадьбу собираю, женюсь в октябре. Танька моя приехала — я, когда в армии был, познакомился. Всех соседей приглашаю, и вас, конечно, тоже.

Свадьбу Степан действительно закатил прямо во дворе, накрыли небогатые столы, гости собрались со всей улицы. Было довольно прохладно — пока не хватили по первой стопке самогона. Женька, Стоцик и ещё несколько пацанов из их компании тоже немного выпили под шумок, но угощение им не сильно понравилось, и они быстро сбежали на улицу, на знакомую скамейку — курить, пока никто не видит. Здесь зашёл немного хмельной, довольно обычный разговор про девчонок вообще, а потом — конкретно — про Лиду, какая она «клёвая», и Стоцик ни с того ни с сего (ну так ему захотелось хоть на миг ощутить перед Женькой своё превосходство!) соврал:

— А мы с ней уже целовались. Два раза… — и осёкся.

Он увидел, что Женька, ещё секунду назад такой расслабленный и розовощёкий от выпитого, вдруг сильно-сильно побелел, резко встал и с мёртвым лицом ушёл к себе домой.

Потом Стоцик много раз пытался зайти к Женьке и в школе с ним заговаривал: всё хотел признаться, что соврал тогда по-дурацки, что-то объяснить, но всё было напрасно. Женька упрямо его не видел и не слышал.

А Лидка стала прогонять Стоцика, если он долго у неё засиживался. И как-то, во время зимних каникул, на катке, резко затормозив возле него, не умеющего кататься и стоящего на краю ледяной площадки в длинноватом чёрном пальто с отложным цигейковым воротником, прямо сказала:

— Ты, пожалуйста, Стоцик, ко мне больше не ходи. Мама недовольна, что много гостей ко мне ходит, говорит, что я плохо учиться стала, а надо серьёзно в институт готовиться… — белёсые клубки её дыхания растаяли перед его лицом, хрустнули коньки ледяными брызгами — и она помчалась дальше.

Он ещё подходил к ней после школы несколько раз, но она всё время была в компании девчонок или Женьки, так что и поговорить не получалось, не то что провожать домой.

…После окончания школы Стоцика забрали в армию, но через полтора года комиссовали из-за сильно ухудшившейся близорукости; врачи к тому же предупредили, что ему категорически нельзя бегать и прыгать. Он и так был не сильно спортивный, а тут стал просто катастрофически полнеть. В старый двор он уже не вернулся: дед Яков и баба Рая к тому времени уже померли, в один год, один за другим, а Лариса наконец-то получила на себя и на Стоцика двухкомнатную квартиру в новом далёком районе. Стоцик этому переезду был рад в первую очередь потому, что ему не надо было больше ходить по знакомой улице, мимо дома с той же старой скамейкой, где Женька жил теперь со своей женой Лидой.

Экзамены в строительный техникум он провалил, а в автодорожный не взяли из-за зрения. На завод идти не хотелось, устроился в артель, где среди пластмассовой вони штамповали какой-то ширпотреб: расчёски, ручки к сумкам. В цеху работали одни сильнопьющие пожилые люди, приятельствовать с ними было неинтересно и незачем. Шёл домой и каждый вечер смотрел подряд всё то, что показывали по телевизору. А потом начали показывать мексиканские сериалы…

Жизнь его катилась холодным металлическим шариком, пущенным когда-то тугой пружиной детского настольного бильярда: он громко бьётся о препятствия — всяческие железные прутики и заслонки, тут и там натыканные на игровом поле; постепенно слабеет его скорость; он бесполезно выскакивает из луз с большим количеством очков и в конце просто выкатывается на пустой желобок внизу игры, так ничего и не выиграв…

* * *

— Ну, Женя, перестань кочевряжиться, — сказал официант, — просят подойти к их столу, подойди. И сыграйте, чего они там просят — парни крутые, зачем нам неприятности?

Женька нехотя слез с невысокой эстрады. Он, как и его товарищи-музыканты, к концу вечера уже порядком набрался, и идти куда-то ему было тошно. Со своим самодеятельным «бэндом» они довольно часто по субботам и воскресеньям подрабатывали на банкетах в этом небольшом кафе, но сегодня публика попалась особенно противная. То ли блатные, то ли богатые коммерсанты — не поймёшь, а, впрочем, какая разница, когда заказывают один так называемый шансон? Что им на этот раз надо и зачем было звать его к столику?

— Я вас слушаю, — сказал он, подходя.

— Это я вас слушаю, Женечка, — сказал, улыбаясь и немного протягивая слова, один из сидящих за столом, видимо, самый важный гость: Женя вспомнил, что гости весь вечер обращались к нему с тостами и речами, видимо, он и есть сегодняшний юбиляр. — Целый вечер, как ты поёшь, слушаю, как когда-то слушал твои истории на лавочке…

Это был бывший сосед Аркашка, растолстевший, сильно потёртый (а на себя-то ты сегодня в зеркало смотрел?), но, несомненно, — он. Костюм — с блеском, рубашка — без галстука, и очень толстая цепочка — на красноватой шее в расстёгнутом вороте. Пришлось сесть за стол, выпить теперь ещё и с ним. Вяло поговорили о каких-то общих знакомых со Старой улицы, о Женьке («Тянешь, значит, лямку инженером на трубном и иногда здесь лабаешь? С женой развёлся — три года назад?»), но о себе Аркашка ничего не рассказывал, сказал только, что сегодня, мол, его день — и всё.

— А помнишь ещё Стоцика? Смешной такой был пацан. Недавно помер. К концу был совсем слепой… — Аркашка опять налил и себе, и Женьке. — И песню такую всё пел, про любовь там что-то… Ты, может, её споёшь?

Воспоминание о Стоцике было неприятным, Женька поотнекивался, но в конце концов, совсем уже неуверенно ступая, вернулся к своим ребятам и взял микрофон:

Ушла, ушла любовь,

ушла, как дивный сон,

и некому её вернуть назад…

Он так и не вспомнил всех слов, второй куплет вообще получился в виде сплошного мычания, но музыканты подхватили простой мотив и проиграли его несколько раз. Аркашка встал, захлопал, за ним немедленно встали и захлопали все остальные гости. Затем по Аркашкиному кивку один из тех, кто сидел рядом с ним за столиком, подошёл к эстраде и, не глядя на Женьку, положил на пюпитр с текстами солидную зелёную купюру.

Сметана

Между первой и второй — перерывчик… Да, да, закусывайте, а пока позвольте мне рассказать нечто… гастрономическое. Ну почему «молчи, Яша», почему? Я не скажу ничего крамольного, тем более что уже не 37-й, и не застой, и КГБ уже давно нет… И нас там уже нет, в той стране. Так что не закрывай мне рот, товарищ Берия.

Со сметаной у меня особые счёты. Лет в тринадцать, летом, мама послала меня в магазин «на проспект» (так, в отличие от нескольких других гастрономов, называли большой продуктовый магазин, расположенный в длинной сталинской пятиэтажке рядом с центральным кинотеатром на центральной улице города; кинотеатр, естественно, назывался «Родина», центральная улица — проспект Карла Маркса; а как же ещё — в украинском городе, в шестидесятых годах двадцатого века?). Так вот, послала меня мама за сметаной. Я согласился пойти, но «с боем» — и не потому, что ленился, а потому что был настолько стеснительный, что даже в магазине боялся рот открыть — там же надо было что-то говорить, спрашивать. А мама, конечно, этого не понимала, думала, что я ленюсь. Хотя, если б она меня не посылала в магазин, я, наверное, и до сих пор боялся разговаривать с людьми и вам обо всём этом ничего не рассказал… Мне показалось, что вы сказали: «И слава богу»?.. Нет?

Поплёлся я, значит, мимо кинотеатра в гастроном, было лето, жарко, на мне — тонкие светло-серые брюки (мама пошила). Вообще-то, я ими здорово гордился. В руке — авоська, в авоське — чистая стеклянная банка и крышка, сметану-то продавали тогда на развес… или разлив, как правильно сказать?

Очереди в магазине, на удивление, не было. Не очень внятно я попросил у продавщицы молочного отдела «кило сметаны». Она набрала мне сметану из большого серого бидона, орудуя черпаком с длинной ручкой, взвесила; я заплатил названную сумму в кассу, вернулся и отдал чек. Продавщица поставила заполненную банку на высокий прилавок-холодильник между нами, и я, протянув вверх руки, попытался закрыть банку тугой пластмассовой крышкой. В доли секунды скользкая банка вывернулась из моих корявых рук и выдала почти всё своё холодное, густое, белое содержимое на переднее стекло прилавка, на мою рубашку и штаны. Продавщица какое-то время почти невозмутимо смотрела на всё это, затем, не говоря ни слова, протянула мне пачку листов плотной коричневатой обёрточной бумаги, а затем, забрав банку на свою сторону, немного оттёрла её тряпкой и закрыла моей злополучной крышкой. С горящей физиономией я принялся убирать сметанный потоп со всех доступных мне мест — со стекла, пола, штанов… Потом собрал скомканные мокрые бумажки в урну, сунул несчастную банку с остатками содержимого в авоську и помчался домой. Но уже не по проспекту, а задними дворами, где это было возможно, стараясь ни на кого не глядеть.

Дома меня не ругали, если не считать одного тихого слова «шлемазл»[1], сказанного бабушкой, когда я появился в

---

[1] Несчастный, неловкий, придурок (идиш).

дверях, а мама бросила мои штаны в миску с горячей водой и стиральным порошком «Новость»… и пошла за сметаной. Сама. Штаны удалось спасти, и я потом ещё долго щеголял в них — до конца лета.

Следующим летом мы отдыхали с родителями в Бердянске. Как? Вы не знаете Бердянска? Этот такой городок на Украине… в Украине, да я помню, так теперь надо говорить. Совершенно верно, на Азовском море. Тихое, жаркое мест. Очень терпкий, сладкий запах больших смолёных баркасов, которые лежат чёрными блестящими глыбами повсюду на берегу. Можно отколупнуть от борта кусочек смолы и нюхать. Как хорошо я, оказывается, помню этот запах. И почерневшие от смолы руки. И вереницы серой сухой таранки — повсюду: на заборах, в домах, в летних кухнях… Ну, да-да, мы сейчас — о сметане.

Мама с младшим братом должна была возвращаться домой раньше (ей нужно было на работу), мы с папой остались отдыхать в Бердянске ещё на одну неделю. А кулинар из моего папы — никакой (из меня по наследству — такой же). Поэтому на обед мы ходили в какую-то дохлую местную столовку недалеко от моря, а завтрак и ужин папа сочинял сам. Одним из таких его сочинений являлась тарелка сметаны с крупно накрошенным туда хлебом — он сказал, что в его детстве, в войну, в эвакуации, это было для него самым замечательным блюдом. Ну, я, наверно, не выжил бы в эвакуации, потому что после такого блюда мне стало, мягко говоря, хреново… а может, в войну сметана была не такая жирная. В общем, меня стошнило — и не один раз… извините, сидим за столом… и после этого я долго употреблял сметану только малюсенькими порциями. Потом, правда, это прошло. Всё проходит.

А тут вот ещё что. Знаете, какая у моей жены девичья фамилия? Сметанкина.

Фамилия, скажу вам, относительно редкая. Если взять телефонную книгу нашего города, то разных Сметаниных вы найдёте много-много, а Сметанкины — только её семья. И во дворе, и в школе, и в институте, где она училась, все друзья всегда называли её не по имени, а только так — Сметана. Привет, Сметана! В кино идёшь, Сметана? Пошли на перекур, Сметана… Ну, это уже позже. Сейчас, наверно, звучит смешно — у нас такие большие дети, и вообще…

Так что мне, можно сказать, опять повезло с этой сметаной… Вы же её знаете, характер ещё тот! Нет, ну не то что мы живём плохо… По-разному. Да и кто — хорошо? Только теперь, когда мы прожили вместе уже двадцать лет, я смотрю на свою жену и вспоминаю не очень приличную… Да, ты уже мне говорила: сидим за столом, но из песни слов не выкинешь… В общем, я вспоминаю такую народную поговорку: «Своё говно — сметана»…

Что ты кипятишься, опять — «Яша, молчи»! Тут все свои люди, шутки должны понимать.

Вы спрашиваете, есть ли в оливье майонез? Нет, его мы не кладём, лучше — сметанки.

Маркиза ангелов

Катька Копылова была самая тупая и некрасивая девчонка в классе. И бородавка — под носом. Венька сильно расстроился, когда Ирина Сергеевна сказала ему, что он опять должен с Катькой позаниматься: та, мол, проболела две недели и сильно отстала, особенно по математике, а ты, Веня, живёшь в соседнем дворе… Можно подумать, что Катька не отстала по всем предметам ещё до болезни! Ему было даже тошно себе представить, что он снова должен будет тащиться после уроков к Копыловым домой, сидеть как минимум два часа в крошечной вонючей кухоньке, где Катька обычно делала уроки, да ещё потом у себя дома вытряхивать копыловских коричневых прусаков из своих учебников и тетрадей. И как только эти отвратительные существа залезали туда? Венька ведь всё время держал портфель у себя на коленях… А Катькина бабка чего стоила: ещё страшнее внучки, с такой же, как у Катьки, но только побольше, бородавкой под носом, лоснящимся лицом и складчатой шеей!

…Дверь открыла именно она — баба Копылиха, провела его в кухню и визгливо позвала:

— Катька, иди, к тебе мальчик пришёл! — похоже, что его имени бабка даже не помнила.

Из единственной в квартире комнаты появилась Катька, в грубой вязаной кофте и цветастой старой юбке, надетой на синие растянутые спортивные штаны. Вид у неё был, как обычно, заспанный, она хлюпала носом, видимо, простуда ещё не совсем прошла. Она отодвинула на другой конец стола какие-то тарелки и раскрыла учебник. Венька маялся, но честно пытался объяснить действия с корнями. И хотя Катька усердно кивала время от времени головой, проблеска понимания не намечалось. Наконец, когда домашнее задание было выполнено, Веня с облегчением встал и начал застёгивать куртку — он всё время так и просидел в ней.

— Ты завтра в школу идёшь? — спросил он, чтобы сказать что-то на прощание.

— Ага, — Катька тоже встала из-за стола и вдруг протянула правую руку к Венькиному лицу, — смотри, что у меня есть, — она показала тоненькое колечко на ладони — похоже, что золотое.

— А чего это?

— Подарили, — Катька надела колечко на безымянный палец и покрутила рукой, — только бабке нельзя показывать…

Веня впервые увидел какой-то интерес в её зеленовато-водянистых глазах и, наверно, ожидание, что он начнёт расспрашивать: кто подарил да почему. Но он промолчал, сказал «пока» и вышел. Его сейчас больше интересовало, что поделывают на дворе пацаны и что мама приготовила на обед.

После весенних каникул всем классом устроили забастовку — прогуляли четыре первых урока. Формальная причина была в том, что Ирина Сергеевна болела, и историчка болела, и им поставили на замену подряд уроки украинского с крикливой Галиной Степановной, которую все ненавидели. А по-честному, просто очень не хотелось идти в школу, и забавляла мысль, что если все сразу не придут, то никому ничего не будет — всех ведь сразу не накажут. Так что пошли в кино на Анжелику, которая была маркизой ангелов. Фильм шёл первые дни, и даже на утреннем сеансе зал был забит, а Веньке, как всегда, не везло — ему выпало сидеть рядом с Катькой, в стороне от остальных, в самом последнем ряду.

Катька, по своему обыкновению, всё кино промолчала, не глядя в Венькину сторону. У неё опять текло из носу, и она сидела с платком наготове. Он тоже на неё не смотрел. Куда там! От экрана нельзя было оторваться: там величественная красавица Мишель Мерсье, то бишь Анжелика, боролась с негодяями всех мастей, не забывая при этом периодически оказываться у них же в постели, и, вроде бы негодуя, как-то не очень уверенно сопротивлялась их негодяйскому натиску.

В самый страшный момент, когда Жоффрея де Пейрака казнили, Катька, дурная, со страху вдруг ухватила Венькину руку с подлокотника, притянула к себе на колени и крепко прижала, вместе с носовым платочком, своими стиснутыми в кулаки руками. Венька не сразу понял, куда попала его левая рука, но, когда ответственный момент на экране прошёл, не знал, как забрать руку назад. Это значило пошевелиться — и обнаружить себя в неловкой ситуации. Так и сидели до конца фильма, и внимание у него к происходящему с Анжеликой вовсе рассеялось. Только когда в зале зажёгся свет, Венька резко отдёрнул свою блудную руку. А на Катьку так ни разу и не посмотрел, даже после выхода из кино. Какие-то назойливые ощущения жили в руке, не проходили, он чувствовал себя всё ещё очень неловко… Тоже мне — Катька, уродина… Нашлась, Анжелика…

Дома он сразу же попросил у матери лука: «У нас в классе грипп, нужно лука много поесть, чтобы не заболеть…» — и ещё до обеда сожрал почти целую головку лука с хлебом и солью. Крепкий луковый запах и вкус бил в ноздри, в глаза и в голову, и ему казалось, что это как-то очищает его от Катьки. «Она же простуженная была, правильно, значит, нужно много лука поесть», — эта мысль всё крутилась и крутилась у него в голове.

К концу весны Катька совсем перестала ходить в школу. Венька заметил это, только когда услышал в классе чириканье двух неразлучных подружек с птичьими фамилиями — Наташки Воробьёвой и Маринки Скворцовой. Выходило, что они дежурили в классе и подслушали, когда бабка Копылиха приходила в школу, плакала в кабинете у классной, Ирины Степановны. Оказывается, что родителей у Катьки нет, только бабка, что Катька пропала из дома и что её вроде бы уже ищет милиция.

Девчонки знали что-то ещё, даже более крамольное, но, обсуждая это, сильно понизили голос, а заметив Веньку, сидевшего близко, ядовито сказали: «Это, Венечка, тебе слушать нельзя…»

Впрочем, «об этом» уже через пару дней зажужжали все: Катька не просто пропала из дома и из школы, она жила где-то у какого-то «постороннего взрослого мужчины». И это уродливая и недалёкая Катька — ну, хоть бы красивая была! И это в свои тринадцать с половиной лет! И…

Отовсюду — особенно из учительской — было слышно сочно произносимое: дурной пример, дурной, дурной пример…

Больше Венька Катьку никогда не видел, а вскоре и Копылихин дом пошёл под снос, и бабка куда-то переехала.

«Анжелику» ещё долго показывали в кинотеатре недалеко от Венькиного дома. Большие афиши, нарисованные художником на щитах перед кинотеатром, сильно полиняли, и с каждым новым дождём маркиза ангелов выглядела на них всё более и более утомлённой от своих бесконечных любовных приключений. Венька, проходя мимо в школу или в булочную, старался смотреть в другую сторону.

Новый щеночек

Едва стемнело, пошёл мокрый снег. Девочки всё время подбегали к кухонному окну (из него единственного был виден тускло освещённый двор), крепко прижимались разгорячёнными лбами и носами к холодному стеклу, чтобы разглядеть сквозь косое белёсое мельтешение вход в подъезд: не идёт ли уже папа? Но тот всё не шёл, и колючее нетерпение нарастало. Возвращались в гостиную, уныло пялились в телевизор — вот уже и кукольный пёс Филя пожелал всем детям страны спокойной ночи…

— Мог бы и позвонить, — сказала мама. Она тоже волновалась, правда, больше из-за того, что на дорогах наверняка жуткие заторы и троллейбусы не ходят. Как-то он теперь доберётся?

Наконец, уже в начале десятого, заворочался ключ в замке входной двери, и появился папа — мокрое, красное лицо, остатки снега на усах, пальто и ушанке, но довольный и загадочный. Он поставил на пол в коридорчике, куда сразу же сбежалась вся семья, сине-белую спортивную сумку с надписью USSR. Сумка была наполнена кусками мягкого чёрного кроличьего меха от старой Надюшкиной шубки, и мама, засунув туда руку, долго пыталась нашарить там что-то, поочерёдно вытаскивая на пол меховые куски. Наконец один из них оказался крошечным чёрным щеночком королевского пуделя… Были охи и ахи, визги, Нина — на правах старшей — быстренько завладела меховым комочком, Надя тоже пыталась подержать его.

— Смотрите, смотрите, какой он… — всё время повторяла она, проводя по шёрстке одним пальчиком, и никак не могла подобрать нужного определения.

Папа докладывал о проделанной работе: щенок в клубе стоил немало, но был суперпородистым, с настоящей родословной, с собачьими родственниками из «семьи председателя Президиума Верховного Совета Анастаса Микояна», и даже все нужные бумажки — налицо.

В тот же вечер было решено назвать щенка Максом: в доме боготворили Максимилиана Волошина. Макс рос, и вскоре стало понятно, что он не только писаный красавец, искренняя душа, но и большая умница — как известно, редкое сочетание даже у людей. Человеческими же привычками и качествами Макс не переставал удивлять. На завтрак ел омлет, который ему специально готовил папа, на обед частенько — борщ. Причём сцена поедания борща была совершенно уморительная: папа предварительно подвязывал Максу на затылке его длинные уши круглой розовой аптечной резинкой, и тот приступал к аккуратной по собачьим меркам трапезе из любимой эмалированной миски. Также Макс обожал хрустеть листьями сырой капусты и исподтишка, но довольно ощутимо, портил воздух после этого лакомства, что приводило к бо-о-льшим конфузам в случае присутствия в доме гостей.

Первое время папа ещё как-то пытался приучить девочек к порядку — хотели, мол, собаку, милости просим:

гулять, кормить, мыть, учить, в конце концов… Где там! Терпения хватало только на игры, да и то ненадолго. Нина уже начала взрослеть и легко могла отговориться от всех обязанностей необходимостью делать уроки, бежать на репетицию в драмкружок, рисовать (у неё действительно были способности, и её серьёзно готовили к карьере художника). А меньшей, Надюше, вообще прощали всё… Поэтому папа постепенно смирился со своей судьбой, Макс — тоже. И если первый, приходя с работы, безропотно, в любую погоду, тащился прогуливать собаку, то второй — столь же безропотно — ожидал этого мгновения и не докучал женщинам своими потребностями. Впрочем, когда изредка, по необходимости и после длительных уговоров, юные хозяйки всё же отправлялись с Максом на прогулку, то сама прогулка с весёлым, чёрно-кучерявым, шикарным псом оказывалась вполне даже приятной. Неинтересным был только обязательный ритуал мытья лап в ванной после возвращения домой.

Жизнь продолжалась. Папа и мама старели — и начинали болеть разными, всё более неприятными болячками. Ниночка училась, выходила замуж, разводилась и рожала детей. Она работала оформителем магазинных витрин — занятие не самое интересное, поэтому продолжала упорно и безнадёжно мечтать о карьере театрального или киношного художника. Она часто приезжала в гости, вечно спешила куда-то и «подбрасывала» родителям своих малышей. Макс же, у которого, несмотря на многочисленные попытки старательно организованных брачных церемоний, собственных щенков почему-то не получалось, проявлял огромную ответственность в деле охраны детских колясок. Он, обычно даже чересчур дружелюбный, настолько рьяно следил, чтобы никто из пахнущих бедой и перегаром не приближался к охраняемым им человеческим щенкам, что ему стали постоянно поручать коляску со спящим Нининым первенцем Игорьком (а потом и другими её детьми), стоящую в каком-нибудь тенистом уголке двора, а когда приходилось зайти в магазин — то и на улице. Потом его защитой стали пользоваться и другие соседские мамы: колясочки составляли близко друг к другу, рядом, вроде бы вальяжно, усаживался Макс — и вы могли быть совершенно спокойны за безопасность своего дитяти.

Надюша отбыла нудную детсадовскую обязаловку, тихо, но страстно ненавидя хождение строем; в радость отбегала своё по соседним дворам и крышам сараев; и, как-то без особого энтузиазма окончив обычную школу и ещё одну — музыкальную, по классу кларнета, оказалась в музыкальном училище, но не потому, что строила серьёзные планы на этом поприще, а потому, что больше ничего другого не придумывалось.

На третьем курсе всё резко изменилось — её пригласили в толковую рок-группу при ДК студентов, где пришлось осваивать саксофон, учиться вести себя на сцене. Преподаватели училища не поощряли участие студентов в разных музыкальных коллективах «на стороне», но, в общем, и не мешали. Так что «духовики», особенно мальчишки, постоянно «халтурили»: поигрывали в самодеятельных духовых оркестрах, в основном на конкурсах и парадах. Наиболее же прибыльным мероприятием считалось, как говорили, сыграть «жмура» — на похоронах платили лучше всего. В рок- или джаз-бэндах играли редко — это ведь почти всегда самодеятельность, там не платят или платят крайне мало. А вот Наде нравилась именно «рокерская» жизнь, деньги её пока ещё не интересовали — было бы весело!

И стало весело: как выл Макс, когда в их квартирке, вместо привычного кларнета, Надя стала извлекать пронзительные и поначалу не очень стройные звуки из саксофона, выданного со склада ДК! Как ругались, стучали в стены и матерились соседи! («Нам на смену завтра вставать в четыре утра, а эти суки играют на своих дудках, и их собаки гавкают целый вечер!»)

Теперь Надюша приходила домой только спать: с утра занятия в училище, а репетиции заканчивались поздно. Гулять больше с Максом ей не доводилось, зато начались длительные прогулки с длинноволосым клавишником Никитой — он-то и провожал её по вечерам.

Вообще-то, выбор кавалеров у Надюшки был просто огромный, другим девчонкам, может, даже на зависть. В училище на духовом отделении — засилье мужского пола, в рок-группе тоже — пятеро парней и всего две девушки: она и Валентина-солистка. И после концертов у неё каждый раз легко и просто образовывались поклонники — шустрая маленькая девчонка с большим саксофоном в руках выделывала на сцене такие кренделя!.. Так что и внимания, и ухаживаний хватало. Другое дело, что все они были ей неинтересны: скучно с ними, говорила, и всё тут. С Никитой же — сразу щёлкнуло: своё!

И что такого особенного было в этом Никите? Ну, хороший музыкант, но не очень молодой и несколько поостывший за годы рокерства, хотя он и продолжал писать почти все композиции для их группы, и вполне даже оригинальные. Он уже не так рьяно, как вначале, придерживался рокерских законов: и на «хасне», то есть на свадьбе или банкете, мог сыграть, и в ДК руководил детским ВИА, и на аккордеоне подыгрывал танцевальному фольклорному коллективу. И сначала они с Надей просто много говорили, много спорили о музыке — и много спорили вообще. Дело в запале могло дойти и до личных оскорблений — верный повод для разрыва. Но — не у них. Всегда находилось что-то такое, что и при упрямой непримиримости мнений оставалось необходимым сохранить дальше… и дальше… и дальше… И скучно не было.

А когда она решилась показать Никиту родителям, Макс первым выскочил к входной двери, сделал стойку и по-свойски, бесцеремонно поставил лапы на грудь только что вошедшему в дом гостю. Таким образом, возражений и от Макса не поступило.

Гастроли глубокой осенью или зимой — это всегда неприятное дело: убитые дороги, промозглые гостиницы, мерзкий сквозняк на сцене. Надя любила гастроли даже такими. Вот только этой осенью ехать с группой в двухнедельную поездку по области ей вовсе не хотелось — в первый раз за несколько лет. Утренние недомогания участились, и надо было что-то уже решать, хотя она никому пока ничего не сказала, даже Никите. «Ладно, когда вернусь…» — решила она и всё же поехала — подводить ребят нельзя.

Через несколько дней поездки она позвонила домой.

— Макс заболел, — папа сказал это так, что даже по тугоухому междугороднему телефону было слишком хорошо слышно его отчаяние, — ничего не ест… Я возил его к ветеринару… Говорят, что он, может, проглотил кусочек какой-то пластмассы или фотоплёнки… Рентген? Сделали, но ничего толком не определили.

В последующие дни дозвониться домой из душной переговорной будки одного из местных почтамтов у Нади получилось только один раз, но мама не сказала ничего нового — плохо Максу, плохо…

А через два дня, когда Надюша вернулась поздней ночью после поездки, папа и мама сидели на кухне, возле того самого, выходящего во двор окна, и тихо разговаривали. Папа, привыкший решать все собачьи проблемы самостоятельно, всего несколько часов назад, когда стемнело, похоронил Макса недалеко от дома, в старом парке, возле широкой спокойной реки, где они вдвоём с ним гуляли почти одиннадцать лет. По лицам родителей Надя всё мгновенно поняла и молча, не снимая пальто, опустилась на свободную табуретку.

— Ты, наверно, проголодалась, — мама тут же засуетилась у плиты, а папа полез в маленький старый холодильник.

— Ну, вот что, люди, — у Надюши от её неожиданной решимости рассказать свой секрет сердце перепрыгнуло прямо к губам, — вот что… Будет у вас скоро новый щеночек…

— Я так и знала! — обернулась к ней мама…

* * *

— Геночка, иди сюда! — зовёт Надя сына из кухни, оторвавшись от кастрюль и сковородок, где готовится большой воскресный семейный обед. — Тут кое-что есть для тебя…

Она задумчиво смотрит на пятилетнего чернявого Генку, весело прибежавшего за очищенной кочерыжкой — он очень любит сырую капусту.

Счастливчик

Я просто ненавижу его. И завидую! Знаю, знаю, нехорошее чувство… Всё равно завидую. И как можно не завидовать такому человеку? Ты пять дней не отходишь от этих дурацких книжек и тетрадей, зубришь, как ужаленный в задницу, сто девятнадцать билетов, но не успеваешь пройти последние три… И на экзамене тебе, совершенно одуревшему от дат, имён и почти бессонной ночи, попадается сто двадцать второй! Как раз из тех, что ты не успел повторить! И еле-еле — трояк!

А он… весёлый, краснощёкий от катания на лыжах на загородной даче у каких-то знакомых, говорит, что ничего не учил, кроме десяти билетов. Уверенно тянет билет на столе у Риммы Сергеевны и вытаскивает один из этих десяти! Пять баллов! Она его ещё и хвалит! Какая хорошая у вас подготовка! Подготовка…

А это его почти портретное сходство с известным поэтом: светлые волосы, длинные ресницы, наивно-задумчивый взгляд! И такое же, как у поэта, имя.

И это ему родители покупают чехословацкую гитару, на которой он даже не пытается научиться играть, и переносной магнитофон, который он почти не слушает. А тут в кровь молотишь на отцовской клееной-переклеенной семиструнке, переделанной на шесть, и маешься с допотопной магнитолой, которая крутится пятнадцать минут, а потом останавливается, зажёвывая плёнку.

Вы считаетесь друзьями, везде ходите вместе, и ты придумываешь всякие приколы для всей компании. И девчонки смеются, и все смеются — твоим выдумкам, но без него тебя не приглашают никогда и никуда. А сам он частенько исчезает (прикинь, Танюхе билеты достали, и мы с ней в кино ходили на закрытый показ, Ленка меня позвала, у неё паханов дома не было, у Артура дома «пулю» писали). Он вроде занимается сразу несколькими видами спорта (фехтование, бадминтон), но главное — прекрасно играет в преферанс во всё более взрослой и серьёзной компании.

А потом он оканчивает школу и «случайно» поступает в хороший институт (чувак, я вообще не знал, куда идти, ну, открыл брошюрку, ткнул пальцем в факультет этого института, у меня медаль, сдал один экзамен, сам не знаю, как они меня взяли). Учится всё так же — легко и просто.

Ну, ты тоже учишься в институте... шатко-валко. И как-то случайно, уже на предпоследнем курсе, на отработке лабораторных, знакомишься с девчонкой. Даже удивительно, с какой симпатичной девчонкой — Валей... милой, родной Валей...

Практика у него всегда проходит на кафедре (никакого села), а после окончания он вроде и устраивается на работу, но почему-то сидит целыми днями дома. Однажды он сообщает, не очень старательно делая вид, что по большому секрету:

— Понимаешь, мне такое место предложили. Я вроде как в постоянных командировках. Мне платят зарплату, командировочные и премиальные — я никуда не езжу. Половина зарплаты — мне, остальное, а также командировочные и премиальные — моему начальству… ну, и кому-то там ещё. И делать ничего не нужно, только сидеть дома и не попадаться на глаза, приходить только в получку.

— А на жизнь хватает? — это спрашиваешь ты.

— На жизнь… я зарабатываю не этим, — чуть усмехается он, — я играю. Вот за этим столом, — он показывает на шаткий круглый стол, когда-то полированный, с множеством тёмных лунок от сигарет. — Здесь, старик, идёт такая игра… такие шальные бабки… такие люди приходят…

Квартира осталась ему от бабушки. Над видавшим виды пыльным диваном — стена с ободранными обоями, и на ней, до самого потолка, — какие-то непонятные каракули.

— А это, — он продолжает экскурсию, — «стена полового почёта» — женщины, побывавшие со мной, ставят тут свои подписи (может, он шутит?). Вот видишь, уже почти места над диваном нет, будем переходить туда — ближе к буфету… Они тут у меня и убирают… иногда.

Похоже, не шутит.

Я подхожу ближе и тупо смотрю на эту стену, на эти «каляки-маляки». И одна из подписей так ужасно напоминает… Нет, не может быть, чтобы это была Валина подпись. Как она может оказаться здесь, на этой задрипанной стенке, в чужой, прокуренной до невозможности комнате… доставшейся ему от интеллигентной бабушки Раи?

Я помню его бабушку Раю, сидящую за этим самым столиком в аккуратном тёмном домашнем платье. Перед ней чашка вечернего чая, маленькое блюдечко с вишнёвым вареньем и раскрытая книжка Андре Моруа.

Тут никак не может быть Валиной подписи.

«Садитесь, попейте чаю», — всегда на «вы» говорит мне бабушка Рая.

АНЖЕЛЛА
Света
Катюша
ВЕРА
Наташа
НАТАША
ВАЛЯ
Настя
Люся
Ирина

Нет, только не Валина подпись. Но я знаю уже, что — Валина, Валькина…

— Где ты с ней познакомился?!! — ору я ему, и он от неожиданности хлопается на этот проклятый диван, а я хватаю здоровенную… что я хватаю? На столе стоит тяжёлая хрустальная… то ли ваза, то ли пепельница — это тоже осталось от бабушки Раи. И бью его по… он закрывается руками… я бью его… он закрывается. Я попадаю по голове, может быть, в висок. Он сползает с дивана на пол… и тёмное густое красное варенье — тоже на полу. И я думаю всё время, чем я буду вытирать это варенье с пола, с дивана, с забрызганных ножек стола, со стены «полового почёта». И, ничего не вытирая, я убегаю оттуда. И никто не знает, что я был в этой прокуренной комнате. И пока вечером к нему не придут его карточные друзья, никто ничего не увидит. Но и потом — никто ни о чём не догадается и никто меня не заподозрит.

И с ней я больше не увижусь и очень скоро уеду по распределению. Далеко. Она будет мне писать, много раз — я буду, не распечатывая, выбрасывать её письма. И потом кто-то из знакомых напишет мне про нашумевшую на весь город историю: что у него в квартире собиралась нехорошая компания, и они, видимо, поспорили о чём-то во время карточной игры, и его у… Короче, какой ужас, такой был удачный парень, вот что значит — плохая компания. А где она, никто из знакомых не знает. Потом, правда, кто-то рассказывает, что её видели: она замужем за слесарем. Нет, электриком городского трамвайного депо. И мне всё видится эта стена — в синих подписях и вишнёвых брызгах.

Ерунда. Ничего этого не происходит.

То есть происходит… его рассказ, и «стена полового почёта», и знакомая подпись, но я просто мычу что-то про то, что пора идти и меня ждут — и ухожу. Вечером она приходит ко мне на свидание, на наше обычное место на трамвайной остановке. И я, вместо «привет», с размаху бью по её очень красивому лицу. Рядом кто-то кричит, охает, зовёт милицию. Я молча поворачиваюсь, сажусь в подоспевший трамвай и навсегда уезжаю… Да, навсегда уезжаю. Иду служить в армию — на год (я же окончил институт), лейтенантом. А после «дембеля» работаю далеко от дома и возвращаюсь в родной город на пару дней каждый год, чтобы только повидать родителей. И что с ней, что с ним происходит — я никого не спрашиваю, не знаю и никогда не узнаю. И случается Чернобыль, и я командую ротой ликвидаторов. И я вижу, как растёт другая стена, как прячут за ней взорвавшийся реактор. Получаю хорошенькую дозу и сильно болею всю свою недолгую оставшуюся жизнь. И нет у меня жены, нет детей, нет ничего… Точка.

Нет, и не так.

Я не говорю ему, что узнал её подпись, и через полчаса просто ухожу из полумрака его старой бабушкиной квартиры. Я молчу и думаю, думаю и молчу. Вечером Валя приходит ко мне на свидание — и всё как обычно. Кажется, в этот вечер мы идём в кино. Только я много думаю. Какой-то ты стал молчаливый, о чём ты думаешь? Но проходит немного времени, и мы женимся, и проходит ещё немного времени, и появляется наш сын, потом второй, и мы работаем, и дети растут. Иногда я слушаю, что она говорит, иногда — нет. Он у меня такой молчун. Да, скуч-но-ва-то, но я привыкла… нет, я просто шучу. Он никогда не обижается. Ты же правда не обижаешься? Он много работает, старается, мы даже в Турции были этим летом.

И как-то я его встречаю, мы здороваемся, он цепляет меня под руку прямо посередине людной улицы и отводит в сторону, к стене дома на Садовой, где новая чайная в модном парадно-деревенском стиле. Он почти такой же розовый, но озабоченный, и долго рассказывает про свои разнообразные начинания. Мы стоим, я рассматриваю шершавую серую стену дома за его спиной. И ещё, сквозь стекло, какую-то парочку за круглым столиком в чайной. Они намазывают булочки джемом и прихлёбывают из высоких керамических кружек. Вот знаешь, чувак, мотаюсь, с таким трудом поменял квартиру, берлогу эту, делаю ремонт, да, играю, но закрутил одно новое дело, сейчас столько всего, везде столько шальных бабок, просто валяются под ногами, надо успеть, успеть, волка ноги кормят… Есть, опять молоденькая, дурная… А как ты? Дети, жена?.. И ты всё там же? Дачку построили? Отдыхали в Турции? Да ты — счастливчик, ты — просто беззаботный счастливчик! Ну как можно не завидовать такому человеку?.. Может, зайдём, выпьем? А-а, здесь только чай…

Отрава

— …Я тоби так скажу, Вэниамину Сэргиойвичу… Трэба бигты у сэрэдыни, — часто говорил Веньке старший аппаратчик Петро Гнатюк, — тому, що пэрэдних бьють по морди, а задних — по сраци…

Вообще-то, Венька занимал в цеху должность сменного мастера, и, по идее, наставлять рабочих должен был он. Но пока что уму-разуму учили его: он приехал на химкомбинат по распределению, после института, всего полгода назад и ни черта в рабочих делах не смыслил (и не жаждал осмыслить, мечтая уехать как можно скорее), а все двенадцать его подчинённых проработали здесь по много лет, уверенно теряя на вредном производстве зубы и волосы. Гнатюк, самый старший, лет сорока, казался Веньке совсем старым — со своей гладко отполированной двадцатью годами производственного стажа головой, под неизменной чёрной кепкой, полупустым ртом и маленькими бледно-голубыми глазками, прямо-таки наполненными хитростью… Ну просто вылитый весёлый пиратский боцман! Даже перекинутый через его правое плечо ремень сумки с противогазом казался перевязью острой пиратской шпаги. На самом же деле понастоящему острым был гнатюковский язык — говорил он на русско-украинском суржике, как и большинство в этих местах, но всё-таки на более украинском, чем остальные. Жил Гнатюк в далёком от химкомбината посёлке и на каждую смену по три с половиной часа добирался раздолбанной вонючей электричкой: работы, тем более так хорошо оплачиваемой, как на химическом производстве, в его родном посёлке не было, вот и приходилось ездить далеко. Этот разговорчивый боцман в основном и наставлял Веньку во время дежурств, обучая всяким цеховым и житейским премудростям, а Венька молча слушал.

И все остальные в сменной бригаде относились к молодому мастеру замечательно. Беспорядочно бородатый начальник смены Николай Петрович (за глаза называемый попросту Бородой) зазывал Веньку к себе в кабинетик, «на чай»: в ночные смены это значило — на полстакана спирта с половинкой яблока вместо закуски. Лаборантки Нина и Оксана, симпатичные молодухи, но уставшие от жизни с пьющими мужьями, предлагали ему домашнего борща, разогретого на лабораторных печах. А беспечные операторы Лёнька и Славка — опять же, в долгие ночные смены — отправляли его спать за приборные щиты: «Мы, Вениамин Сергеевич, привычные, а вы пойдите, прикорните там, на лавке, полчасика». И на узкой твёрдой лавке, под ровный тяжёлый гул и шипение пневматических самописцев и манометров, Венька проваливался в беспокойный, но всё равно такой вкусный молодой сон — иногда и на два, и на три часа… Ребята, впрочем, не забывали разбудить «начальника» вовремя, чтоб не выглядел заспанным к утру, к концу смены, когда настоящее, цеховое начальство начинает шастать по аппаратным.

Работа была нетяжёлая по сравнению с другими производствами, но очень вредная и опасная, если что-то начинало подтекать (за что платили большие надбавки, давали бесплатное молоко и шла выслуга лет): в цеху стояло ещё трофейное немецкое оборудование, целиком завезённое после войны, и давным-давно миновали все разумные сроки его эксплуатации, а используемые вещества относились к классу сильных и когда-то боевых отравляющих веществ. Поэтому главная задача у всех была одна — потихоньку выполняя план, не взлететь на воздух и не отравиться. К этому вполне подходили гнатюковские сентенции о «беге в середине»…

А ещё Веньке нравилась Людка. Она тоже была старше его, лет на пять, и тоже работала аппаратчицей одного из отделений цеха. У неё имелись смуглый высокий чистый лобик с неглупыми мыслями, красивые каштановые волосы — под обязательной косынкой, муж и дочка, а также незаконченное образование в ПТУ и какая-то своя полудеревенская-полугородская жизнь в доме у свекрови. Нельзя сказать, чтобы Венька много про неё думал, да и поговорить, в общем, не часто удавалось, разве когда приходилось заменять её напарницу по отделению. Однако его будоражила полоска её простых голубых или белых трусов, выглядывающая иногда при наклонах к вентилям и заглушкам на небольшом плотном ладненьком теле — в промежутке между синими опрятными рабочими штанами и короткой курточкой.

Однажды Веньку совсем бес попутал. Ему опять пришлось подменять беременную Людкину напарницу, Варю, которая, едва выйдя в вечернюю смену, закряхтела, заохала… Сообщили Вариному мужу — и на комбинатовской административной машине помчали её в роддом. Венька остался в отделении помогать. Сначала они вдвоём долго болтали в щитовой, чересчур ярко, как сцена, освещённой люминесцентными лампами, раз в час заполняя журналы наблюдений за процессом. Потом пили чай (что было совершенно запрещено на рабочем месте). Потом Людка начала с ним кокетничать («Мне наши девки говорят, мол, что это к тебе молоденький мастер зачастил? А я им: да что вы болтаете…»). А потом Венька притянул Людку к себе и начал жадно целовать… даже самому было неясно, как это он вдруг на такое решился, прямо затрясло его. Губы у неё были… замечательные… немного в душистом вазелине… наверно, намазала перед сменой, из-за сухого воздуха в цеху. Венька оторвался от неё только тогда, когда почувствовал привкус крови, — это у Людки губа треснула от такого его рвения. Она, впрочем, тоже целовалась очень настырно, со вкусом, и на колени к нему сразу же пересела. Ранку промокнула платочком — и опять целоваться. Потом отстранилась, держится снизу живота и говорит:

— У меня всё разболелось… хватит… — и опять целоваться.

И так, наверно, целый час. Теперь уже и Венька почувствовал, что всё болит. Тут Людка от него отпорхнула, отсела подальше, поправила косынку, курточку и давай делать вид, что заполняет журнал показаний — пора уже. Хорошо ещё, что никто из смены в аппаратную не зашёл: Борода, например, очень любил неожиданно появляться. Венька через несколько минут опять надумал сунуться, но Людка свою противогазную сумку схватила — и в цех: надо что-то и там проверить, скоро конец смены.

Распаренный Венька — за ней. Обходя отделение, они с Людкой вышли на крышу.

В небе над комбинатом и близкой рекой громоздились клубни подсвеченных снизу густых дымов, невообразимых оттенков рыжего цвета.

— Красиво… — сказал Венька, всё ещё переживая своё возбуждённо-лирическое состояние.

— Ага, красиво… — повторила Людка. — Только это отходы сбрасывают… к ночи — пока инспекция не видит…

и под выходной день — потому что пробы воздуха не берут. А потом вся эта дрянь на город идёт… Пошли отсюда.

Назад вернулись — уже сменщики пришли. Венька стал нехотя с ними разговаривать о чём-то производственном, а у самого вид… Нет, нет, я — здоров, просто, видите ли, здесь, в щитовой, несколько жарковато.

Всё главное случилось в следующую смену, поздно вечером, прямёхонько на полу за приборными щитами, на подстеленных зимних спецовках из грубой, шершаво-колючей ткани. И хотя в аппаратную Людкиного отделения вроде никто и не заходил, Венька почувствовал, что смена всё-таки что-то про них знает: выражение физиономий, что ли, у всех было какое-то необычное. А Гнатюк, сидя на лавке в мужской бытовке (после душа, абсолютно голый, но уже в кепке), стал долго и смачно рассказывать целую басню про то, как в молодости помногу и подолгу любил деревенских девушек в стогу сена… и как это сено пахнет… и как колется в неподходящий момент… Впрочем, Гнатюк — известный болтун, и, возможно, Веньке с перепугу что-то особенное просто показалось?

Долго рассуждать ему об этом не пришлось, потому что назавтра, в 20:43, случилась авария. Лопнул трубопровод на громаде серой китоподобной ёмкости с самым ядовитым в цеху газом, мерзко заорали датчики, зашкалили стрелки — сначала в Людкиной щитовой, а потом — и в центральной. Людка была на месте беды первой, натянула противогаз и вручную стала останавливать насосы, не надеясь на хилое дистанционное управление. Венькиного руководства и помощи никто, конечно, не ждал, все вроде бы сами знали, что делать и что не делать, и к ёмкости сбежалась целая группа хоботообразных во главе с Бородой. Гнатюка, правда, не было видно, но он, наверно, был занят в другом отделении.

Венька же, после вчерашнего события, был полон дурной энергии и, незаметно для себя, выпендривался перед Людкой, поэтому активно и совсем неосторожно лез помогать в самое пекло.

Утечка была серьёзная, и долго ничего не могли поправить. Судя по всему, случилось именно то, чего давно уже ждали и молча боялись. Пришлось начать полную остановку процесса, а повреждённый трубопровод принялись бинтовать, как раненую конечность. Непроницаемый белый туман с невинным запахом прелого сена ловко переползал из одного отсека в другой. Старых фильтров в противогазах хватало только на пятнадцать минут, нужно было выбегать из зоны аварии, чтобы поменять противогазные коробки на запасные, из хранилища, но Венька не сразу это понял, да и запах поначалу не казался ему страшным — даже напоминал что-то беззаботное, детское, летнее… Когда трубу забинтовали и туман начал рассеиваться, в цеху уже работала целая аварийная команда, съезжалось всё начальство — и цеховое, и из управления комбината. Ночью у Веньки сильно болела голова, а следующим утром, уже в комнате ИТРовского общежития, начались сильная тошнота, озноб и рвота. Отравление… заводская больница… неделя капельниц и уколов.

«Вам, молодой человек, повезло, отравление нетяжёлое, всё у вас пройдёт».

«Вас же учили, что нужно соблюдать технику безопасности? Вы же расписывались в журнале инструктажа?»

«Я ж тоби казав: треба бигты у сэрэдыни…»

Оказалось, что и Людка надышалась, но намного сильнее, и в больнице ей лежать долго-долго. У неё началось осложнение — серьёзная лёгочная болячка, и неизвестно, чем это закончится. Венька всё думал-думал пойти её проведать, да так и не решился… неудобно как-то. Муж, говорили, по несколько раз в день к ней в палату бегает, очень переживает и дочку приводит.

В общем, может, это и хорошо, что Людки не было тогда, когда пришло на Веньку долгожданное открепление из Москвы и бригада провожала его домой. Борода ворошил, естественно, бороду, Нина и Оксана напоследок прикармливали какими-то домашними вкусностями, Лёнька и Славка шутили и фамильярно хлопали по плечам — он уже для них почти не начальник. Гнатюк, сняв кепку и привычно погладив лысину, опять не преминул напомнить свою науку.

И побежала дальше молодая Венькина жизнь, но, похоже, осталась бродить в организме какая-то не выявленная врачами отрава, потому что и много лет спустя запах скошенной травы и сена будет остро мучить его в городских скверах и парках и особенно в загородных поездках, вызывая тошноту, тревогу и отчаяние вместо желания вдохнуть, как говорится в песнях и стихах, этот зов полей полной грудью.

Мама Пасюка

Большая перемена уже подходила к концу, когда по команде Конькова несколько пацанов отшвырнули недокуренные сигареты, неожиданно схватили Пасюка и, повалив на заплёванную деревянную скамейку, врытую возле оранжереи, стали сдирать с него штаны. Пасюк писклявю орал и дико вырывался. Всю эту сцену со смешками наблюдали стоящие неподалёку девчонки, но от школы скамейка была не видна из-за высоких кустов, так что помощи ждать было совершенно неоткуда. Штаны сняли не совсем, только стащили на ботинки, предъявив миру белые, худосочные пасюковские ноги и расхлябанные «труханы» в мелкий жёлто-фиолетовый цветочек — и тут оглушительно заверещал звонок. Девчонки ушли, и, так как продолжать процесс без зрителей уже не было смысла, Пасюка отпустили. В класс он вернулся самым последним, всё ещё красным и потным и, ни на кого не глядя, проскочил на своё место. Марк Давидович стоял к классу спиной и вообще ничего не заметил, продолжая скрести по стеклянной доске.

Большая, разговорчивая мама Пасюка была председателем родительского комитета. Она нередко появлялась в школе, с неизменным рвением совершая разные полезные, по её мнению, дела. Так что, если бы кто-то хоть намекнул ей на издевательства, регулярно совершаемые над её сыном, крику было бы немало. Но молчали все. И девчонки, и сам Пасюк.

Впрочем, даже если бы мама Пасюка и издала крик, Конькова всё равно трудно было бы наказать. Коньков неплохо учился и никогда сам ничего дурного не совершал — только подавал идеи и отдавал распоряжения. Был он улыбчивый во весь красивый тонкогубый рот, лёгкий, слушаться его было приятно. Жил с матерью и старшим братом, недавно окончившим вуз. Мать работала медсестрой, молодо и модно выглядела и, по словам Конькова, «пользовалась повышенным потребительским спросом». Её часто не было дома, а брат устраивал занятные вечеринки с ласковыми подружками, и даже Конькову-младшему иногда перепадали их ласки, по крайней мере, он хвастался этим на скамейке возле оранжереи с такими подробностями, что мальчишки напряжённо хихикали и встать со скамейки сразу не могли.

Над Пасюком продолжали прикалываться всячески: после физкультуры, в самый неподходящий момент, затолкнули в женскую раздевалку, стащили у кого-то из девчонок перламутровый лак для ногтей и залили Пасюку прямо в портфель, а теперь вот и штаны сняли на виду у всех. При этом сочувствия Пасюк ни у кого не вызывал, ну абсолютно ни у кого. И хотя по утрам он вроде всегда приходил чистый-наглаженный, только брюки и пиджак коротковаты, в середине дня он уже выглядел помятым, белёсые волосики на голове — торчком, кругленькая сосредоточенная физиономия — в лиловых пятнах, и дух от него — якобы — шёл нехороший, с ним даже сидеть за одной партой никто не хотел. Любимой шуткой Конькова было громко и неожиданно заявить проникновенным басом прямо посередине урока (особенно эффектно это получалось на уроке молодой исторички): «Ирина Валентиновна, откройте, пожалуйста, окно, а то Пасюк тут так подпустил, что дышать — фу-у! — совершенно невозможно!» И Пасюк лиловел ещё сильнее, и класс гоготал, и Ирина Валентиновна, смущённо прервав объяснение на полуслове, начинала дёргать заедавшую оконную створку.

Когда за очередной пациенткой закрылась дверь, медсестра Альбина Конькова что-то сказала врачу.

— Что вы сказали, Альбиночка? — переспросил гинеколог женской консультации Ю. С. Половинкин, снимая очки и отрываясь от писанины в медицинской карточке. — Ваш сын учится в одном классе вместе с сыном этой женщины?.. Этого, знаете, не может быть… ну, в смысле, её сына. Она же у нас нерожавшая… И не могла она рожать: проблем у неё там — полна, как говорится… гм… коробочка. Сын-то, выходит, приёмный. Приёмный, Альбиночка. И никто, получается, об этом не догадывался? Вполне вероятно… Бывает, дорогая, бывает, вы же знаете: одни избавляются, как от лишнего, а другие хотят, да Бог не даёт… Мы-то с вами много чего этакого знаем… И, безусловно, распространяться об этом никому не стоит — ни в коем случае!.. Пригласите следующую больную, пожалуйста.

— Ах, Ирина Валентиновна, — печально произнёс Коньков на вопрос учительницы, почему он сидит, положив понурую голову на сложенные руки, а не записывает новый материал, — вы, наверно, не знаете… А я так переживаю. Наш Пасюк, он же, бедняга, не родной сын своих родителей…

— Как — не родной? — обомлела Ирина Валентиновна, повернувшись к Пасюку. — Мы же его маму знаем…

— Да, — продолжал Коньков, ещё более проникновенно, — маму Пасюка мы знаем… Только она ему не мама, вернее, не родная мама. Он — приёмный сын, сирота, — голос у Конькова прямо пресёкся от жалости к товарищу, — и он этого даже сам не знал. Они от него, представляете, это скрывали. Всю жизнь. Всю жизнь! А мы-то думали, почему он так на своих родителей не похож? И вот, оказывается, что-о!..

— Ну что ты такое говоришь? — пыталась возразить Ирина Валентиновна, растерянно переводя взгляд то на Конькова, то на класс, то на Пасюка. — Откуда это такое стало известно?

— А вот, к сожалению, как-то стало, — совсем горестно вздохнул Коньков, — хотя, конечно, я бы не стал травмировать несчастного приёмыша лишними вопросами. Правда, Пасюк? — и он тоже повернулся к Пасюку. — Это же такая беда…

И все смотрели на Пасюка. А тот, даже не лиловый, как обычно, а уже почти синий, вдруг заулыбался — слабо, кривенько, непонятно чему — вроде разглядел что-то на доске или на портретах известных людей над ней.

Ирина Валентиновна подошла к Пасюку и сначала приподняла руку, как бы решив его погладить, но потом только тихонько сказала:

— Может быть, тебе надо выйти, Пасюк? Ты выйди, выйди, можно…

* * *

Никто из родных Лильки и не думал, что она вообще когда-нибудь выйдет замуж. Не то чтобы она уж очень была некрасива в девицах, но как-то всего было у неё чересчур много: и немалый рост, и внушительная грудь, и плотные покатые плечи, и пышные чёрные волосы, и широкое плосковатое лицо. «Большая девочка», — вздыхал её миниатюрный папа-сапожник, когда она тяжеловато топала мимо его будки, возвращаясь из школы с неизменной круглой булочкой в руке. Предполагалось, что учиться Лилька будет в ПТУ, на оператора станков с числовым программным управлением, но она устроилась на какую-то конторскую службу. Заочно окончила библиотечный институт в Харькове, уехала работать в библиотеку маленького военного городка в Казахстане и там вышла замуж за совсем немолодого капитана, такого же чернявого и щуплого, как её папа. Лет ей уже было хорошо за тридцать, когда они поженились, но ведь вышла всё-таки!.. И человек, смотри, попался достойный — всё тихим голосом: «Лиля, ты не могла бы мне простирнуть зелёную рубашку?», «Лиля, не сочти за труд налить чашку чаю», «Лиля, как ты скажешь, так и сделаем»… Ну просто кино — и не верится!

Беда после открылась: детей у них никак не получалось родить — и два, и три года, и пять лет после свадьбы. Лечились-консультировались множество раз: Лиля самоотверженно внимала советам, настойчиво глотала таблетки и выполняла все предписания — причём старалась не только она, но и её капитан, которому тоже пришлось пройти кучу малоприятных обследований и процедур, но ничего из этого не вышло.

Капитана (а потом и майора) стали мотать по стране, и Лилька наездилась с ним вдоволь. Поздней ветреной осенью, во время одного из таких, уже ставших привычными переездов из одной части в другую, они сошли с поезда на крохотной станции со своими тремя дерматиновыми чемоданами, исцарапанными до белизны вдоль и поперёк. Шёл назойливый мелкий дождь, обещанная машина из части ещё не пришла, и в пустом, прокуренном зальчике ожидания Лилька сразу увидела на скамейке свёрток из сиреневого байкового одеяла. Свёрток издавал квакающие звуки, рядом стояла железная кружка, оттуда торчала бутылочка с соской, и молока в бутылочке было на треть. Кто это всё здесь оставил, установить не представлялось возможным: в зальчике никого не было, окошко кассира казалось закрытым навечно, а мужичок в железнодорожной форме мгновенно исчез куда-то с перрона, как только поезд, после пятиминутной стоянки, отошёл. Но когда Лиля развернула свёрток, то ничего устанавливать уже не захотела и только выдохнула: «Будет наш!», решительно определяя подкидыша в их семью.

Майор был совершенно ошеломлён таким поворотом событий. Он постоял на перроне. Поглядел в одну, в другую сторону, на мокрые рельсы, на небо. Поёжился. Несколько раз обошёл домик станции. Старательно подёргал все попавшиеся ему двери. Выдвинулся подальше на дорогу… Никого.

Он не переносил, когда нужно было выкручиваться, придумывать, делать что-то «по блату» — и всячески этого избегал. Но тут, скрепя сердце, решил всё как надо. В части сказал так: была жена беременная, по дороге начались роды, и родился мальчонка — пришлось, мол, папаше самому принимать. Никто подробно и не интересовался, как это произошло. Кадровик был сильно пьющий и уже безразличный почти ко всему, как и большинство сослуживцев: приехала семья нового офицера, жена, ребёнок — какие могут быть вопросы? Ясно-понятно, наливай за приезд! И по второй, и по третьей: за окнами — серый плац, на него льёт, не переставая, холодная серая мерзость, и сотни километров до какой-то другой, не серой жизни, если такая вообще где-то ещё есть…

Короче говоря, справки сделали, а потом майор съездил в райцентр и записал там новорождённого. Наверное, без подарков нужным людям не обошлось, но в подробности Лильку он не посвятил — у неё и так забот хватало: малыш был очень слабенький, всё время болел — и с кормлением намучились, и с лечением… лучше не вспоминать.

В общем, после появления малого Лиля уже больше в библиотеке не работала, однако чётко, по-строевому, без лишних вопросов и разговоров выполняла нелёгкую домашнюю работу во всех многочисленных передвижениях по местам майорской службы. Но когда произошло долгожданное назначение мужа (уже подполковника) в большой город и получение замечательной двухкомнатной квартиры с настоящими удобствами, постепенно утвердилась в положении уважаемой жены и матери, стала очень общительной и общественно полезной. Успевала заниматься делами и дворового, и родительского, и ещё каких-то комитетов, много, шумно и тщательно обсуждая подробности каждого дела с теми, кто имел к этим важным делам отношение непосредственное, а заодно и с теми, кто не имел к ним отношения совершенно никакого. Делилась жизненными наблюдениями (а повидала она за годы вынужденных путешествий немало), рассуждала о характерах людей, довольно подробно рассказывала про свою семью, хвалила мужа и сына, но никогда ничего не говорила о событии, происшедшем на безлюдной осенней станции, вот уже четырнадцать… нет, погодите, пятнадцать лет тому назад.

****

Домой он не пришёл. Мама Пасюка забеспокоилась, ждала, металась по комнате, выскакивала на улицу, затем отчаянно кинулась — шесть кварталов — в школу.

Свет горел только в вестибюле и двух окнах второго этажа — Марк Давидович проверял контрольную. Кроме него и вахтёрши, в школе никого не было. Когда совсем стемнело, мама Пасюка решилась позвонить мужу — раньше беспокоить его боялась, зная, что начались большие командно-штабные учения.

Подполковник сообщил в милицию. Те долго расспрашивали, искать не хотели, обещали, что мальчишка сам придёт: у них такие истории — сплошь и рядом, каждую неделю по несколько раз. Однако сводку разослали, и ближе к ночи постовые застукали Пасюка на вокзале.

Он сидел в зале ожидания, в углу, на скамейке — руки на коленях, смотрит куда-то наверх и слегка вроде улыбается… или не улыбается? Непонятно. Никто не смог вытащить из него ни слова. Привезли домой, и она снова, как когда-то, переодевала, мыла, кормила с ложечки, укладывала спать, разве что не пеленала… Он не сопротивлялся ничему, но молчал, с той же прилипшей к лицу полу-улыбочкой — так и уснул с ней. Она просидела рядом всю ночь, при свете зелёного ночничка смотрела ему в лицо, и ей становилось всё страшнее. Подполковник вернуться домой в этот день не смог, а в коротком телефонном разговоре обещал заскочить только к завтрашнему вечеру — учения были в самом разгаре. Поэтому утром она потащила сына к врачу, а оттуда парня уже не отпустили и на «скорой» отправили, как ей сказали, «в стационар».

Слух обо всём этом как-то добрался до школы, и возле дома маму Пасюка ждала ужасно встревоженная Ирина Валентиновна, которая тут же путано поведала, что произошло вчера на уроке истории. И про то, что Пасюк, выйдя из класса на её уроке, оказывается, в школу уже не вернулся, и портфель его остался под партой (вот я его вам принесла!). И когда ей сегодня стало известно про бегство и состояние Пасюка, она нашла адрес и примчалась к их дому (я, понимаете, вас жду, жду тут уже несколько часов!). И она очень извиняется (я очень извиняюсь, что не сделала это сразу, ещё вчера!), но, понимаете, Коньков так серьёзно, так участливо говорил о беде своего товарища (я и подумать не могла!), и вообще Коньков — такой хороший мальчик и ученик хороший…

Тут мама Пасюка, которая, ничего не говоря и даже не моргая, слушала Ирину Валентиновну, внезапно ухватила маленькую учительницу за тонкие плечики и, ощутимо встряхнув, выпалила:

— Вот эта мамочка хорошего мальчика, эта шалава гинекологическая, и постаралась!.. — и ушла к себе в квартиру.

Сказать, что Ирина Валентиновна осталась стоять на улице с открытым ртом, будет, конечно, весьма стандартным выражением, но что скажешь, если она действительно осталась так стоять?

Подполковник приехал через полчаса.

— Лиля, Лиля, ну что? — спросил он с порога.

— Он — в больнице, заболел, — спокойно отвечала она, — но сказали, что всё будет в порядке. Иди поешь, я тут, на кухне накрыла.

— Да, да, — сказал подполковник, — я ненадолго, машина ждёт. Что это с ним? Простуда, температура? Он бредит?

— Да, немножко бредит, — отозвалась она с кухни.

— Ты думаешь, всё будет в порядке? Ты подъедешь к нему завтра? У меня тут — как назло!..

Он сокрушённо покачал головой, снял ремень, китель, оставил всё на стуле в комнате и закрылся в туалете.

Она быстро вытащила из кобуры пистолет, постучала в дверь туалета («Я — к Антоновне, на минутку, сейчас вернусь!»), набросила куртку и, тихо отворив дверь, выбежала из дома. Она помнила, что это недалеко.

Ей нужно было только перебежать наискосок двор и пересечь узкий бульварчик…

* * *

— Зоя-Ванна, тут мама Пасюка пришла! — горланит санитарка, вполоборота повернув голову куда-то назад, в длинный коридор.

— Хто? — издалека спрашивает кто-то невидимый.

— К Пасюку, говорю, мама пришла, — повторяет санитарка.

— А-а… пропускай! — поступает команда, и мама Пасюка движется по коридору.

Санитарка смотрит ей вслед и шепчет другой, должно быть, новенькой санитарке, выглянувшей из ближайшей двери:

— Да, да, это та самая — мама Пасюка… Она тогда выстрелила в лицо мальчишке — однокласснику её сына. И в мамочку этого мальчишки тоже стреляла, но никого не убила. Говорят, парень после выстрела стал страшным уродом, и мамочку его долго латали. Такие ужасы — и не говори!.. А эта отсидела — и теперь вот каждый день приезжает сюда к своему сыну. Только он же… ну, ты знаешь…

— Пасюк, — в то же время бодренько приговаривает в дальней палате Зоя-Ванна, — твоя мама пришла, слышишь, мама твоя пришла!..

Её голос неутомимо и настойчиво будет повторять это ещё много-много раз, пока тот, кому повторяют, наконец не отзовётся, как будто нараспев, почти невнятно:

— Не-э… не-э… нету у меня-а ни-ка-кой мамы-ы.

В сумерки чахлый автобусик с одной-единственной пассажиркой устало возвращается по пустой серой дороге из пригорода, где расположена старая психиатрическая больница. Пассажирка в тёмном бесформенном пуховике сидит, уставившись в забрызганное окно, и всё покачивается и покачивается, словно большая, грузная тряпичная кукла. На дорогу льёт, не переставая, холодная серая мерзость, и хотя время от времени чуть покалывают глаза размытые огоньки редких придорожных фонарей, неуклюжих производственных построек и жилья, уже понятно, что нет никакой другой, не серой жизни, если где-то вообще есть ещё жизнь.

Швабра для Саддама

*История, рассказанная бывшим сотрудником
органов безопасности*

Нет, эта история не про американские войска в бесконечных песках иракской войны, не про всем известные религиозные распри Ближнего Востока и не про вечнозелёные и вечнорастущие цены на нефть. Эта история… про наш родной Киев, олимпийский Киев, принарядившийся летом 80-го года для встречи зарубежных спортивных делегаций.

Что-то подкрасили, что-то снесли, а что-то построили — хотелось верить, что по мировым стандартам. Стало гораздо меньше праздно шатающихся субъектов, особенно в центре города и вблизи олимпийских строений. В выглаженных брюках старались ходить даже милиционеры, которые добавили в свой лексикон ряд удивительно вежливых оборотов речи, звучавших в их устах как неологизмы. В магазинах появились доселе неведомые продукты — финское салями и плавленый сыр «Виола», а любимый напиток капиталистов «Пепси» (и что они в нём нашли?) занял на застольях почётное место, рядом с водкой. И уже только от присутствия всего этого тут, у нас, мы почувствовали себя частью мировой цивилизации… А что стало с женщинами! Наши и до того невообразимо обалденные киевлянки, Галочки и Оксаночки, вдруг дорвались до французской косметики! В продажу выбросили духи «Клима», «Шанель №5», «Анаис» и другие парфюмерные принадлежности, причём настоящие, а не цыганского производства. В метро запахло, как в шикарном парикмахерском салоне. Правда, запах французских «парфумов» иногда причудливо смешивался с пикантным ароматом… как бы сказать поприличнее… ну, рыбного магазина.

Увы, мы походили на гостеприимную хозяйку, которая всё пытается при появлении гостей незаметно задвинуть под диван стоптанные тапочки, но, нечаянно зацепив, частенько роняет на головы вошедших ненадёжно спрятанную на антресоли грязную швабру… Вот одна из таких «швабр».

Меры безопасности на Играх и вокруг были очень крутые (мюнхенские теракты повторить в СССР не позволим!). В Киеве главными олимпийскими объектами, взятыми под охрану, стали гостиница «Русь» и стадион. А я, в то время молодой капитан, был назначен дежурным офицером штаба по вопросам безопасности в гостинице «Русь».

Дежурили круглосуточно — прокуратура, милиция, угрозыск, пожарные. В каждой двенадцатичасовой смене — почти по сотне человек. Перед дежурством внимательно, как ходоки Ленина на известной картине, слушали речи вышестоящих товарищей о необходимости соблюдения высокой бдительности и не менее высокой социалистической законности в трёх зонах охраны гостиницы, окружённой высоким забором. Как ни странно, всё, что предписывалось, точно и неукоснительно соблюдалось: заступая на дежурство, мы проверяли всех вошедших и даже друг друга с помощью металлоискателя, а малейшее нарушение дисциплины нещадно каралось, невзирая на былые заслуги. Однако эти героические усилия не всегда приводили к успеху: периодически мы отлавливали на вверенной территории проституток (в элегантных вечерних платьях), и до сих пор неизвестно, каким образом они могли просочиться сквозь забор и металлоискатель. Кроме них, постоянно попадались трудящиеся ресторанов, по безусловному рефлексу тянущих домой после работы всё, что отрывается от земли, чётко зная при этом, что их будут обязательно «шмонать». Объяснения «задержанных» выслушать без смеха было невозможно. Например, наличие в сумочке трёх сырых яиц, кусочка палтуса и мускатного орешка хозяйка ручной клади — работник кухни — объяснила тем, что эти продукты принесла из дома, чтобы перекусить на работе, но забыла пообедать по причине занятости… и это в то время, когда процентов девяносто населения не отличало палтус от плинтуса.

В гостиницу постепенно заселялись спортсмены-футболисты из Коста-Рики, Ирака и других стран, о существовании которых мог догадываться разве что участник школьных олимпиад по географии областного масштаба. Уровень интеллекта этих зарубежных спортсменов был на много порядков ниже умственных возможностей рядового охранника из милиции, но с этим приходилось мириться. Осведомлённость же иностранцев в определённых темах вызывала откровенное удивление. Например, новоприбывшие иракские футболисты вместо предложенной им экскурсии по городу с посещением Лавры сразу попросили отвезти их в Дом офицеров на танцы, а Лавру оставить на потом. И тренеры зарубежных команд часто уговаривали нас не выпускать спортсменов за пределы гостиницы: мол, о футболе думают только они, тренеры, а футболисты — исключительно о бабах!..

Дежурства в штабе проходили, в общем-то, довольно скучно: обстановка спокойная, происшествий, кроме отлова проституток, почти никаких. Члены группы быстрого реагирования, натренированные на битьё кирпичей и скоростную стрельбу с близкого расстояния, вынуждены были находиться в небольшом помещении, в состоянии постоянной готовности, но в режиме ожидания. Такой «покой» утомляет гораздо больше, чем тренировки, поэтому к концу смены они быстро реагировали только на команду «По домам!».

…Удивляла июльская погода. Как только начинался футбольный матч, сразу капал дождь с немедленным переходом на ливень, и было очень интересно наблюдать из окон гостиницы, как в освещённую прожекторами чашу стадиона лились и лились с неба потоки воды. От этого зрелища создавалось впечатление, что скоро чаша стадиона наполнится и нарядные зрители всплывут на поверхность, барахтаясь вместе с футболистами…

В один из вечеров, часов около десяти, к нам в штаб пришёл милиционер, охранявший периметр, и сказал, что к нему обратился врач иракской команды и на русском языке сообщил, что окончил Московский мединститут и хорошо относится к Советскому Союзу. Потом он, как бы невзначай, деликатно попросил обратить внимание на перевёрнутый на флагштоке во дворе гостиницы флаг Ирака, добавив, что скоро у них государственный праздник…

Приходилось ли вам видеть иракский флаг? Красная полоса, белая полоса, чёрная полоса. На белой полосе — три зелёные звезды. Кто знает, какая из полос должна быть сверху — красная или чёрная? Тем более что никаких справочников по этому вопросу у нас в штабе не было.

Я отправил милиционера назад на пост и немедля собрал военный совет.

— Кто этот флаг вывешивал, тот пусть и разбирается, — насупился чернявый носатый Якименко. — Наше дело — охрана порядка, нечего нам вообще дёргаться.

— Не, так не пойдёт, — осторожно заметил маленький Федченко. — Его кто вешал? Олимпийский комитет. А мы ему подчиняемся, значит, должны отреагировать.

— А вдруг это наглая провокация? — сказал я. — Станем перевешивать стяг, этот процесс снимут представители западных СМИ, а завтра с удовольствием расскажут о надругательстве над государственным флагом столь уважаемой страны, как Ирак.

— Если он висит вниз головой и его не перевесить, то завтра может возникнуть та же проблема и с теми же последствиями, — негромко и методично проговорил немолодой сотрудник Сергей Леонидович, разглядывая своё отражение в полировке стола.

— Короче, нужно доложить наверх, — резюмировал Федченко, — и пусть они там думают.

Помедлив несколько минут, я потянулся к трубке.

— Чуток обожди, — остановил меня Якименко, — дай сначала получу информацию… по внутренним каналам, — и он позвонил нескольким нашим коллегам, имеющим дома справочную литературу.

Уже очень скоро мы наверняка знали, что иракский врач нас не обманул, но руководство, после моего доклада, всё-таки потребовало у Олимпийского комитета, чтобы нам немедленно доставили представителя с соответствующим справочником. Причём справочник должен был быть непременно отечественного производства, так как «там» могут изготовить что угодно, а нашей стране потом расхлёбывай эту кашу на международной арене.

В штабе у нас все заметно оживились, прислушиваясь к моим долгим и содержательным телефонным переговорам.

Через какое-то время из Олимпийского комитета приехал деятель комсомольского вида — в состоянии, весьма отличающемся от трезвого, но со справочником. Он долго рассказывал, что ему бесплатно выдали олимпийский костюм песочного цвета и комплектующие его рубашки, а все флаги вывешены в соответствии с утверждённой инструкцией. Впрочем, по его же справочнику мы ещё раз убедились, что национальная гордость дружественной страны всё-таки перевёрнута.

Наконец, в середине ночи мы получили санкцию на восстановление нечаянно поруганной чести иракского народа.

— Стоп, — сообразил тут я, — полотнище на многометровый флагшток вешали заранее с помощью лестницы пожарной машины, теперь эти машины стоят вон там, за забором, и могут, по инструкции, въехать на территорию гостиницы только по причине пожара.

— В другом случае — с разрешения Олимпийского комитета, — подтвердил Якименко.

— Кроме того, как могут расценить въезд пожарной машины иностранцы? — продолжал я. — Может возникнуть паника, а потом претензии, что инцидент повлиял на их спортивные результаты. Здесь опять нужно думать…

— Нечего тут уже думать, — сказал Федченко, — машину загоним и выгоним под утро, когда не только охрана будет спать, но и иностранцы угомонятся.

— И можно даже сочинить легенду для объяснения ночного въезда, — выдал Якименко, — мол, необходимо было проверить крепление всех флагов, ну, скажем, на случай грозовых шквалистых ветров.

— Хорошо бы ещё проверить, что там видно с того этажа, где живут иракцы? — тихо, как всегда, вставил Сергей Леонидович. — Вдруг кому-то ночью захочется не Коран почитать, а из патриотических чувств полюбоваться флагом, а на него нагло позарились пожарные?

— Ни черта им оттуда не видно, — убеждённо отметил Федченко, оглядывая нас всех, — впрочем, и это можно незаметно проверить, мы ж всё-таки профессионалы, или как?

Мы были профессионалы.

В обусловленное время и по сигналу мероприятие провели молниеносно. Авторитет советского государства был восстановлен с помощью молодца-пожарного по имени Василий.

Комсомольца при проведении «операции» пришлось отправить в гостиницу спать во имя Родины. Он всё время пытался сам влезть на лестницу (видимо, вспомнив подвиги своих старших товарищей), но равновесие уже не держал при заносе ноги на первую ступеньку, совсем не заботясь о чистоте своего замечательного олимпийского костюма. Короче, не хватало нам, кроме перевёрнутого флага, иметь за одно дежурство ещё и упавшего с лестницы комсомольца!

На рассвете, с чувством выполненного долга и с лицами дипломатов, урегулировавших международный конфликт мирным путём, мы поднялись к себе в штаб, неспешно обсудили прошедшую ночь с использованием специфической лексики в адрес Саддама Хусейна и его партии БААС, выдумавших сложную государственную символику. Потом подошли к окну и стали любоваться рассветом на фоне соседнего олимпийского объекта.

— Дайте-ка мне, пожалуйста, бинокль, — вдруг как-то чересчур вежливо попросил Якименко и направил окуляры на флагштоки, установленные на стадионе…

Над стадионом гордо реял иракский флаг, в таком же перевёрнутом виде, как у нас накануне!

Я ринулся к телефону…

Чистая душа

Вячеславу Павловичу так хотелось найти и крепко, навсегда, полюбить чистую душу — просто сил не было, как хотелось. И тут ему подвернулась Зиночка — случайно, совсем случайно! — в компании у Гринбергов. Когда он пришёл с «бутылью шампусика» (а вот и Вячик! да, это я, держите — итальянское!), Зиночка усердно помогала хозяйке расставлять большие сервизные тарелки на столе, и Вячик тут же обратил внимание на какой-то такой совсем беззащитный пробор в её тёмных волосах и рассеянный, лёгонький, бледно-серый взгляд, почти всегда куда-то вниз.

«Она!» — ёкнуло у него... ну, где-то там, где всегда ёкает, когда... Короче, в конце вечеринки он стал активно пристраиваться к Зиночке, чтобы её проводить, хотя такие решительные, наступательные действия обычно давались ему с ба-а-льшим трудом. И пристроился, соврав, что живёт «в той же стороне».

Пока ловили попутку на непривычно свободном ночном пространстве улицы Таких-то Героев, общаться было полегче — с помощью междометий и отрывков фраз (да-а, этот сейчас, наверно, проедет, не остановится, оу! эй! нука! дядя, давай тормози, вот и отлично, пять, а за три? садитесь, Зина, вот сюда). В машине, на заднем сидении, стало гораздо труднее: общих тем оказалось крайне мало, то есть их не было вообще, и Зиночка отвечала так односложно, что и уцепиться было абсолютно не за что. Ну, сначала, конечно, про Гринбергов немного поговорили (а откуда вы их знаете, они просто замечательные, я — старый друг, а я — с Танюшей работаю, вместе в одном отделе, да что вы говорите, вот интересно). Потом стало совсем тяжко, Вячик даже ни с того ни с сего в автобиографию ударился, а эта тема у него была совсем уж бесперспективная: институт почему-то горнорудный (почему, почему? — чтоб от армии откосить), потом — практика, работа, скоропостижная женитьба и такой же развод — сокурсница была симпатичная, ласковая, приезжая из Пригородного района, она уже опять вышла замуж за их общего знакомого (стоп! обо всём этом вообще незачем сейчас распространяться). Зина смотрела как бы в окно… или мимо, не поймёшь, дела были совсем плохи. Коленки, впрочем, очень симпатично выглядывали у неё из-под чёрно-красного клетчатого пальто. А ещё я люблю слушать музыку, умный западный рок, например, Pink Floyd или Led Zeppelin… нет, это всё тоже мимо. А вот летом, прошлым, ездил со знакомыми в Приморское… там серьёзно отравился, говорили, что сальмонелла, три недели в зачуханной больнице… друзья, гады, конечно, уехали все домой, а его не выпускали из-за карантина, весь отпуск перес… простите, перегаженный, в полном смысле слова, эти лекарства, промывания, уколы, клизмы… боже, что это я?

Но вот тут Вячик неожиданно понял, что Зиночка внимательно его слушает, почти всем телом повернувшись к нему, и вполне определённый интерес появился в её теперь уже сосредоточенных глазках… Да, решил продолжать он вдруг так заинтересовавшую её тему, температура зашкаливает, духота, промывания желудка, знаете, теперь осложнение, сказали, может развиться, и уже развилось, надо лечить…

— Ай-ай-ай, — это Зиночка проговорила совершенно не насмешливо, а серьёзно, выразительно — и на продавленном заднем сидении старого «жигуля» стало гораздо уютнее. — А мы уже приехали. В этот двор, пожалуйста.

Зашли в парадное, Зина поднялась на первую ступеньку:

— Я в детстве, лет в пять, долго-долго болела дизентерией… ужас, — это звучало так, как будто это она всё время рассказывала и продолжает рассказывать о себе, а не Вячик, выпадая из штанов, уже сорок минут пытается завести нормальный разговор. — Меня в изоляторе держали, без родителей, так обидно и горько, но совсем не плакалось. Мне туда книжки, игрушки, цветные карандаши носили, и я там целыми днями сидела на кровати, сейчас бы я, наверно, от такого свихнулась. Иногда эту самую кровать разбирать пыталась — шарики откручивала от спинки. Помню ещё окно на пустую грустную улицу и молодого высокого врача в голубой шапочке и халате: он заходил по несколько раз в день, спрашивал о чём-то, шутил. Кто-то из медсестричек всё повторял, что он, мол, в меня влюбился… я совсем не понимала, что это значит.

— А меня маленького часто оставляли у бабушки, там был старый большой двор, много детей. Они меня беспрерывно дразнили, потому что я тогда ходил в своих первых очках — коричневых, круглых, уродливых. Это потом, спустя много лет, круглые очки стали писком моды, потому что Джон Леннон в подобных ходил, а тогда… только выйдешь, уже вопят: «Четыре глаза! Четыре глаза!» Больше всего одна белобрысая девчонка старалась. Я отчаялся, не хотел ходить гулять, сидел безвылазно у бабушки на балконе, поглядывая во двор со второго этажа. Ну, а через год увидел эту дуру… в очках с толстенными стёклами, и — честно! — так обрадовался, так обрадовался… Я знаю, что нехорошо этому радоваться, но вспоминаю об этом — и радуюсь. Даже вот сейчас радуюсь…

Вячик замолчал. Зиночка, как бы с пониманием, взяла его под руку, придвинула щёчку поближе к его плечу, и они зашагали вверх по лестнице:

— У меня родители — военные… папа то есть. Мы в этом городе только шесть лет, когда папа демобилизовался, а то по разным городам жили, и я всегда в разные школы ходила. Дети новичков не любят, сильно издеваются…

— И я… Я теперь в школе работаю, учителем, физику преподаю. Не мог найти работу по специальности, пристроили. Сначала так странно было, когда меня Вячеславом Павловичем называли, а потом привык… Только завуч достаёт, на уроки ко мне всё ходит и ходит. Детки идиотничают, конечно, но что поделать, и к этому тоже привыкнуть можно. Но иногда думаешь: зачем им эта физика, зачем это всё?.. А родители твои… ваши сейчас дома? — опомнился Вячик, вдруг заметив, что они какое-то время уже стоят перед дверью.

— Что вы сказали? А… Не… Родители не здесь живут. Мы здесь с мужем живём, — Зиночка порылась в сумочке, добывая ключ, — он к Гринбергам не любит ходить, говорит, что они слишком сладенькие, сидит дома, какие-то поделки клепает. Спасибо вам большое, что проводили… Вячеслав. Вы обязательно должны лечиться, обещайте мне! Запускать всякие осложнения нельзя, нельзя…

Дверь открылась, мелькнули красные, под кирпич, обои прихожей, а потом, когда Зиночка повернулась к нему, — такой совсем беззащитный пробор в её тёмных волосах и лёгонький, бледно-серый взгляд: сначала — быстро, прямо на него, и сразу — куда-то вниз… Вячик только что-то успел промычать в ответ — и дверь захлопнулась.

Больше Вячеслав Павлович к Гринбергам никогда не ходил: они приглашали, а он всё отнекивался. Хотя Гринберги-то причём?

Шутики мистера Калименко

Был пасмурный ноябрьский день. В Москве хоронили Брежнева. В то время я жил в своём родном украинском городе, который, кстати, считался почти родным и великому вождю, ведь именно здесь прошла его славная деятельность в должности первого секретаря обкома партии.

Как большинство коллег-музыкантов, я подрабатывал тогда сразу в нескольких местах: руководил юношеским вокально-инструментальным ансамблем в ПТУ, вёл рок-группу в ДК крупного завода и ещё два кружка художественной самодеятельности в школах. Везде платили крохи, и нужно было крутиться, чтобы кормить семью, обставить — как у людей — квартирку в призаводском районе, чудом полученную, наконец, после многих лет беспросветного ожидания. Кружки были расположены в отдалённых друг от друга концах города, но, помимо поездок на работу, мне приходилось ещё немало мотаться по городским и областным учреждениям — управлениям культуры, комитетам комсомола и профсоюзов, базам и магазинам, чтобы с помощью изощрённых хитростей и взяток выбить для своих команд достойные инструменты и музыкальную аппаратуру. И часто, запыхавшись, перебегая в дурную погоду с трамвая на троллейбус, с троллейбуса на автобус, а потом опять — на трамвай, я бодро твердил себе, что «волка ноги кормят» — и бежал, бежал дальше…

В этот день распоряжением сверху занятия в школах сократили, учеников отпустили по домам, а преподавателям во время трансляции похорон с Красной площади рекомендовали сидеть перед телевизорами в учительских и других местах общественных сборищ и внимать тяжести момента. Но занятия в кружках отменить вроде бы забыли, и я, надеясь, что во второй половине дня они всё-таки состоятся, отправился в привычный путь. А если занятий в кружках не будет, думал я, заполню хотя бы журналы посещаемости. Увлечённый суматошной радостью живого творчества, я подолгу разучивал с ребятами песни, многие из которых сочиняли они сами, расписывал партитуры и тексты, копался в ненадёжных самопальных усилителях и колонках, паял провода, но всегда забывал заполнить журналы вовремя. Этот же день казался мне вполне подходящим для того, чтобы тоскливо покорпеть над противными кондуитами в попытках сочинить для руководства и бухгалтерии формальные темы кружковых занятий.

…Незадолго до этого я умудрился попасть в неприятную историю. Моя рок-группа, уже неоднократно занимавшая призовые места на различных молодёжных конкурсах, получила приглашение показать несколько номеров в городском концерте, посвящённом… не помню чему. Сейчас уже смешно вспоминать тогдашние «серьёзные» поводы подобных «мероприятий» (не люблю это холодное, корявое словечко, особенно по отношению к живым добрым делам — концертам, встречам, выставкам: я слышу в этом слове какие-то скучные «меры» и их «приятие»).

Приглашение было лестным, так как в концерте участвовали и коллективы художественной самодеятельности, и профессионалы из областной филармонии, а в зрительном зале ожидались высокопоставленные гости. Понадеявшись, что в случае удачного выступления перед начальством будет легче добыть необходимые инструменты, я согласился. О нашем участии мне сообщили по телефону буквально за день, видимо, первоначально концерт должен был быть привычно народно-хоровым-танцевальным, и никаких выступлений эстрадных ансамблей, а тем более рок-групп, не планировалось. Но в последнюю минуту — возможно, в угоду новым веяниям — всё-таки решили привлечь молодёжь. Я бросился собирать моих музыкантов по домам.

Организаторы концерта, конечно, даже не задумывались, что для коллектива, играющего на электроинструментах, участие в сборной «солянке» — дело крайне сложное. Ведь главными нашими врагами в таком концерте были именно хоры и танцевальные ансамбли: их многочисленные участники могли буквально вдребезги растоптать (и топтали) нашу и так не очень надёжную технику. И хотя мы привезли аппаратуру в концертный зал ещё с утра, задолго до начала концерта, нам не дали толком подготовиться и настроиться, поэтому звучание было ужасным, и обычно слаженные мои исполнители выглядели перепуганными и жалкими, так как почти не слышали ни себя, ни товарищей — пели и играли почти наугад.

На следующий день я уже сидел в зале заседаний горкома партии вместе с руководителями других коллективов, принявшими, на свою беду, участие в концерте и попавшими в немилость к секретарю по идеологии. Эта бесформенная матрона в уродливом платье своими манерами и видом напоминала торговку с «Озёрки», центрального городского рынка, и орала на нас в точном соответствии с выражением «базарная баба». Оказалось, что в немилость попали практически все участники злосчастного концерта: это, вероятно, и спасло, в частности, мою группу, так как на полное уничтожение одновременно всех у этой специалистки по культуре не хватило времени и сил. Плохо помню, какие именно недостатки были выявлены ею именно у нас, помню только, что они были абсолютно вздорными, и говорилось вовсе не о плохом звуке, как предполагал я. Речь вообще не шла о неправильно спетых нотах, неудачных «па» или недостатках в постановке номеров. В качестве примера «высокопрофессиональной» оценки художественного уровня и мастерства исполнителей приведу из её рёва только одну запомнившуюся мне фразу (это она кричала руководителю очаровательного детского танцевального ансамбля): «Что вы за костюмы на детей надели?! Да у них у всех трусики в попки позалезали!»… Возражать этой фурии не пытался никто — это было бесполезно и могло только ухудшить положение.

И хотя, кроме устного разгрома, никаких реальных мер (или «мероприятий») против нас так и не было принято, я жил теперь в постоянном страхе закрытия группы.

…Перед выходом из дома я успел выпить только чашку кефира с какой-то булочкой и во время пересадки с одного вида транспорта на другой вдруг почувствовал, как сильно разыгралась любимая язва желудка. Нужно было немедленно что-то проглотить, и я забежал в закусочную, устроенную напротив остановки троллейбуса на первом этаже тёмно-серой шестиэтажной «сталинки».

В крошечной закусочной не было никого. Справа от двери расположились четыре высоких столика без стульев, слева — прилавок со стеклянной витриной, в которой красовались всего две тарелки: одна — с бутербродами из высохшего батона с пожелтевшим сыром, другая — с очень сомнительными кремовыми пирожными. На полках за стойкой тоже было пусто — стояли лишь несколько бутылок со спиртным.

С продуктами в стране давно было плохо, но такое, почти тотальное, отсутствие съестного в закусочной меня удивило. Впрочем, искать какое-то другое место, чтобы перекусить, у меня не было ни возможности, ни времени, да и результат поисков мог оказаться ничуть не лучше.

Из подсобки от невидимого телевизора доносились резкие всхлипы духового оркестра — процесс похорон, видимо, приближался к кульминации. В тон похоронному маршу я издал неуверенный призывный звук, напоминающий мычание больной коровы, — и за стойкой появилась буфетчица с укоризненным лицом, в неком подобии белого передника. Конечно, никакой другой еды, кроме выставленных на витрине яств, она предложить мне не могла. И вообще, разговаривала со мной как с явным врагом, позволяющим себе наглость требовать какой-то еды в минуты глубочайшей скорби партии и народа.

Однако, побуждаемый усиливающейся болью под ложечкой, я взял пару бутербродов и осмелился попросить чаю. Буфетчица, поглядывая в подсобку, рассеянно предложила портвейна, а на мой отказ сурово сообщила, что по причине временного отсутствия в закусочной электричества ни чая, ни кофе у неё нет, и она может налить только холодной кипячёной воды, оставшейся со вчерашнего дня. Донимаемый болью, я не стал возражать (телевизор в подсобке работал, вероятно, питаемый исключительно силой скорби советского народа) и согласился на кипячёную воду. Она налила её из чайника в маленький гранёный стаканчик.

Я расположился с блюдцем добытых бутербродов и стаканчиком за одним из столиков и принялся за лечение, погрузившись в нерадостные мысли. Но едва успел прожевать первый кусок бутерброда, как в закусочную слегка танцующей походкой вошёл аккуратно одетый мужчина средних лет, показавшийся мне знакомым. Он что-то спросил у почитательницы торжественных похорон и, естественно, получил угрюмый отрицательный ответ. Собравшись уходить, мужчина манерно развернулся на каблуках и тут заметил меня.

— Эй! — радостно затараторил он, бросаясь к моему столику. — Да это ты, старик! Как жуёте-можете? Что такой кислый?

И тут я окончательно узнал его: Юрка Клименко!

Давним летом, после окончания первого курса института, мне, вместо практики, предложили поиграть на гитаре в агитбригаде Дворца культуры студентов. Агитбригада была организована из самодеятельных артистов различных вузов для двухнедельной поездки по области. Студент мединститута Юрка Клименко тоже участвовал в этой агитбригаде — в качестве солиста танцевальной группы и… главного заводилы всех наших гулянок. Он был старше меня года на три, смазлив, с густыми каштановыми волосами и пушистыми ресницами. Легко владел своим тонким, спортивным, несколько даже женственным телом, смешно жеманился, балагурил, устраивал розыгрыши и вообще беспрерывно валял дурака. Например, любил переиначивать модные песни, вставляя туда всяческие скабрезности. Скажем, наивная песенка «Поющих гитар» про «неприметную красоту»:

> Не заменит внешность
> Губ приятных нежность,
> Маленького сердца большую доброту…

звучала в Юркином варианте приблизительно так:

> Не заменит внешность
> Нежную промежность… —

и далее совсем уж непечатно.

Юрка называл свои выходки «шутиками мистера Калименко». Это была фраза из популярного в те годы фантастического романа Александра Беляева «Продавец воздуха». Главный злодей этой книги, англичанин-капиталист мистер Бэйли, придумал, как забрать у человечества воздух, и хотел, чтобы люди всего мира платили ему за право дышать. А главный положительный герой романа, молодой советский метеоролог Клименко, попавший к Бэйли в плен, мешал жадному капиталисту в этих коварных планах — устраивал тому всяческие неожиданности, которые Бэйли, коверкая русский язык, называл «шутиками мистера Калименко». Конечно, эта фраза никакого отношения к проделкам нашего Юрки Клименко не имела, но звучала — как и всё то, что он болтал, — довольно забавно.

И ещё за Юркой тянулся выводок млеющих от восхищения девиц, которых он без стеснения целовал и тискал на глазах у окружающего народа. Так же, без стеснения, он мог запросто схватить какую-нибудь из девиц за грудь или задницу, а то и задрать на ней юбку с воплем: «Эй, смотрите сюда!» И сама девица при этом хихикала, как ни в чём не бывало. Впрочем, в агитбригаде поговаривали, что он интересуется не только противоположным полом.

Однажды ночью, после выступления в клубе некой Петропавловки или Петриковки, нам, агитбригадовцам, почти ничего не евшим в переездах от села к селу (это был уже третий концерт за день), принесли за сцену трёхлитровую бутыль самогона, каравай хлеба домашней выпечки, пару пучков грубого, «стовбурного», как у нас говорили, зелёного лука и банку старого загустевшего мёда. Из-за накладки или просто разгильдяйства местного руководства музыкантов в клубе явно не ждали, и в это позднее время поесть ничего другого не нашли. Волглый хлеб рвали руками, мёд выцарапывали из банки кривой алюминиевой ложкой, одной на всех, а самогон пили по очереди прямо из бутыли, причём наши певички и танцовщицы делали это ничуть не хуже пацанов.

После еды девчонок увезли спать в хату к какой-то бабусе, а мужской половине бригады предложили провести ночь на маленькой клубной сцене. Пришлось устраиваться. Мы содрали пурпурный, видавший виды занавес из велюра и, сложив вдвое, застелили им кусок сцены: получилось весьма жёсткое и не очень просторное лежбище для десятка человек, но другого выхода не было.

Спать повалились, как были, — в сценических костюмах. Никакого дежурного освещения в клубе не было, и когда свет на сцене и в зале выключили, всё погрузилось в полную душную темноту.

Мне в эту ночь спать не пришлось. С каждым часом пол давил спину сильнее и сильнее. С одной стороны надо мной возвышался неподвижной скалой дюжий баянист Вова. Он виртуозно храпел, выводя носоглоткой рулады покруче, чем на баяне во время концерта. При этом Вова периодически усиливал исполняемую мелодию взрывными акцентами из нижней части тела, точно попадая в сильную долю.

С другой стороны от меня оказался крепко набравшийся горилки Юрка Клименко, в плотно облегающем танцевальном трико. И если Вова время от времени переходил с «форте» на «пиано», и в минуты этого относительного затишья мне удавалось чуточку задремать, то Юрка вёл себя совершенно неугомонно. Он тревожно ворочался, укладывал на меня тяжёлую горячую ногу или пытался обнять, сладострастно кряхтя и прижимаясь липкой от пота и мёда физиономией.

Я героически отбивался, но, в конце концов, не выдержал натиска и на ощупь сполз со сцены в зал, где устроился в неимоверной позе на шатких откидных креслах. Нужно ли объяснять, как удобно провёл я оставшуюся часть той безумной ночи?

…Я вспоминал всё это за столиком в закусочной под аккомпанемент непрерывной Юркиной болтовни. Он сообщил, что работает врачом в кабинете лечебной физкультуры ближайшей поликлиники. Подшучивая в старой игривой манере, перебирал имена общих знакомых по агитбригаде (Только Паливода пашет доцентом на кафедре мехмата, Вовик помер от инфаркта, а Инка, представь себе, заделалась настоящей блядью) и настойчиво выяснял, чем занимаюсь я. Мне же с ним разговаривать совсем не хотелось. Его россказни были неинтересны, «шутики мистера Калименко» уже не смешили (слушай классный анекдотец: умирает старый еврей и говорит…), так что я отделывался короткими ответами, не вдаваясь в подробности своей жизни.

Сообразив, что мне пора бежать, я проглотил последний кусок бутерброда, взял стаканчик и залпом выпил из него воду, вытерев губы обратной стороной ладони (салфеток, конечно же, на столах не было).

Юрка мгновенно посерьёзнел и замолк, удивлённо глядя мне в рот.

— Что ж ты так, дружище, а?.. — сочувственно проговорил он, слегка кивнув на стаканчик. И после некоторой паузы забормотал: — Ну… я пошёл… у меня, знаешь ли, приём скоро начинается…

Он пожал мне руку, как-то боком отошёл от столика, ещё раз осторожно оглянулся — и исчез за дверью.

Внезапно до меня дошло, что Юрка принял воду в стаканчике за водку, а мой способ пить эту водку залпом, не закусывая и даже не покривившись, за выражение тяжкой душевной боли несчастного алкаша, к тому же ещё и растрогавшегося от печального события этого дня.

— Эй! — крикнул я ему вслед, вскочив. — Куда ты? Это ж просто шутики мистера Калименко!.. — Но его и след простыл.

Я стоял и смеялся. Испуганная буфетная барышня выглянула из подсобки, и в тот же момент от телевизора донёсся хриплый грохот орудийного залпа: Брежнева опускали в могилу.

Шоколадка

У него всегда легко и быстро образовывались подружки. Нет, вы не понимаете: никаких любовных отношений с ними не было, речь идёт именно о по-друж-ках. Чтобы общаться. Дружить. И не надо хитро улыбаться. Я говорю — дружить. Так иногда бывает… Тех, с кем образовывались близкие отношения, было гораздо меньше. И с ними было совсем нелегко. Вернее говоря, трудно. Пара неудачных влюблённостей, жена, развод… Но это случится потом. А пока есть двухкомнатная родительская сталинка на пятом этаже, под окнами которой в узком дворике ещё сидит на ступеньках перед подъездом его угловатая юность — чему-то верит, на что-то надеется и не совсем внятно распевает под гитару про то, что «надоело говорить, и спорить, и любить усталые глаза».

А мы говорим сейчас исключительно о Венькиных подружках. Точнее, об одной из них — Алёнке, школьной ещё подружке, самой близкой, самой заслуженной. Полненькая, миловидная, с длинными густыми чёрными волосами и широкими бровями. Донельзя отзывчивая и хронически переживающая по разным поводам, главным из которых был её почти безответный роман с абсолютно противным и даже кретинистым, по мнению Веньки, парнем по имени Эдик.

Причём эта «почти безответность» Алёнкиного романа заключалась в том, что Эдик изредка появлялся у неё на часок, чтобы переспать с нею, совершенно не скрывая, что гуляет ещё с двумя чувихами, а жениться уверенно собирается на третьей.

Однажды, когда Венька болел какой-то очень уж пакостной осенней простудой, Алёна пришла его проведать. Притащила большую шоколадку «Алёнка» в заманчивой глянцевой обёртке и долго сидела у постели больного, подробно рассказывая перипетии их отношений... ну, с этим своим козлом. Расплакалась, конечно. Крошечным-крошечным платочком (мокрая серая тряпица) всё пыталась унять слёзы и вытереть свой великоватый раскрасневшийся нос. Он утешал её как мог, встал со своего дивана (горло смешно завязано пятнистой маминой косынкой), распечатал шоколадку и стал Алёнку угощать. Та, всхлипывая, сначала сопротивлялась, есть шоколад не хотела (я же тебе его принесла — ты же больной!), но он объяснил, что у него и так сильно болит горло (вот видишь, — потрогал косынку) и пока вообще есть не хочется, тем более — сладкое. Короче, Алёнка потихоньку стала отламывать от плитки один кусочек за другим, есть и рассказывать... и опять отламывать, и опять рассказывать. В общем, успокоилась. И съела всю шоколадку.

Венька подумал, что Алёнка пришла проведать его, а помощь-то, выходит, была нужна ей самой. Чтобы окончательно её подбодрить, он несколько раз завёл стоящую на тумбочке мамину музыкальную шкатулку в виде рояля, которая повторяла «Танец маленьких лебедей».

На прощание Алёнка облегчённо вздохнула, скомкала хрустящую фольгу от шоколадки в потный кулачок и, пожелав ему «выздороветь-и-больше-никогда-не-болеть!», удалилась из сталинки в моросящий осенний сумрак.

* * *

Побелка на потолке потрескалась много лет назад. Если пристально, час за часом, туда смотреть, трещинки складывались во всевозможные узоры: от сетки марсианских каналов до парусной оснастки романтической бригантины, уплывшей в беззаботное прошлое…

Венька лежал навзничь на скрипучей кровати и старался не шевелиться. В коридоре, на столе у медсестры, негромко хрипела обшарпанная корейская магнитола:

> Осень, в небе жгут корабли,
> Осень, мне бы прочь от земли…

За стенами действительно хозяйничала очередная осень. И снова сильно болело воспалённое горло.

Уже давно отгремели и затихли перестроечные залпы, под аккомпанемент «Лебединого озера» бесславно провалился августовский путч, и город, в котором жил Венька, стал нешуточной ареной боёв за постсоветские богатства. Население оперативно разделилось на две основные группы: тех, кто эти самые богатства во всю дербанил, беспощадно воюя между собой, и тех, кто пытался пережить разруху более мирными способами. Венька попал на службу к первым, хотя по натуре явно относился ко вторым. Окончив школу, а потом не очень престижный институт, он переквалифицировался в бухгалтера — и как будто не прогадал. Должность главного бухгалтера в компании, торгующей импортной мебелью, быстро сделала его вполне состоятельным человеком. Правда, машину, даже подержанную, он так и не купил, но в любой еде и одежде мог себе не отказывать, что в то время значило немало.

Женился Веня на третьем курсе, да только жена, бойкая дивчина из параллельной группы, начала погуливать уже через год после свадьбы. Развели их быстро — сыграла роль сумма в конверте, оставленном Веней на столе у заведующей загсом. Теперь уже бывшая жена ничего от него не требовала: у неё имелся любовник с неплохой квартирой и всем прочим.

В момент разъезда с женой всё и произошло. Сначала в офис фирмы нагрянула юная, недавно организованная, но уже довольно кусачая, налоговая милиция в сопровождении ОМОНа. Собственно к Вене, — а точнее, к Вениамину Дмитриевичу, — никаких претензий у них вроде не имелось. На фирме всё было схвачено и без него, он лишь подгонял дебит-кредит по определённой схеме. Но, когда одного из владельцев вывели из кабинета в наручниках, стало ясно, что схема кого-то перестала устраивать.

А на следующее утро на допрос вызвали и главного бухгалтера. Следователь, нагловатый молодой парень, сунул Вене под нос показания владельца. Тот утверждал, что ни о каких нарушениях знать не знал, а все «преступные схемы», если они были, разработал именно бухгалтер, и сам, видимо, на этом наживался. Затем следователь неожиданно перешёл на дружеский тон и доверительно сообщил, что их фирмой интересуются «определённые люди» — в этом, мол, и дело. Он, следователь, может всё замять и даже сделать так, чтобы «вы, Вениамин Дмитриевич, остались работать при новых хозяевах», но для этого нужно «воспользоваться запасами компании, о которых вы наверняка знаете, и доставить их мне». На бумажке возникла сумма, во много раз больше всего того, что когда-либо имелось у Вени. О «запасах» же он, увы, не знал ничего.

Арестовали Веню в том же кабинете — оказывается, ордер уже имелся. Он пытался вспомнить кого-то, кто мог бы помочь. Но часть друзей и знакомых уехала из города, а след других затерялся. Звонить был некому.

Одного дня в КПЗ Вене вполне хватило для того, чтобы ещё яснее понять, зачем он там находится. Два дюжих соседа заставили его спать на цементном полу прямо у двери, из-под которой тянуло сырым холодом. Утром снова был допрос. Но за ночь Веня не вспомнил о «запасах», да и не мог вспомнить, так что всё продолжилось. На третьи сутки, после очередных издевательств и насмешек, тучный сокамерник, по кличке Шайба, неожиданно запрыгнул к нему сзади на плечи. Веня попытался его сбросить, но внизу спины что-то хрустнуло, и они оба оказались на полу.

— Очевидно, смещение диска, — сухо сообщил после осмотра тюремный врач, не сделав никаких анализов. — Отлежишься, и должно пройти.

Так Веня попал в местный лазарет. Ему повезло: других лежачих больных там не было. Следователь пришёл и сюда, чтобы напомнить, что «всё зависит только от тебя, а то сгноим до суда». По имени-отчеству он больше не обращался. В лазарет приходила очень постаревшая и осунувшаяся мать. Шёпотом умоляла Веню «отдать этим скотам всё, что они хотят».

Через неделю боль в спине чуть поутихла. По крайней мере, можно было найти лежачее положение, в котором она почти не ощущалась. Но наступить на правую ногу Веня толком не мог. И горло разразилось нудной, привычной с раннего детства болью — ночи на полу в камере явно не прошли даром. Однако сегодня врач сказал, что лечение окончено. Завтра его снова отправят в камеру...

Со скрипом открылась грязно-белая дверь. Плотная женщина в красивой разноцветной ветровке протиснулась спиной внутрь, продолжая что-то объяснять медсестре. Наконец она вошла.

— Веньчик! О господи, ты меня узнаёшь?

Алёнка… Она располнела ещё сильнее, но лицо, как ни странно, не слишком изменилось (на лоб спадали те же чёрные волосы, и так же разлетались в стороны эффектные брови).

Он сказал что-то малозначительное, но школьная подружка, похоже, даже не расслышала. Присев на табуретку, она затараторила сама. Оказалось, что Алёнка теперь живёт в Израиле. После того как Эдик женился на еврейке (как выяснилось, чтобы уехать в страну обетованную), она решила сделать то же самое и с той же целью. Мужа звали Гарик, и в Израиле у него оказались зажиточные родственники, так что переезд прошёл без проблем. У них есть сын, «уже совсем взрослый». Несколько дней назад Алёнка приехала на родину повидать своих и совершенно случайно встретила на улице Венькину маму. Пара взяток в валюте «правильным людям» — и вот она здесь.

— Какой ужас! — приговаривала Алёнка. — Что они с тобой сделали? Но ничего — они боятся сор из избы выносить, я знаю! А у нас в Израиле связи хорошие: мы там такой шум поднимем — им мало не покажется. Про тебя и газеты напишут, если надо. У тебя же вроде были евреи в роду? Нет? Ничего, что-нибудь придумаем. Я уже договорилась: тебя в палате подержат, пока я порешаю… А с горлом что? Ах ты, бедненький… Слушай, ты давай, как только выйдешь, сразу же на еврейке женись. У меня и кандидатура есть — двоюродная сестра мужа, познакомлю. Она пока ещё здесь… Сейчас быстро можно брак оформить, получить документы — и к нам. Там тебя от любых болезней вылечат. Там же ме-ди-цина, а не это!.. Что? Будет тебе фото. Ну, не красавица, зато готовит хорошо — я ела!

На слове «ела» она о чём-то вспомнила и сунула руку в карман ветровки.

— Вот — специально купила по дороге.

И перед Веней возникло нарисованное на заманчивой глянцевой обёртке простенькое лицо девчушки в платочке: вид у «Алёнки» остался, на удивление, прежним. Он повертел шоколад в руке, но есть не мог — саднило горло.

— Что? Как не будешь?!.. Ладно, я только кусочек откушу…

Алёнка развернула шоколадку, и вдруг, совершенно неожиданно, на её глаза навернулись слёзы. Словно у неё закончился завод — как в той старой маминой шкатулке. Алёнка теперь совсем по-детски всхлипывала, и нос её снова стал красным и большим. Выяснилось, что на самом деле в Израиле ей совсем не так сладко. Состоятельные родственники им давно уже не помогали, а устроиться на нормальную работу было совсем нелегко. Муж вкалывал на вшивом заводике, а она присматривала за детьми в разных семьях за какие-то несчастные шекели. Её сыну предстояло служить в армии, чего она очень боялась. А ещё её раздражали вечно кланяющиеся «пейсатые» евреи-ортодоксы в чёрных шляпах, которые жили рядом с ними…

Шоколадка закончилась, но настроение у Алёнки улучшилось, и она перестала хлюпать носом. Прощаясь, она наклонилась и чмокнула Веню в небритую щёку. Он попытался привстать, но от резкого движения боль тут же пронзила спину и ушла в ногу.

Алёнка вздохнула и, зажав в руке обёртку, попятилась к двери. А в Венькиной голове отчётливо зазвучали последние аккорды лебединого танца. В этом месте мелодия обычно смолкала на полуобороте, а при новом заводе резво начиналась сначала, повторяя тот же фрагмент.

Уже приоткрыв дверь, Алёнка ойкнула и снова полезла в карман:

— Забыла… — улыбнулась она, и на свет появилась вторая «Алёнка» — полная копия съеденной. — Я так и думала, что опять съем, вот и купила запасную — держи!

Она положила плитку на пыльную тумбочку и скрылась в коридоре.

Мелодия в голове нерешительно замерла. Старая шкатулка сбилась с привычного ритма, и теперь было совершенно непонятно: какие ноты послышатся, когда её опять заведут?

Драка

— Скажи, ты дрался когда-нибудь по-настоящему? — неожиданно спрашивает она.

— Ну, я не помню… наверно, нет, — несколько озадаченно отвечаю я.

— Что — совсем никогда не дрался? — она возмущённо приподнимается на локтях.

— Да, вроде никогда… — я присаживаюсь на край кровати.

— А почему? Я думаю, что настоящий мужчина обязательно должен драться, чтобы заслужить уважение. Вот Полянский…

— Не было у меня такой необходимости — драться.

В задумчивости я, как обычно, смотрю куда-то в сторону и вытягиваю губы трубочкой.

— И почему это «настоящесть» мужчины определяется таким образом? Есть другие способы заслужить уважение…

— И не били тебя никогда?

— Не били. Ну, было пару случаев в детстве и молодости, когда могли отлупить, но мне везло — обошлось. Вот, например, на первом курсе, через несколько месяцев после начала занятий, пошёл я с одной девушкой на танцы в спортзале института. А она до знакомства со мной успела несколько раз сходить на свидание с другим парнем, который был старше — с четвёртого курса, крепыш, спортсмен. И как только начала играть музыка, он подходит ко мне и вызывает на улицу. Я собрался выходить (не от большой смелости, а потому что толком ещё не сообразил, что делать). Но тут подлетает к нам один из наших сокурсников, азербайджанец Мази, боксёр. Он, оказывается, очень уважал меня за пение и игру на гитаре — я даже не знал этого. Я тогда почти всюду таскал гитару, и Мази неоднократно слушал мои песни на вечеринках в общаге. «Нэт, — говорит Мази моему сопернику, — он ныкуда не пойдёт, я пойду». И они вышли. Оказывается, там, за дверями, несколько приятелей крепыша ждали, чтобы со мной разобраться. Мази вышел и сразу дал им понять, что я, мол, — его друг и, если что, он готов за меня заступиться. С Мази связываться они, конечно, не решились: и сам он был отчаянный, и в институте училось немало других ребят из Азербайджана. Не дай бог тронул бы кто одного из них — все ребята с Востока за него бы отомстили, мало бы обидчикам не показалось. Короче говоря, вечером после танцев мы с этим крепышом спокойно встретились в комнате у Мази, поговорили. Выпили по рюмке. Крепыш говорит: «Да ладно, мне она совсем и не нужна, гуляйте. Это я так — из принципа». Ну, мы ещё выпили за принцип, и ещё…

— А если бы тебе всё-таки надо было подраться, ты бы не струсил? — перебивает она.

— Ну, если бы на-а-до… — тяну я, — однако думаю, во многих случаях есть способ, чтобы этого избежать и решить проблемы мирным путём.

— Есть проблемы, которые никак не решить мирным путём, — в задумчивости она, как обычно, смотрит куда-то в сторону и вытягивает губы трубочкой. — А Полянский — он точно может подраться за справедливость…

И после короткой паузы твёрдо добавляет:

— И за меня!..

— Хорошо, о Полянском мы поговорим завтра, — я встаю и собираюсь уйти.

— Нет, подожди, — настойчиво продолжает она, — вот ты каждый день бегаешь по утрам и делаешь зарядку с гантелями. Это для чего? Чтобы быть сильным, да? Значит, ты всё-таки готов подраться? И дать в морду какому-нибудь врагу?

— Я делаю зарядку по утрам уже много лет — привык я так. И для здоровья...

— Для здоро-о-вья… — разочарованно тянет она.

— Всё, спи! — решительно заявляю я, щёлкаю выключателем и выхожу из её спальни.

Жену я нахожу в той комнате, где стоит компьютер. Она сидит в наушниках и что-то увлечённо рассматривает на мониторе.

— Ну что? Она спит? — чересчур громко спрашивает жена, завидев меня краем глаза и не поворачивая головы.

Я пытаюсь что-то сказать, но она тут же продолжает:

— Мне нужно сегодня работать допоздна, так что завтра утром её отводишь ты… Так что ты хотел?

— Послушай, — наконец говорю я, — а ты, случайно, не знаешь, кто это у них там такой по фамилии Полянский?

Судьба барабанщицы

Однажды родственники из деревни привезли Чуприниным в качестве гостинца петуха. Петух был ярко-белый, толстый и самодовольный, с пухлым багровым гребнем. Несколько дней он жил у них на балконе, привязанный верёвочкой за лапку к решётке. Маленькой Ирке петух понравился. Ей сказали, что его зовут, естественно, Петей, но она называла его почему-то Пашкой. Ирка часто бегала на балкон посмотреть, чем он занимается, беседовала с ним по душам, подсыпая пшена в железную коробочку от сайры. Когда петух клевал пшено — тук, тук, тук-тук-тук, — Ирка отстукивала такой же неровный ритм деревяшкой по перилам. Звук метался, дробился оглушительным многоголосием в колодце двора, окружённом одинаковыми девятиэтажками. В окнах появлялись недовольные физиономии соседей. Петух поднимал голову, минуту-другую прислушивался к этому тарараму и снова продолжал клевать.

Дня через три, пока Ирка была в детсаду, петуха зарезали и сварили наваристый суп. Ирка сначала ничего о случившемся не знала, выскочила на балкон — а там пусто, даже постилки от петуха не осталось. И тут её позвали обедать: иди, попробуй, какой супчик замечательный получился! Ирка плакала навзрыд и есть категорически отказалась: вы все, заявила, самые подлые предатели и убийцы, я никогда не буду есть суп из моего друга.

Лет в четырнадцать ей купили первые джинсы: польские или болгарские, странного лилового цвета с белёсыми разводами — ну, тогда и таких было не достать, не говоря уже о настоящих, американских. В этих потешных джинсах и клетчатой байковой рубашке Ирка сидела в коридоре Дворца культуры железнодорожников — прямо на полу, возле двери в репетиционную комнату рок-группы «Локомотивы», — когда её заметил руководитель группы Вилен Давидович.

— И давно ты так сидишь? — спросил он, выглянув из репетиционной по какому-то делу.

— Не очень, — отозвалась Ирка. — Недели три… или немножко дольше.

Оказывается, в течение месяца она регулярно приходила сюда во время репетиций (вторник-четверг-суббота). Подложив курточку, устраивалась возле заветной двери в рок-музыку и, внимательно прислушиваясь к каждому доносившемуся оттуда звуку, отбивала ритм на коленях. Пока шли занятия, Вилен Давидович (за глаза называемый Вилей) выходил из комнаты редко, а ребята, если и бегали покурить, на Ирку особого внимания не обращали: сидит малолетка, видно, ждёт кого-то из музыкантов — может, сестра или знакомая. Им, в творческом порыве, было не до неё. Как только начинался перерыв и в комнате замолкала музыка, Ирка подбирала курточку, уходила в другой конец коридора и терпеливо ждала продолжения репетиции, расположившись на подоконнике и болтая ногами в чёрных мужских ботинках. А потом опять возвращалась под дверь.

— И зачем ты сидишь? — заинтересовался Виля.

— Я это… от барабанов тащусь, — сказала Ирка.

— Заходи, — ухмыльнулся Виля.

Тут как раз начался перерыв. Все музыканты вышли, и Виля распахнул створку окна, чтобы немного проветрить комнату.

Ирка приблизилась к сияющей красным лаком, никелем и медью чехословацкой ударной установке «Амати».

— Можно мне там посидеть? — попросила она, кивнув на трёхногий стул ударника.

— Посиди, — разрешил Виля. — Можешь даже постучать немного. Только не трогай Геркины фирменные палочки — убьёт. Он их на толчке покупает. Вот тебе запасные, совковые. Я сейчас приду.

Виля ненадолго спустился на первый этаж. А когда возвращался, ещё с лестничной клетки услышал, что в их репетиционной происходит что-то непонятное: похоже, кто-то врубил запись «Лед Зеппелин», и на весь ДК бешено гремят барабаны Джона Бонэма.

Но это была не запись, и это был не Бонэм. Это была Ирка. Техники ей, конечно, не хватало. Она сидела высоко, неудобно и, напряжённо закусив губу, с трудом дотягивалась до педалей, а палочки ухватила неправильно, зажав в кулаках. Но гулкий большой барабан-«бочка» — сердце установки — под ударами её маленькой ноги совсем неплохо «качал», держал ритм. Вкусно, с лёгким треском — т-ч! т-ч! — отзывался рабочий барабан. Услужливо хлопотал весёлый хай-хэт. Убедительно — тув-в! тув-в! — высказывались солидные том-томы. И рассыпались в полнейшем восхищении тарелки: ах! ах-х! ах-х-х!..

Виля остановился в дверях, поражённый тем, что она вытворяет, а за его спиной собрались вернувшиеся с перекура музыканты — гитарист Миха, барабанщик Герка и рыжий басист Вадюня. Завидев их, вошедшая в раж Ирка прекратила стучать, с невинным видом аккуратно сложила палочки на рабочий барабан и выскользнула из-за ударной установки.

— Ты где это так научилась? — спросил Виля.

— Дома… — бросила Ирка, топая к выходу.

— У тебя что — дома барабаны есть? — удивился Герка.

— Не… я на книжках… — не очень внятно проговорила Ирка и попыталась выйти из репетиционной.

Вилен Давидович задержал её:

— Погоди… посиди тут. С нами.

С этого момента Ирка, крайне довольная переменой в своей жизни, торчала у них в комнате на каждом занятии. Она нашла себе укромное местечко в углу, между колонками, на ящике с проводами, и терпеливо ждала перерыва, чтобы хоть немного посидеть за ударными. Она приходила раньше всех и уходила самая последняя — только тогда, когда Виля готовился запереть дверь и включить охранную сигнализацию. Незаметно музыканты так привыкли к постоянному Иркиному присутствию, что она стала как бы частью репетиционной обстановки, и, когда один раз Ирка не появилась из-за сильного гриппа, все с некоторым удивлением поглядывали на пустой угол.

Как-то само собой вышло, что она стала ездить с ними на концерты: помогала собирать барабаны, расставлять по сцене стойки, сматывать микрофонные шнуры, развешивать костюмы. И звать её в команде начали по-свойски — Чупой. А Герка стал задерживаться после репетиций, чтобы показать ей, как правильно держать палочки, сидеть за барабанами, извлекать звук. У неё получалось — всё лучше и лучше.

Но родители ужасно скандалили, потому что Ирка поздно возвращалась домой. Они не понимали, да и не хотели понимать, чем она занимается: шляется, конечно, с мальчишками — что же ещё? «Проститутка! — визжала мать, принюхиваясь к Ирке, и, не учуяв, к своему удивлению, запаха спиртного, продолжала: — Таблетки жрёшь?» Ирка пыталась что-то объяснить, но её не слушали, и она вообще перестала что-либо объяснять.

В начале весны в группе узнали, что Герке скоро уходить в армию. Однако ни у кого не возникла мысль, что Ирка сможет его заменить, — уж слишком маленькой она для них была, — и, чтобы найти нового ударника, Вилен Давидович дал объявление в газету.

Он прослушал около десятка желающих, но хорошей замены Герке так и не нашёл. Впрочем, нет, нашёл — некоего Арсения, уже потёртого, игравшего в каких-то столичных коллективах, а потом в местном ресторане «Рассвет». Но и оттуда Арсений ушёл, как он сказал, «по сугубо творческим причинам»: мол, в кабаке играют одну попсу галимую, а ему охота пусть в самодеятельности, но поиграть настоящий рок-н-ролл.

На репетиции Арсений стучал превосходно, но большой уверенности в нём не было: Виля сразу предположил, что мужик «склонен к употреблению». Так оно и вышло: Арсений подвёл их буквально на первом же выступлении. Просто не явился к автобусу, когда они отправлялись на концерт, оплаченный пригородным совхозом (Герка к тому времени уже вовсю барабанил в вокально-инструментальном ансамбле черниговской танковой дивизии). Виля задерживал отъезд, безумно нервничал, ждал, бегал звонить к соседям Арсения (телефона у того не было), возвращался к забитому аппаратурой автобусу и всё выглядывал, не идёт ли злосчастный «столичный» барабанщик… Но напрасно. Ждать больше не могли. Отчаявшись, Виля собрался опять идти звонить: на этот раз — в совхоз, отменять концерт (скандал! — руководство ДК им этого не простит — и прощай нормальная репетиционная база). Он уже открыл рот, чтобы дать команду разгружаться, но тут Ирка, забившаяся в самый хвост автобуса, поближе к зачехлённой «Амати», сказала: «Вообще-то, могу постучать я…»

…Своего концертного костюма у Ирки, конечно, не было, и Виля второпях напялил на неё огромную Геркину рубашку, которая обнаружилась в чемодане с костюмами. Расшитая крупными голубыми звёздами рубашка доходила ей до колен, снизу виднелись потрёпанные лиловые джинсы. Но на сцене картинка неожиданно вышла прикольная: маленькая сосредоточенная девичья мордашка над алыми округлостями барабанов, взлетающие тонкие руки, мелькающие палочки, развевающиеся рукава широченного балахона… вроде всё и было так задумано. От ударной установки на зрителя катился мощный звуковой поток. Ирка нигде не сбилась — может быть, один раз, в самом начале. Вот только темп половины песен с перепуга загнала так, что музыканты еле за ней поспевали, и концерт получился коротковатым. Однако публика никаких огрехов не заметила и приняла выступление на ура. А после того как Миха, перечисляя музыкантов в финале концерта, представил Ирку (фамилии её он не знал и брякнул: «На барабанах — Ирина Чупа!»), зал разразился громом таких аплодисментов, каких ребята на своих выступлениях ещё не слыхали. Жаль только, что Ирка из-за несуразного наряда постеснялась выйти вперёд — на поклон вместе с парнями. Так и осталась сидеть за установкой, пока не закрыли занавес. Тут к ней бросилась вся команда: «Ну, Чупа! Ну, молодца-а!»

Другого барабанщика уже не искали, а с помятым Арсением, явившимся на следующий день, Виля и разговаривать не стал — «по сугубо творческим причинам».

Осенью Иркиного старшего брата тоже забрали в армию. Спустя пару месяцев началась война, и брата отправили в афганское пекло. И уже через полгода — ужас похорон, грубо развороченная глина, гадкие удары падающей земли о крышку цинкового гроба. С братом, здоровенным, не обременённым тонкой натурой «качком», Ирка, так же как и с родителями, никогда не ладила, но эти удары — звуки отчаяния и бессмысленной, кричащей криком пустоты — запомнились ей точно и ярко. Ночью они нагло вмешивались в её сны, а иногда вдруг чудились и днём, сбивая ненужными синкопами с привычного, слышного только ей одной строгого внутреннего ритма.

И липкая беда, притащившаяся в дом с этих похорон, никогда уже не ушла. Отец и раньше нередко являлся навеселе, а сейчас и вовсе «з глузду зьихав», как сказала соседка, тётя Поля. Участились материны истерики, начались домашние драки, вопли, суета.

И вдруг... Пришла Ирка как-то с репетиции, а они сидят в полном согласии — отец и мать, два голубка, — нестройно воют про то, что «нэсэ Галя воду», и про Иванко, что увивается, значит, за этой самой Галей, несущей воду... На столе — почти допитая бутылка «Московской», нехитрые объедки. В общем, мать начала пить вместе с отцом. Теперь отец по друзьям не ходил, и родители оба почти ежевечерне синхронно набирались под самое горлышко.

Отец лет двадцать был сменным мастером на пивзаводе, мать служила там же, в бухгалтерии. На этом же заводе они когда-то и познакомились. Нынче, после многочисленных прогулов и появлений на работе в непотребном виде, Чуприниных долго жалели (бедные-несчастные, сыночек у них погиб, вот горе-то), пять раз разбирали на собраниях и оперативках, но, в конце концов, уволили. Оба устроились в кооператив, к какому-то знакомому, делать колбасу, реализовывать её на рынке и в продуктовых киосках по городу. Сначала хозяин платил хорошо, водка и закуска на столе не переводились (только ту чудную колбаску, что производил кооператив, сами не ели). Но вскоре за их кооператив взялись проверяющие органы, нашли кучу нарушений, и застолье стало намного скромнее: водку брали «палёную», колбасой уже не брезговали — тащили с работы кооперативную — и варили макароны самого дешёвого сорта.

Ирка приходила домой только спать. Виля, зная, что творится у неё дома, доверил ей ключи от репетиционной, и она, сидя в наушниках, целыми днями барабанила там под фонограмму. Выбежит на полчаса в булочную или в буфет Дворца культуры (если открыт), заскочит в туалет пару раз — и опять за палочки.

По Вилиному же совету, Ирка поступила учиться в железнодорожное училище. Будущая профессия железнодорожника её, понятное дело, не интересовала, однако у Вили были причины, по которым он настоятельно советовал ей идти именно в это училище. Во-первых, оно было подшефным Дворцу культуры, в котором играли «Локомотивы». Во-вторых, заместителем директора по воспитательной работе этого замечательного учебного заведения был лучший друг Вилиного детства. Пользуясь такими связями, Виля постоянно освобождал Ирку от занятий — то для участия в концертных поездках группы, то для подготовки к конкурсам. Так что на занятиях Чупринину видели нечасто, однако ставили «тройки» и платили стипендию, на которую Ирка умудрялась жить: покупала еду, палочки, иногда одёжку (в детском отделе ЦУМа) и мечтала собрать деньги на «фирменный пластик» — хотя бы для рабочего барабана.

«Локомотивы» стали тогда уже довольно известными: заработали множество призов, выступили по столичному телевидению и собирались на фестиваль в Польшу. Виля начал подумывать об изменении статуса команды с самодеятельного на профессиональный, но найти подходящую филармонию или концертную организацию ему пока не удавалось. Зато они всё чаще и чаще играли на свадьбах и «хозрасчётных», как стали говорить, концертах (между собой музыканты называли такие выступления «халтурами»).

На свадьбы Ирку не брали — опять же потому, что слишком молода. Кроме того, учитывая её домашние проблемы, Виля считал, что ей вообще незачем лишний раз находиться в разгульной обстановке подобных мероприятий, и приглашал какого-нибудь взрослого ударника со стороны. Однажды, когда все знакомые барабанщики оказались занятыми и положение создалось безвыходное, ему опять пришлось найти Арсения. Тот не подвёл, и его снова стали брать — но исключительно на «халтуры». Никакой Арсений не смог бы теперь отстучать Иркины концертные партии так, как это делала она, особенно её невообразимо сложный, исступлённый, шестиминутный сольный номер — гвоздь программы «Локомотивов». Виля знал, что в городе нет ни одного барабанщика лучше Ирки. Да что там — в городе! Она показывала настоящий мировой класс, но Виля хвалил её весьма осторожно: боялся, что уйдёт. Впрочем, пока его опасения были напрасны: куда она могла от них деться — такая маленькая?

Ирке едва исполнилось шестнадцать, когда Виле всё-таки пришлось взять её на свадьбу. Арсений попал на пятнадцать суток за хулиганство в пьяном виде, и рассчитывать на него в этот раз было уже невозможно. А свадьба намечалась денежная, но трудная — у цыган.

Музыканты знают, что такое цыганская свадьба… Там тебя могут заставить играть без передышки всю ночь, украсть инструменты, обмануть при расчёте. Но могут накормить и напоить на убой, нагрузить спиртным и продуктами «на вынос» и заплатить даже больше того, что обещали, — это в том счастливом случае, если ты сильно понравишься хозяевам.

Обычно Виля опасался иметь дело с цыганами. Но пригласивший его немолодой, круглолицый, чернявый мужичок вид имел скорее хохлацкий, чем цыганский. Он подошёл к Виле сразу по окончании платного концерта «Локомотивов», замечательно прошедшего субботним вечером в летнем концертном зале парка имени Шевченко. Сияя широкой золотозубой улыбкой, мужичок восторженно отозвался о выступлении группы и сообщил, что свадьба его любимого сына Василя скоро состоится в посёлке Мирный, совсем недалеко от города.

— Для нас это великая честь бачиты на нашей свадьбе таких прекрасных артыстив, як вы, хлопци! — на суржике уговаривал он Вилю, возбуждённого успехом концерта и ещё не совсем ясно воспринимавшего действительность.

Круглолицый любитель «локомотивного» творчества предложил за свадьбу довольно крупную сумму, и Виля согласился. Хлопнули по рукам. Мужичок подозвал жениха и невесту, стоявших, как оказалось, невдалеке, у противоположного края сцены:

— Деточки, йдите-ко сюда, знайомиться с артыстами!

— Так они ж цыгане… — шепнул Рыжий, упаковывая басовый усилитель и при этом, как бы ненароком, приблизившись к Виле. Действительно, внешность Василя и особенно его будущей супруги не оставляла в таком выводе никаких сомнений.

— Да вижу я! — с досадой сказал Виля, но отказываться было уже неловко.

Так жарким августовским днём они оказались на цыганской свадьбе, да ещё и Ирку вынужденно прихватили с собой.

Хозяева были, конечно, не кочевыми цыганами, и дом их выглядел как обычный посёлковый дом — не сильно большой и не шибко богатый, но во дворе раскинулся белый, внушительных размеров шатёр, чем-то напоминавший о далёкой кочевой жизни. Пёстрая, шумная толпа гостей — родственников и соседей — плотно заполняла длинные деревянные лавки, разливалась по двору, выплёскивалась на улицу.

«Локомотивы» установили аппаратуру за домом, на тесном заасфальтированном пятачке. Ножки барабанов и стоек с тарелками пришлось заблаговременно подпереть найденными тут же кирпичами, чтобы части ударной установки не разъезжались в стороны во время неистовой Иркиной игры. Несколько голосовых колонок примостили на веранде, а сеть подключили через открытое кухонное окно. (Музыкальный жаргон определяет тип подобного выступления как «хасню на огородах».)

Долгие витиеватые тосты, обильная еда и беспрерывные возлияния продолжались не один час. Целовались молодые, их целовали и обнимали гости, гости целовали и обнимали друг друга и тащили подарки. Стоял жуткий галдёж.

Пора было играть. В начале празднества музыкантов посадили за стол, расположенный в углу шатра, очень близко к забору. Чтобы выбраться со своих мест, они должны были теперь по очереди протиснуться между столом и коленями толстенной соседки-украинки, усевшейся на краю лавки и закупорившей собой весь проход. Очумевшая от водки, красномордая бабища развлекалась тем, что, заливаясь глупым смехом, бесстыдно хватала между ног каждого пытавшегося пролезть мимо неё музыканта. Завидев Ирку, баба удивлённо пробасила: «О-о! Так цэ ж дивка!» — и, подобрав гигантское пузо, беспрепятственно позволила Ирке выбраться из-за стола.

Во время короткой настройки ансамбля публика чуток притихла. Ирка трижды цокнула палочками — и по всему посёлку с шальным захлёбом разлетелась нехитрая заводная мелодийка:

> А запрягай, папаня, лошадь,
> Рыжую, мохнатую,
> А я поеду в дальний табор,
> Цыганочку сосватаю.
>
> Я парамела, я чебурела,
> Я сам самели тулия,
> Гоп, я парамела, гоп, я чебурела,
> Гоп, барон цыганский я!

Толпа исступлённо прыгала, выкрикивая в такт: «Гоп! Парамела! Гоп! Чебурела!». Цыганский «папаня» сидел рядом с молодыми и растроганно плакал.

— Ну что? — спросил Виля, повернувшись от клавиш к Ирке во время короткой паузы, пока Миха искал в тетрадке со словами следующий «хасневый» шедевр. — Как тебе такой «рок-н-ролл»? Не тошно?

— Тошно… — не глядя на него, проговорила Ирка и, скривившись, со всего маху вмазала по тарелкам так, что гости, сидевшие за ближайшими столами, от неожиданности пролили самогон из поднятых стопок.

— А сейчас для наших гостей из солнечной Молдавии звучит эта песня… — забубнили динамики сладким, слегка шутовским Михиным говорком — и веселье продолжилось.

Поздней ночью, после вялого исполнения на бис очередной «Парамелы», к Виле наконец-то подошёл, пошатываясь, хозяин и расплатился сполна.

— Вы все чудови, хлопци, чудови! — повторял цыган, пожимая руки окончательно упарившимся музыкантам. — Но мала дивчинка — от шустра, от спритна… Оце тильки тоби! — и сунул в Иркину руку несколько влажных скомканных бумажек.

На цыганские деньги Ирка приобрела у фарцовщиков подержанный рабочий барабан от английской установки «Премьер» (оранжево-перламутровый, звонкий — настоящий!) и к нему — несколько американских пластиковых мембран «Пинстрайп». Позднее, продолжая играть с ребятами на «халтурах», она заработала на хорошие тарелки, поменяла «пластик» на всех остальных барабанах и стала понемногу собирать деньги на собственную ударную установку. Ей страшно хотелось заполучить серебристый «Людвиг», виденный как-то на цветном плакате «Битлов».

Теперь на сборных концертах к ней нередко подходили взрослые длинноволосые парни-барабанщики из других групп и уважительно просили разрешения посмотреть и потрогать «фирму». И вообще, Ирка постепенно стала местной музыкальной знаменитостью. Виля ревниво приглядывался ко всем, кто к ней приближался, и напряжённо прислушивался, о чём с ней говорят. Он уже знал, что ей неоднократно предлагали перейти в другие группы — и у них в городе, и во время поездок на фестивали, и даже в столице. Но Ирка отвечала всегда одинаково — серьёзно и непонятно: «Я никогда не буду есть суп из моего друга». И всё. Что это значило, не было известно никому, но после таких странных слов говорить с ней повторно на подобную тему уже никто не решался.

И ещё душа у Вили была неспокойна по другому поводу: Ирка начала взрослеть и отчаянно хорошеть. Несмотря на то, что она по-прежнему одевалась как пацан, никогда, даже на сцене, не пользовалась косметикой и совсем немного прибавила в росте и в весе, принять её за мальчишку теперь уже было трудно. У неё как-то совершенно неожиданно, чуть ли не в один день, началось явственное округление форм и появилась своеобразная грация.

— Коты, вот коты… — бурчал про себя Виля, подмечая, какие взгляды стали бросать на Ирку представители мужского пола (как зрители, так и коллеги-музыканты), восхищённые не только взрывным талантом юной барабанщицы, но и её женской привлекательностью, особенно удивительной и загадочной в таком «безбашенном», как казалось, существе.

Сам Виля был не очень юн и женат на Леночке Сутеевой, сухонькой руководительнице танцевального ансамбля того же ДК железнодорожников. Имелись у него двое детишек: маленький мальчик от Леночки и девочка постарше от первой жены, соученицы Вили по музучилищу. Брак с Леночкой тоже давно стал ему в тягость. Во время гастролей он вполне активно включался в различные любовные интрижки с директрисами клубов, методистками и культ-организаторшами и месяцами жил не дома, но до полного развода дело пока ещё не доходило. Можно сказать, что на окончательное решение этого вопроса у них с Леночкой просто не хватало времени.

С девчонками из «Локомотивов» Виля никогда не связывался, хотя в группе периодически появлялись то миленькие вокалистки, то симпатичные клавишницы, а одно лето с ними ездила чудная скрипачка Зойка («Локомотивы» в тот момент не на шутку увлеклись фолк-роком).

«Не е…и, где живёшь, — не живи, где е…ёшь», — повторял Виля. Но, соблюдая эту затасканную «мудрость», он одновременно предоставлял широкое поле деятельности Михе, Рыжему и другим своим парням, которые напропалую гуляли с девчонками группы и даже без всякого стеснения передавали подружек от одного к другому. Малейшие же попытки кого-то из парней ухлестнуть за быстро взрослеющей Иркой пресекались Вилей самым строгим образом — и самыми разнообразными способами: от язвительных насмешек над нарушителем в присутствии всей команды до грубых разговоров наедине («Я тебе за малолетку яйцы оторву, донжуан недоделанный! Завтра же из группы выкину на хер!»). За спиной Вилена Давидовича, конечно же, болтали, что он не только блюдёт мораль молоденькой девчонки, но и симпатизирует ей, но, что ни говори, а никаких близких отношений между ним и Иркой замечено не было.

Виля всё своё основное время занимался группой, музыкой, аранжировками и репетициями. Между тем в окружающем, активно изменяющемся в последние годы, мире уже оголтело вертелись предприимчивые люди, которые в данный исторический момент удачно оказались недалеко от значительно более материальных, чем музыка, природных и неприродных благ. Кто-то был вхож в правление подыхающего завода с тоннами металла, станков или труб на затоваренных складах и как-то незаметно прибрал этот завод к рукам. Кто-то очень удачно перебежал из махонького профсоюзного начальника в учредители возникшего из небытия крупного частного предприятия. А молодые люди с ясными глазами и комсомольскими значками стали бодро создавать при горкомах и обкомах концертные организации, печатать и продавать собственные билеты, приглашать известных и сбивать бригады из малоизвестных артистов: раскручивался дикий, но уже красиво называвший самоё себя, «шоу-бизнес».

Скоро Вилю начали звать уже не только для того, чтобы выступить с хорошими, но всё-таки непрофессиональными «Локомотивами», а для того, чтобы с помощью их приличной аппаратуры озвучить в небольших залах концерты заезжих новоиспечённых «звёздочек» (но, конечно, не настоящих, суперпопулярных «звёзд» — те прибывали со своим оборудованием, рассчитанным на стадионы).

Мало-помалу это стало для Вили интересным и, главное, весьма прибыльным занятием (надо было только не забывать что-то отстёгивать директору и худруку родного Дворца культуры, которому, в общем-то, принадлежала львиная доля аппаратуры «Локомотивов»). Появлялись и укреплялись связи со столичными музыкантами, а главное, с их менеджментом. И однажды Вилю позвали в столицу: один из его новых приятелей создавал студию звукозаписи и предложил там работу звукоинженера (а в близкой перспективе — и музыкального «продюсера», присовокупил столичный кореш заманчивое новое словцо).

Времени на раздумье у Вили не было: позвонили из столицы и сказали, что ждут ответа на следующий день. Вечером Виля отчаянно напился с лучшим другом детства, заместителем директора по воспитательной работе того самого училища, где числилась Ирка. Затем, не сомкнув глаз, проблевал всю ночь, а утром, с жуткого бодуна, решительно объявил Леночке, что подаёт, наконец, на развод и уезжает. Руководителем «Локомотивов» был оставлен Миха, прощание с командой прошло без сантиментов, коротко и по-деловому: вот я там пристроюсь и всех вас вытащу, хватит вам тут, в провинции, прозябать…

На вокзале музыканты мялись, курили, по несколько раз жали ему руку: «Счастливого, Вилен Давидович!» Ирка пришла, когда поезд уже вот-вот должен был тронуться, и

Виля, стоя на площадке вагона, едва выглядывал из-за плеча крупнокалиберной проводницы. Он увидел Ирку, закричал: «Ира! Чупринина! Успехов тебе! До скорого!» Ирка подошла очень близко к вагону, подняла голову и сказала, серьёзно и непонятно:

— А я никогда не буду есть суп из моего друга.

* * *

Через два года, зимой, Миха по какому-то делу приехал в столицу. Они встретились с Вилей в крошечном пивном баре. В студию, объяснил Виля, он пригласить Миху не может: там, мол, идёт запись некой крутой группы (сказать какой — нельзя, секрет!), и посторонних не пускают.

Миха поведал Виле о том, что «Локомотивы» продолжают «лабать на халтурах», то есть, по-современному, на корпоративах. Состав команды уже несколько раз поменялся, играют они в основном попсу и — редко — традиционные рок-н-роллы, а на барабаны вернулся Герка…

— Герка? — переспросил Виля. — А где же Чупринина?

— Чупа… а она это… похоже, померла, — бесцветным голосом произнёс Миха и шумно отхлебнул пива.

— Ты что, Михаил, несёшь?! — охнул Виля. — Что значит: «похоже, что померла»?

— Да вот так, Вилен Давидович, полгода уже… Странная история получается. Был у неё, если помните, прикол: она всё бабки собирала на «Людвиг». Ховала их где-то в доме. Паханы ж у неё, сами знаете, бухали не по-детски. Ну, а кооператив колбасный, где паханы работали, вроде накрылся… этим самым местом. Бухать, значит, стало не на что. Вот Чупа приехала из двухнедельной поездки по сёлам (был у нас один такой удачный вояж), а оба родителя, упитые в дупель и, простите, обоссаные, обрыганные, храпят на полу… Ещё и чужих людей полон дом, тоже бухих: погуляли, видимо, на славу. Где деньги взяли? Кинулась Чупа, наверно, в свой тайник, уж не знаю, где он был, — ни фига нет. Короче, как-то они её выследили, денежки все упёрли и пропили. Ну, и она… бешеная ж всегда была, чумовая… Выходит, что схватила на кухне бутылку с дихлофосом или с чем-то там ещё, чем тараканов травят, и выпила. Мы с Рыжим узнали только дней через десять — после того, как Чупа два раза подряд на репетиции не явилась. В хату к ним сунулись — закрыто. Поговорили с соседкой, тётей Полей, — говорит, это она Чупу нашла, я не понял как, и скорую вызвала. В какую больницу забрали, мы так и не дознались. Обзвонили вроде все. Нигде нет, только в одной больничке сказали, что была, как бы, похожая девчонка, типа «суицид», но документов никаких, фамилию не знают, померла… Мы опять домой сунулись — закрыто-забито. Тётя Поля сказала, паханов менты замели за эти самые кооперативно-колбасные дела, что-то там серьёзное, а где Чупа — так никому и неизвестно…

— В милицию ходили? — выдавил из себя Виля, прислоняя к щеке холодный бокал с остатками пива.

— Ходили, один раз. Разговаривать с нами они не захотели. Кто вы такие, волосатые, обкурились, наверно, никакой Чуприниной мы не знаем, у нас работы невпроворот, будете доставать, сейчас вас самих…

— Эх, чёрт, если бы я там был, я бы, конечно… — начал Виля и осёкся.

Они долго сидели за столиком и молчали. Миха изучал панно из медной чеканки, занимающее полстены за спиной Вили. Панно изображало романтические, но слегка квадратные фигуры юношей и девушек, свершающих что-то героическое в лучах квадратного солнца. Виля уставился в окно, где мокрый снег прилипал к грязному стеклу и бесформенными ошмётками медленно, бесконечно сползал вниз.

Мёрзли ноги. Виля заказал ещё пива.

— А вы тут как, Вилен Давидович?

— Ты знаешь, тут тоже на самом деле ничего особо интересного… — вздохнул Виля. — Обещали одно, получилось другое… Я ж им не мальчик, чтобы подай-принеси и инструменты настраивать! Я из студии ушёл. В Израиль вот собрался, а оттуда думаю махнуть в Америку. Есть там знакомые, обещали пристроить сессионным музыкантом в одну из чикагских студий. Хорошие музыканты, говорят, всегда нужны.

— Вот это да… — покрутил головой Миха. — В Америку?

* * *

В середине дня в музыкальный магазин «Гитарный центр» на Арлингтон Хайтс Роуд вошла невысокая крепкая женщина в байковой рубашке с закатанными рукавами, тёмно-синих джинсах и ботинках на толстой подошве. Она вела за руку дочку семи-восьми лет. Не останавливаясь и почти не глядя по сторонам, они прошли мимо тихого, закрытого стеклянными дверями помещения с классическими гитарами, миновали залы с тесно развешанными на стенах разноцветными электрогитарами и сквозь плотные ряды колонок и усилителей направились в отдел ударных инструментов. Это был большой демонстрационный зал, забитый десятками барабанов различной акустической и электронной конструкции. Здесь скромно стояли обычные ударные установки и громоздились установки-монстры с дополнительными барабанами всевозможных размеров, тарелками, бонгами, гонгами, стойками и креплениями, а также лежали на стеллажах тамбурины, маракасы, бубны, каубеллы и другие стучащие, звенящие, шуршащие и гудящие штучки, названия которых в основном неизвестны широкой публике.

Женщина купила две пары недорогих барабанных палочек, а затем они с дочкой стали медленно пробираться по залу между барабанами, внимательно их рассматривая. Иногда они останавливались, и было похоже, что мать подробно объясняет дочери устройство и назначение частей какой-нибудь установки или просто рассказывает о чём-то интересном. Так они дошли до серебристых барабанов фирмы «Людвиг» — копии легендарной установки, на которой играл Ринго и которая запечатлена на фотографиях и плакатах «Битлов».

Девочка что-то сказала матери, а та, слегка улыбнувшись, устроилась на трёхногом стуле за «Людвигом», взяла приготовленные на барабанах палочки и…

Техника игры у неё была уверенная, стремительная, филигранная. Гулкий большой барабан-«бочка» под ударами маленькой ноги безукоризненно точно держал ритм. Вкусно, с лёгким треском — т-ч! т-ч! — отзывался рабочий барабан. Услужливо хлопотал весёлый хай-хэт. Убедительно — тув-в! тув-в! — высказывались солидные том-томы. И рассыпались в полнейшем восхищении тарелки: ах! ах-х! ах-х-х!..

Зал погрузился в такой потрясающий, многослойный шквал звуков и взбалмошного темпа, что стало невозможным отвлечься или уйти. Замерли за кассами опытные продавцы, слышавшие игру не одной сотни музыкантов и наверняка знающие толк в искусстве барабанщика. Замолкли на полуслове, повернувшись к источнику неукротимого звука, немногочисленные посетители, потянулись люди из других залов.

Но женщина вдруг резко оборвала игру яростным ударом по двум тарелкам и «бочке» и, пока затухали последние отголоски этой неожиданной «коды», аккуратно сложила палочки на рабочий барабан и выскользнула из-за установки.

— Ну, Пашка, пойдём, пора, — негромко, хрипло сказала она по-русски, протянув дочке руку. — Мне сегодня работать в госпитале в ночную смену, нам надо ещё многое дома успеть.

Немолодой, обрюзгший продавец с бейджем «VILEN», одетый, как и другие продавцы, в чёрную футболку с красной надписью «Гитарный центр, Чикаго», хотел броситься к этой женщине, остановить её, заорать: «Ирка! Чупринина! Чупа! Чу…»

Но… не шевельнулся.

Он остался стоять посередине отдела ударных инструментов, окружённый сверкающим великолепием «Премьеров», «Людвигов», «Там», «Роландов», «Ямах», и смотрел вслед двум, разным по росту, но очень похожим фигуркам, неспешно топающим одинаковой, немного тяжеловатой походкой к выходу из магазина.

…Маленькая упрямая барабанщица поднимает голову, смотрит на него и говорит, серьёзно и непонятно:

— Я никогда не буду есть суп из моего друга.

Исход

Выстояли очереди, продали квартиры и дали взятки — даже не упомнишь, кому и сколько. Всплакнули, когда покупатели увозили югославскую стенку, чешский раскладной диван и пианино «Красный Октябрь». Собрали друзей и восторженно выпили отходную, а потом — на посошок. Надвинули на глаза старую фетровую шляпу (изображая то ли Элвиса Пресли, то ли Юла Бриннера в роли самого великолепного ковбоя из семёрки) и заплетающимся языком повторяли перед зеркалом в своей, теперь уже бывшей, прихожей какую-то ерунду: «Вот видишь, детка, я же говорил… Мы — победители, детка. Да здравствует рок-н-ролл! Рок-н-ролл, детка, рок-н-ролл!» …

Впихнули свои материальные благосостояния в строго ограниченные по размерам и по количеству брезентовые баулы, специально сшитые у знакомого портного из Дома быта. Крепко взяли детей за руки, а бабушек — под руки, уложив горшки для тех и других в авоськи и неотлучно держа всё вышеперечисленное при себе. В аэропорту с чувством предъявили самые важные бумажки с орлами и с честным видом распахнули перед подозревающими таможенными носами косметички с копеечной бижутерией, доказав таким образом, что незадекларированных драгоценностей не вывозят. Нет, не вы-во-зят!

Серьёзно нализались малознакомым виски в самолёте во время самого долгого в их жизни перелёта.

Рок-н-ролл, детка, рок-н-ролл!

Прилетели. Ужаснулись почти полному отсутствию ожидаемых небоскребов и почти повсеместному деревенскому пейзажу.

Отходили по два года на курсы местного языка в бесплатные еврейские или христианские школы и общественные колледжи.

Купили первые, «опытные», образцы автомашин — абсолютные развалюхи, — почти полностью потратив те самые деньги, которые получили дома при продаже квартир (и которые смогли привезти с собой).

Выучились на программистов и помощниц медсестёр и после сотни попыток и безумных испугов всё-таки получили работу. После этого начали работать и регулярно пить лоразепам, чтобы уснуть, а потом прозак, чтобы вообще как-то жить дальше.

Рок-н-ролл, детка, рок-н-ролл!

Отдали те, первые, «опытные», машины за копейки — в счёт стоимости новых — и в кредит, под дикий процент, купили новые машины. Правда, неожиданно оказалось, что приобретение «мерседеса» здесь не считается достижением, поэтому купили «лексусы» (не все — некоторые купили «инфинити»). И сразу сфотографировались на фоне блестящего капота и ещё раз — за рулём, как бы непринуждённо выглядывая из открытого окна машины. И послали снимки по электронке друзьям и родственникам, оставшимся где-то там. А ну-ка посмотрите: вот мы какие!

Рок-н-ролл, детка, рок-н-ролл!

Хотя высокие ондатровые шапки-ушанки и шубы из песца необразованные местные почему-то тоже считали странной модой и любили по этому поводу задавать глупые вопросы (типа: а это что такое?), ещё долго ездили в этих шикарных нарядах на работу и только через несколько лет переоделись в короткие курточки и вязаные шапочки из универмага «Волмарт».

Потом начали создавать себе хорошую кредитную историю — и покупать.

Покупать.

Покупать.

Покупать.

И обязательно — в кредит. Бросьте эту моду покупать за наличные! Вся страна в долгу, как в шелку, даже правительство — и всё у всех хорошо (ну, собственно, как оказалось, оно потому и хорошо, что все в долгу). Особенно хорошая кредитная история началась тогда, когда в кредит купили дом (квартиру, «таунхаус») и поняли, что никогда не смогут за него расплатиться.

Рок-н-ролл, детка, рок-н-ролл…

Почтовый ящик начало просто распирать от проспектов и предложений что-нибудь купить.

Завести новые, самые-самые выгодные кредитные карточки.

Поставить самые замечательные, самые невидимые «брейсы-брекеты» на зубы, чтобы наконец-то избавиться от неправильного прикуса (потому что раньше, оказывается, даже кусали не так, как правильно).

Заказать самое эффективное средство от прыщей (тех, что бывают в разных местах, но в основном на лице).

На празднование Дня независимости, 4 июля, собрали у себя во дворе новых друзей и под шашлычок, называемый корявым именем «барбекю», выпили немало текилы, водки и пива. Надвинули на глаза кепку с надписью «Чикаго Булз» и заплетающимся языком всё повторяли и повторяли перед зеркалом в прихожей какую-то ерунду: «Вот видишь, детка, я же говорил… Мы — победители, детка. Да здравствует рок-н-ролл! Рок-н-ролл, детка, рок-н-ролл!» …

День всех святых

Давайте знакомиться. Меня зовут Саймон. Нет, нет! Я родился не в Америке. Разве вы не слышите, как я произношу на русском звук «г»? Совершенно верно — приехал с Украины. И всего десять лет тому назад. Так что это горловое «г» уже навсегда останется в моей речи. Известно, что многие из нас, живущие в Америке, поменяли здесь имена, а кое-кто и фамилии, чтобы избежать проблем с произношением этих самых имён и фамилий коренным населением. Вот так наши Семёны благополучно превращаются здесь в Саймонов, Светлан называют Ланами, Саши становятся Алексами, Володи — Владами, Жени — Джинами… И проблемы могут быть не только с произношением. Например, невинно звучащее имя «Семён» в моём загранпаспорте, выданном украинским ОВИРом в середине девяностых, выглядело как Semen, что по-английски означает, простите, сперму… Поистине, прощальная проделка этой милой организации перед нашим выездом, хотя и не осознанная её работниками. Я же здесь долго не мог понять, почему аборигены как-то странно напрягаются, когда видят или произносят моё имя. Не улыбаются, нет. Видимо, терпят, чтобы не рассмеяться. Хорошо воспитанные люди. Представьте себе, как бы у нас ржали в подобном случае!

Менеджера нашего отдела звали Бэн. Бэн Вилсон. Американец в третьем поколении, шведского происхождения. Типичный викинг с рублеными чертами и такими большими залысинами, что лицо казалось бесконечным. Когда работы было мало, он начинал изображать лояльность и интерес к подчинённым — все остальные четверо сотрудников отдела были эмигрантами, натурализованными в течение последних пяти-шести лет. Лояльность и интерес шефа заключались в том, что он, неожиданно останавливаясь у рабочего места одного из нас, подробно расспрашивал про семью, хобби, привычки и национальные особенности страны происхождения. Обычно это обсуждение было достаточно громким, так что и все остальные в конце концов постепенно ознакомились с тонкостями индийской, польской и русской культур, потому что именно к этим народам и принадлежали. Особое внимание уделялось традициям в еде, но иногда Бэн пытался заучить и какие-то слова на родном языке коллеги, видимо, чтобы таким образом сделать подчинённому приятное.

— Саймон, не говори ему никаких ругательных слов на русском, — конфиденциально посоветовал мне как-то аскетичный поляк Зденек. Со Зденеком мы всегда беседовали на английском, так как я польского не знал, а он, хотя и учил русский в школе и понимал его довольно сносно, говорить бегло по-русски не мог.

— А что делать, если он постоянно спрашивает, как сказать по-русски «задница» или «дерьмо»? — наивно спрашивал я.

— Делай что хочешь, — как всегда несколько загадочно отвечал Зденек, — но ничего хорошего не получится…

Впрочем, совет Зденека запоздал. За несколько дней до этого я уже успел перевести для Бэна слова «shit», «ass» и «good-bye» и даже записал прямо в его настольном календаре латинскими буквами: «govno», «zhopa» и «do svidaniya» — с ударениями, для удобства заучивания. Ну не мог же я отказать начальнику, если тот просит? Я был последним из пришедших работать в отдел мистера Вилсона, так что всех премудростей поведения ещё не знал.

Приближался Хэллоуин, канун Дня всех святых. Мы получили ежегодные открытки от Бэна с приглашением принять участие вместе с нашими семьями в его домашней вечеринке. Причина вечеринки, помимо Хэллоуина, в этом году была особенная — Бэн приглашал нас посетить его новый дом, который он купил всего несколько месяцев назад в пригороде Чикаго.

Из нашего соседнего пригорода мы с женой и детьми добирались к Бэну больше часа — неожиданно для нас. Район у него был совершенно новый, и хотя бардака, оставляемого после стройки в России, здесь, конечно, нет (и дороги заасфальтированы, и мусор вывезен, и даже газон рулонами травы застелен), всё-таки указатели улиц ещё не совсем точно указывали туда, куда нужно. И спросить, естественно, совершенно не у кого: в американских пригородах на улицах, как водится, никого не встретишь, а на ближайших заправочных станциях названий новых улиц ещё не знают. Поэтому мы довольно долго искали его двухэтажный дом среди таких же новеньких типовых домов, покрытых белыми алюминиевыми облицовочными полосами, перезванивая Бэну из машины несколько раз.

И вот мы прибыли. Типичная семейная хэллоуинская вечеринка — в полном разгаре. Взрослые дяди и тёти в масках и костюмах всевозможных тварей, колдунов, ведьм и нескольких элвисов пресли толкутся в просторной гостиной, соединённой с кухней, где на столах — три-четыре большие тарелки с чипсами пяти сортов, соусы и нарезанные фрукты. Дети, также в костюмах, в количестве, достаточном для сформирования нескольких групп детского сада, ошалело и непрерывно мотаются под ногами по лестницам, ведущим на второй, спальный, этаж и в подвал, где устроен игровой зал. Среди них особенно умилительно выглядят самые маленькие — пчёлки, покемончики, пиратики, винни-пухи... Мы — без маскарадных костюмов — почувствовали себя голыми в этом радостном дурдоме.

В пустом гараже на три машины — холодильник и импровизированная стойка с напитками. В основном это упаковки бутылочного пива, но есть кое-что и покрепче — к скромному отряду ихних скотчей и бурбонов мы добавили бутылку нашенской «Столичной», которую принесли с собой. Впрочем, похоже, что все пьют только пиво. Самообслуживание полное: пить и есть никому особенно не предлагают, берите, мол, что хотите, делайте, что хотите.

Очень полная жена Бэна, Кэрол, в коротенькой юбочке Дороти из Страны Оз и с младшим сыном на руках, едва удостоила нас приветствием, зато сам хозяин, в виде капитана Крюка, в длинном чёрном парике, надёжно закрывающем его лысину, честно провёл экскурсию по своему новому жилищу, а затем в гостиной представил нас двум пожилым породистым собакам... Простите, пожилым людям с породистыми лицами, в костюмах собак-далматинцев: чёрно-белых, пятнистых, сильно облегающих, блестящих. Костюмы просто замечательно шли к их седине. Это были его родители. Знакомясь, Джон, отец Бэна, тут же сказал:

— А, вы — тот самый русский, который работает у моего сына. Теперь я понимаю, что именно вы и принесли бутылку «Столи»! А я ещё подумал, кто бы это мог принести такую дорогую водку? — так что наш презент, оказывается, не остался незамеченным.

Мы побеседовали с ними о России, о Питере, где они собирались побывать следующим летом, во время европейского круиза. О нравах, о том, как вести себя там американцу…

Несколько часов пробежали незаметно, и мы собирались тихо ускользнуть восвояси, но Бэн неожиданно заметил наш порыв и вышел на улицу проводить. Было видно, что он уже принял свои одиннадцать-двенадцать бутылок пива: крепко поддатый, но старательно держится. Вот только как-то странно и довольно необычно сосредоточен на чём-то внутри себя, как будто пытается что-то вспомнить… Он пожал нам с женой руки, похлопал моих сыновей по плечам — и мы стали переходить дорогу к нашей машине, запаркованной на другой стороне неширокой улицы, погружаясь в свежий вечерний осенний воздух. А вокруг — сказка: ярко иллюминированные дома, окружённые разноцветными надувными чучелами и привидениями, отголоски негромкой танцевальной музыки хэллоуинских вечеринок…

— Саймон! — вдруг громко и радостно завопил Бэн нам вслед, видимо, наконец-то вспомнив то, что пытался вспомнить. — Саймон, go-vno!.. Govno!..

Саша энд Паша

Паровозом у них была Саша: грин-карту выиграла — она, хлопотала и за докуме́нтами вы́бегала бесчисленные инстанции — тоже она. Даже таможенники в аэропорту их родного города, когда вылетали в одну из европейских столиц, чтобы там пересесть на рейс в чикагский аэропорт О'Хара, сразу же определили, кто в семье главный, и за взяткой обратились именно к ней, а не к Паше. Так ей и сказал один из них — разбитной мужичок средних лет, с прозрачными глазами и намерениями: «Вы — главная в семье? Пройдите, пожалуйста, сюда…» — и завёл в комнату с какими-то металлическими стеллажами по стенам. Так эти серые стеллажи и остались у неё в памяти, как последняя картина родины. И мужичок — тоже, конечно.

— Понимаете, — говорит он, так вразумительно, — согласно американским требованиям, мы должны сейчас вскрыть все ваши чемоданы и баулы и тщательно всё проверить. Это займёт очень, ну, очень много времени, и упаковочку вашу всю нарушит, и на посадку, не дай бог, можете опоздать… А если вы пожертвуете двадцать долляров (так и сказал: «долляров») на пользу таможни, мы сейчас весь ваш багаж опечатаем нашими самыми серьёзными печатями — и никто его больше досматривать не будет ни на пересадке, ни в Америке…

Саша так и сделала — дала ему эти двадцать баксов. Он их рассмотрел, вежливо поблагодарил, спрятал. Вернулись они в общий зал, где возле многочисленной поклажи околачивались Паша с Ксюшей, а дальше — как по маслу. Таможенный мужичок не обманул: баулы запечатали и действительно больше нигде по дороге не открывали. И к «пограничнице» их подвёл, громко так, ответственно ей сказал: «Это — хорошие люди, всё у них в порядке». Та, видимо, поняла: понаставила печатей, почти без вопросов, быстро и учтиво. Саше так приятно стало, что всего-то за двадцатку у них «всё» стало в порядке! Если б на самом деле — всё…

Короче, проехали. И дальше их семейный паровоз продолжал тащить свои два вагона по путям новой родины. Первую квартиру в ортодоксальном еврейском квартале, где по традиции купно селились наши соотечественники независимо от их национальности, нашла и сняла Саша — через свою школьную подругу Маринку, прожившую в Штатах пять лет. И новые нужные американские бумажки снова оформляла Саша: Павел по-английски знал пока только «thank you very much» и «what time is it?», потому как в школе изучал немецкий и «тысячи» в институте сдавал также на нём. Да и что Паша? Он и дома был всего-навсего товарным вагоном — ведомый и хорошо управляемый.

Саша познакомилась с ним в секции бодибилдинга. Сама она большой крепостью организма не обладала, скорее, совсем наоборот: миниатюрная, личико — узенькое, лисье, правда, вовсе недурное, волосы — неопределённо-русоватого оттенка, лёгкие и ломкие. Но сила её была в тяге, в устремлениях. И когда она, к двадцати пяти годам, поставила себе задачу — найти жизненную опору, то по библиотекам, конечно, расхаживать не стала: муж должен был быть, по определению, крепким и выносливым. Очень интересно выглядела хрупкая девушка среди «качков». Паша нашёлся — вместе со своим накачанным торсом — и подошёл знакомиться уже на первой неделе её занятий в секции. После чего эти занятия вскоре можно было и прекратить… Проехали!

Из занюханного заводского КБ она быстро заставила его уйти, ему было определено другое поприще — фотографа. Зимой — ёлочного, дедоморозного, летом — курортного и круглогодично — свадебного. Заработки пошли просто замечательные, можно было и ей перестать юбку на работе просиживать, и квартиру купить (ну, в микрорайоне, не в центре, но тоже неплохо), и Ксюшку завести. А через четыре года новая идея — Америка! И очень зря все знакомые и свекровь зудели, мол, «будешь ты в Америке — на зелёном венике»! Вот они — Саша, Паша и Ксюша — сейчас гуляют по Мичиган-авеню и американские пончики-«донатсы» жуют… Пончики — это, впрочем, чепуха (проехали!), надо дальше двигаться, к другой остановке… Тут Ксюша прилипла к уличной витрине туристического агентства «Эпл вакэйшн»: томная дама в тёмных очках и бикини лежит на надувном матрасе в перламутрово-бирюзовом бассейне и потягивает коктейль из бокала с маленьким радужным зонтичком, а на заднике — сказочные пальмы и море… Агитка, конечно, но красиво. Вот и она — Сашина следующая остановка.

Но до этой остановки опять были полустанки: поскучнее и пострашнее. Сначала — маленькая двухдверная «хонда сивик» (очень старенькая, но без машины здесь никак). Потом — бесплатная школа английского для неимущих, а параллельно — Пашу на работу пристроить, потому что привезённые с собой десять тысяч уже на исходе. Фотографы тут никакие, конечно, не нужны. Пошёл в небольшой цех к русскому хозяину: нажимать ногой (по двенадцать часов) на педаль пресса — штамповать платы для мобильников. Работа тупейшая, за целый день — десять слов с соседями по конвейеру, и заработок не велик, но на еду и квартиру хватало. А Саша, после полутора лет школы, — на курсы по программированию. Подходил двухтысячный год со своими тремя ноликами, и в Америке началась компьютерная истерия: на работу требовалось всё больше и больше специалистов, чтобы срочно переделывать и проверять коды на наличие в них правильных дат. (А то вдруг 1 января 2000 года от этих ноликов компьютеры с ума сойдут — и Мистер Американский Бизнес сдохнет!) Поэтому устроиться на работу программистом с высокой стартовой зарплатой можно было и без хорошего английского, и без большого опыта, а липовые рекомендации давали сами программистские школы. Как говорили Сашины учителя: нужно придумать себе рабочую историю, резюме — и, главное, во всё это самому поверить.

— Я по трупам пойду, — патетично провозглашала уже хорошо расслабившаяся Саша, когда они, наедине с Маринкой, обсуждали свои женские американские жизни, при участии двух больших бутылок «сухаря». Обычно они расслаблялись в отсутствие Паши, сидя на матрасе, постеленном прямо на полу в съёмной квартире, где, кроме двух матрасов (одного двуспального и другого — поменьше, для Ксюшки), пожилой тумбочки с телевизором, трёх уродливых стульев, выброшенных соседями, и кухонного стола, половину которого занимал компьютер, ничего не было.

— Вот ты, Маринка, уже столько лет здесь маешься, всё учишься в своём «калледже» — что толку? Где бойфренд-американец? Где хорошая работа? Вкалываешь в этом сраном магазине за шесть пятьдесят в час? Нет, я по трупам пойду... — повторяла Саша, выливая остатки вина в чашку.

Работу она искала — как ходила на работу. Ксюшку — к соседям, то к одним, то к другим, благо много русских вокруг.

На личико — чуток краски; на тело — строгий, простенький, единственный, но очень аккуратный чёрный костюмчик; в ручки — пластиковую папочку с резюме, которое сочинили специалисты (отнюдь не бесплатно); в зубы — заученный десяток английских выражений; в «хонду» или на «сабвэй» — и на интервью, иногда по два раза в день.

Она научилась производить впечатление в своей монолитной уверенности и знании предмета. Если её спрашивали о чём-то и Саша не имела представления, как ответить, — а случалось это частенько, — она, выразительно глядя собеседнику прямо в глаза, размеренно тянула что-то ничего не значащее, типа: «Actually…»[1], «I think…»[2] или совсем пробивное: «What do you mean by that?»[3]. Далее следовала, естественно, пауза, но собеседник сам почему-то начинал заполнять возникшую после этого тишину, ощущая неловкость оттого, что, видимо, задал какой-то бестолковый вопрос и именно поэтому она затрудняется с ответом.

В общем, первое предложение подвернулось достаточно быстро — всего два месяца массированного поиска. В соответствии с нарисованными в резюме опытом и знаниями, ей предложили сделать новый проект для консалтинговой компании. Срок — шестнадцать недель, и работать можно было дома! Скажете, везение? Может быть. Только как этот проект сделать — она и понятия не имела, когда сказала им «yes»…

Начался новый, сверхскоростной поиск того, кто знает, как это сделать. Порекомендовали дорогого, но знающего Михаила. Саша приехала к нему вечером, и скромный таунхаус в пригороде показался ей дворцом, а Михаил — лысоватый и значимо медлительный — крутым специалистом.

---

[1] Фактически, в настоящее время (англ.).

[2] Я думаю (англ.).

[3] Что вы имеете в виду? (англ.)

Старательно поддерживая это впечатление, он не спеша провёл её в небольшой кабинет с компьютером и выслушал долгие, детальные объяснения.

— Всё это сделать можно, — так же неторопливо, как бы нехотя, произнёс он, — но это будет дорого стоить…

— А денег у меня пока нет, — попробовала игриво улыбнуться Саша.

— Ну, деньги они вам по контракту заплатят, и вы тогда заплатите мне… половину того, что получите, — Михаил пристально смотрел Саше в глаза. — А в качестве аванса…

Не отводя от неё взгляда, он протянул руку к красивой бутылке коньяка, стоящей, как оказалось, на соседнем столике:

— Я думаю, мы договорились?

— Договорились, — Саша внутренне крепко зажмурилась, но внешне чуток покраснела…

Другого нет у нас пути,
В руках у нас винтовка…

Контракт был сдан вовремя, и денег заплатили много. Даже половина — это было очень хорошо. Потом срослось ещё несколько контрактов: и работа, и Михаил — продолжались. Саша решила, что и Паше надо учиться, и теперь он мог покинуть свой ножной пресс. Выучился на техника по обслуживанию кондиционеров — здесь это тоже верный заработок.

Денег становилось всё больше, купили новые машины и новый дом — тоже очень большой. Уже был и бассейн в Мексике, и море на Карибах, и коктейли в круизах.

Маринка теперь появлялась у них редко. «Завидует», — усмехалась Саша.

Через год, с опытом нескольких проектов, Саша перешла в другую компанию, потом — в следующую… Оказалось, что Михаил не так уж много знает, да и делает всё, как известно, чересчур медленно, и теперь она может обходиться совсем без него… Проехали!

Подбор новых партнёров для новой жизни у Саши продолжался ещё пару лет, но однажды, очень жарким и влажным летним вечером, когда ничего не ведающий Паша вернулся домой после рабочего дня из определённого ему зимнего мира компрессоров и фреона, вдруг прозвучало — без интонаций, как закадровый голос в дублированном на русский язык зарубежном кино:

— Знаешь, у меня есть другой человек… Я не буду возражать, если ты снимешь квартиру и переедешь от нас жить. Ксюшу будешь видеть сколько захочешь…

Кто этот другой — Саша и объяснять не стала.

Потерянный Паша пробовал что-то мычать, помыкался по знакомым, рассказывая подробности, но все и так знали, что к чему: вот и его проехали…

— Ну, и зачем было рассказывать эту банальную историю? — скажете вы. — Что в ней такого интересного? И конец был заранее известен…

Согласен, скажу я, много нас — проживающих свои собственные банальные истории с заранее известным концом. Так что даже не знаю, зачем я всё это тут нагородил. Может, потому, что в прошлый выходной я случайно встретил Пашу в торговом центре? Он говорит, что всё у него «о'кей», он работает, в свободное время самозабвенно поёт в русском народном хоре при православной церкви. И Ксюша, вместе с двумя подружками-американками, была с ним — такая взрослая… Только уже не очень хорошо говорит по-русски…

впрочем, зачем ей здесь русский? Про Сашу он ничего не сказал, а я и не спрашивал.

Вокруг нас шуршали, лопотали голосами и мобилками, мелькали всевозможными оттенками джинсовой ткани, формой и цветом воскресных лиц жители благополучного чикагского пригорода, и в этом шумовом потоке, под высоким, прозрачно-невесомым потолком, среди десятков модных мелодий из дверей зовущих магазинов и магазинчиков мне всё слышалось бравурно-воинственное… нет-нет, смешно, уж это никак не могло прозвучать здесь:

Наш паровоз, вперёд лети…

Боб, форшмак и рок-н-ролл

Мы сидим с ним в небольшой пивнушке — это будка и четыре столика, врытых в землю под открытым небом Севастопольского парка.

— Я никогда не женюсь на женщине, которая не догоняет рок-музыку, — изрекает рыжий Боб.

Тему мы начали обсуждать ещё за первой кружкой пива, часа два назад, и не очень далеко продвинулись в этом обсуждении. Зато количество пустых кружек и останков сушёной рыбы на нашем столе уже достигло предела, и надо либо подзывать бабушку-уборщицу, либо нашу беседу завершать.

— Всё, пошли, — резюмирует Боб, — мне ещё на репетицию в общагу, команда ждёт. А завтра — в Москву. Надо съездить в «яму», хочу взять свежих дисков… я там вроде нашёл клёвый вариант. И бабок подсобрал — летом откосили выпускной и хасню в балке у цыган. Кстати, может, поедешь со мной? Трофим отказался, а одному мне ехать стремновато.

— А что, — радуюсь я, — могу. Когда назад?

— Ну, в тот же день и назад — вечерней лошадью. Мне там долго торчать нечего. Возьмём диски, это где-то в Чертаново, и назад — на Курский. Два дня наша альма-мутер без нас, я думаю, переживёт.

— Думаю, она переживёт и подольше, — я весело прикидываю, что «придётся» прохилять начерталку, физику, сопромат... Что ж, повод для очистки совести у меня находится вполне серьёзный — приобщение к источнику рок-н-ролльных новинок, можно сказать, из первых рук.

* * *

Боб был для меня... всем.

Он владел чёрной с серебром гэдээровской «Мюзимой»[1], он играл в ВИА (считай, рок-группе) нашего факультета, и, самое главное, у него водились фирменные диски, которые он переписывал всем желающим прикоснуться (за трёшку) к сокровищам мирового рока.

Именно от него я услышал такие слова, как «тёмная сторона луны»[2] и «чайлд ин тайм»[3].

Именно он утверждал, что две самые нежные мелодии на свете — это песня Сольвейг и «блюз из третьего Цеппелина»[4].

Именно у него, в двухкомнатной квартирке четырёхэтажного дома, где он жил с маленькой мамой Асей Львовной, стояла на самом почётном месте совершенно потрясающая вещь — радиола «Эстония» с напольными колонками, снаряжённая алмазной иглой польского производства. Под окнами дома, сотрясая его дореволюционные стены, визжал и грохотал трамвай на повороте к проходной металлургического завода, но за постоянным рёвом музыки это не всегда

---

[1] Электрогитара производства Восточной Германии, изготовленная по форме гитары знаменитой фирмы *Fender* (США).

[2] *Dark Side of the Moon,* культовый альбом группы *Pink Floyd.*

[3] *Child in Time,* композиция группы *Deep Purple.*

[4] *Since I've Been Loving You* из третьего альбома *Led Zeppelin.*

было слышно. А когда мы, большой джинсовой компанией, приходили «балдеть» от очередного альбома кого-то из рок-небожителей, Ася Львовна незримо присутствовала где-то в районе крохотной кухни и появлялась только после финального аккорда пронзительных гитар и убойных барабанов, чтобы раздать вечно голодным студентам бутерброды из свежего белого батона и украинского сыра.

* * *

Познакомились мы с Бобом почти случайно.

В воскресенье днём я шёл из гастронома с авоськой, в которой лежали плавленый сырок, французская булка и треугольный пакет молока, и на углу Центральной наскочил на знакомого — Володьку Трофимова (мы когда-то занимались с ним вместе во Дворце Пионеров в кружке моделирования). Теперь у Трофима были волосы до плеч, он промышлял «фарцовкой» дисками, постерами, иногда «джинсой» и как раз направлялся на то место, где по воскресеньям собирались дискоманы. Место это было в соседнем скверике, прямо напротив магазина.

Трофим познакомил меня с товарищем — это и был Боб. Разговаривая, мы перешли дорогу и только приблизились к плотно стоящей группе этих самых дискоманов… Сирены! Крики! Облава! Дружинники! Милиция…

Я и сообразить толком ничего не успел, как меня вместе с другими парнями запихнули в душную железную коробку милицейской машины. А в участке — досмотр (в мою авоську с плавленым сырком разные чины заглянули, наверно, раз пять), допрос (где учишься, что там, на углу, делал, не может быть, чтобы случайно, как не стыдно комсомольцу торговать пластинками западной музыки, вот мы напишем в институт)… и слушать ничего не хотят. Еле разрешили домой позвонить, продержали часа четыре, постращали (поймаем ещё раз — вот тогда!..) — и отпустили.

Сырок мой — ну, никак не попадал ни под какую статью.

Одновременно со мной выпустили и Боба, и у него в этот момент ничего крамольного с собой не оказалось. Мы вместе вышли из дверей милиции, вместе пошли по улице, потом оказалось, что номер трамвая нам нужен один и тот же. Короче, познакомились поближе. А когда, держась за верхний поручень в трамвае, он произнёс магическое слово «битлы» и проявил энциклопедические знания того, какая вещь в каком «битловском» альбоме находится, и не просто так, а по порядку, я уже отлипнуть от него не мог.

Мои же знания о «роке» в то время были весьма скромными. Пара вырезок из «Комсомольской правды» про то, какая это вредная музыка и как она растлевает нашу молодёжь. Польские журналы с публикациями «Горячей десятки Биллборда», нерегулярно покупаемые из-под прилавка у знакомой киоскерши «Союзпечати» (всего лишь прочтение этого списка названий альбомов и групп вызывало состояние, близкое к эйфории). И журнал «Лайф», целиком посвящённый «Битлз», который на один вечер — чудо! — кто-то дал моей маме специально для меня. Я просидел почти всю ночь, рассматривая цветные фото и изучая, со словарём, подписи к ним.

* * *

Ансамбль Боба назывался «АнЭлГи» — звучит по-иностранному, а означает — «Ансамбль Электрических Гитар», так что никакой худсовет не придерётся. Сначала на их репетициях мне доверяли только сматывать шнуры. Несколько месяцев спустя мне случилось посидеть за пультом старенького «Бига», когда «звукооператор» Костя, после неудавшейся накануне вечеринки, пришёл с фингалом такой величины и с такой головной болью, что был не в силах даже крутить ручки. А когда на танцах в спортзале института у Боба поломалась самопальная педаль-«квакушка», я, сидя рядом на гитарной колонке, до конца выступления извлекал отвёрткой из поломанной педали звук «way-way» почти на каждом аккорде его гитары. Мне казалось, что играю я сам.

К дискам Боб допустил меня тоже нескоро, но со своей стипухи в сорок рэ, я как-то раз умудрился помочь ему купить редкий альбом Джимми Хендрикса.

Теперь меня нередко стали брать в поездки и на концерты, через меня на танцах девчонки просили исполнить ту или иную песню, а когда Боб объявлял белый танец под «Нет тебя прекрасней», какая-то из этих девчонок обязательно подходила ко мне.

* * *

У нашей с Бобом московской экспедиции — две задачи: купить новых дисков и… хорошей селёдки.

Представляю, как Ася Львовна говорит ему, провожая к двери:

— Боренька, я прошу тебя, не забудь там купить хорошей селёдки — я хочу сделать настоящий форшмак.

— Я помню, — раздражённо отвечает Боб, захлопывая дверь.

Но ослушаться маму он не может, при всей его любви к рок-н-роллу. Вот поэтому у нашей экспедиции — две задачи…

Первым делом из автомата на Курском мы звоним в «яму», и Боб, коротко поговорив с каким-то Сашей, начинает прокладывать наш маршрут.

Это очень долгий маршрут: метро, ожидание, автобус, ещё одно ожидание, ещё один автобус. И выясняется, что это не в Чертаново, а где-то ещё… Мне даже чудится, что поездка с Украины на поезде заняла у нас чуточку меньше времени.

«Ямой» на языке дискоманов тогда называлось место, где можно было купить западные пластинки в большом количестве и по оптовой цене. Ходили разные слухи о том, как диски попадают в «яму»: мол, везут их матросы, дипломаты… Оказывается, что «яма» — обычная квартира в синей панельной многоэтажке. Открывшая дверь незаметная женщина проводит нас в комнату, где мы ожидаем увидеть стеллажи пластинок, стены, увешанные метровыми плакатами с изображением длинноволосых кумиров, и, конечно, какой-нибудь «Грюндиг» или «Филипс» с колонками до потолка. Увы, кроме потёртого раскладного дивана и стола в углу, накрытого клеёнкой, мы не видим ничего… Впрочем, стопка запечатанных дисков на столе присутствует.

Где-то хнычет ребёнок. Появившийся полный кучерявый Саша, как бы нехотя поздоровавшись с нами, показывает на стол, буркает: «Смотрите» — и опять исчезает за стеклянной дверью. К моменту, когда хозяин появляется вновь, мы успеваем отобрать и сложить в отдельную стопку всё, что можем себе позволить по нашим, вернее Боба, финансам.

— Эти — по сороковнику, эти — по пятьдесят, — сообщает Саша.

Сделка происходит, и назад к автобусу мы, оглядываясь, тащим по тяжёлому портфелю, набитому свеженькими мировыми хитами. В нашем городе их пока ещё никто не слышал. Разве что отрывки в западном радиоэфире — по ночам, вместе с хрипами и воем «глушилок».

— Знаешь, Флойд, Квины и Юрая Хип[1] могут уйти по восемьдесят, — тихо рассуждает Боб в автобусе.

* * *

Доходит очередь и до селёдки.

Объяснить современному человеку, почему хорошую селёдку нужно было покупать в Москве и везти через пол-страны, видимо, невозможно. Ну, с зарубежными пластинками — ещё ладно, это как-то можно понять. Но селёдка? Почему её нельзя было купить дома? Ответ только один: потому что дома хорошей селёдки не было. Там тогда ничего хорошего не было. И примите это утверждение на веру, если хотите. Потому что других объяснений у меня нет и не будет.

Мы отправляемся по московским гастрономам. И выходит, что и здесь не каждый магазин может удовлетворить наш (Аси Львовны) высокий потребительский спрос на селёдку. Наконец где-то на Ленинградском проспекте мы находим нужный сорт — я не имею никакого представления, какой сорт мы ищем, но Боб, похоже, изучил селёдочный вопрос не менее досконально, чем положение того или иного исполнителя в «горячей десятке». Я же помню только, что селёдку нужно купить развесную, а не баночную.

Вечером три килограмма драгоценной солёной снеди, в двух полиэтиленовых кульках, вложенных один в другой, и в холщовой сумке с изображением Боярского, запихиваются под нижнюю полку купейного вагона рядом с драгоценным

---

[1] Британские группы *Pink Floyd, Queen, Uriah Heep.*

рок-н-роллом. Боб сразу же застилает эту полку постелью, садится на неё и так будет сидеть всю ночь:

— Я в поезде никогда не сплю, — говорит он.

Ну, не знаю, так ли это, но веских причин бодрствовать, чтобы стеречь добытое, более чем достаточно. И в этом деле Боб не может довериться даже мне.

Несколько раз я просыпаюсь среди ночи от болтанки, неясного света, блуждающего по лицу, и, свесив голову с верхней полки, поглядываю на рыжую макушку. А он, упёршись невидящим взглядом в чёрное окно, чуть покачивается, бьёт в такт большим пальцем правой руки по животу, как по воображаемой гитаре, и тихо напевает на мотив из «Дыма над водой»[1]:

> Се, лёд, ка,
> Се-лёд, ка-а,
> Се, лёд, ка,
> У-у…

И колёса повторяют почти то же самое.

Запах в купе стоит… удивительно, что соседи спят, ничего не замечая.

* * *

Ранним солнечным утром мы возвращаемся в нашу родную провинцию. Тысячи примерных комсомольцев уже сделали утреннюю гимнастику и отправляются в школу, на работу, в институт, а два отщепенца на красно-жёлтом

---

[1] *Smoke on the Water* группы *Deep Purple.*

чехословацком трамвае едут к Бобу домой, везут чуждую, идеологически вредную музыку, купленную у спекулянта за баснословные деньги.

— Привёз? — встречает нас Ася Львовна и, довольная, утаскивает Боярского с селёдкой на кухню.

А мы, наскоро перекусив Асиной яичницей, ещё долго рассматриваем шикарные глянцевые конверты, затянутые прозрачным пластиком, в уголке которых есть небольшая круглая дырочка: говорят, что так прокалывают конверты на таможне, когда ищут наркотики. С благоговением вскрываем один за другим привезённые шедевры, вдыхаем сладкий иностранный запах и читаем даже самые мелкие надписи — всё вплоть до Copyright.

Первый диск бережно, двумя руками придерживается за края и укладывается на проигрыватель «Эстонии».

Вот он начинает крутиться, вот уже игла прикоснулась к чёрному винилу и отражается в нём.

Мы садимся прямо на пол у противоположной стены и молчим.

Молчим, внимая мистеру Людвигу, сэру Хаммонду, мастеру Гибсону, лорду Стратокастеру[1] и «языку вероятного противника»…

* * *

Последний раз «АнЭлГи» собираются в полном составе в банкетном зале Дома быта — в качестве гостей на свадьбе Боба. Институт окончен, и многим вскоре нужно уезжать по распределению. На свадьбе играет ресторанный ансамбль.

---

[1] Торговые марки музыкальных инструментов Ludwig, Hammond, Gibson, Fender Stratocaster.

Невесту зовут Алёна. Она — на пятом месяце и немного похожа на большой белый кочан капусты, растущий в конце грядки пышного стола рядом с рыжим цветочком головы Боба. Ася Львовна в розовом кримпленовом платье тихо сидит недалеко от молодых, и больше никого, кроме неё и четырёх «анэлгов», среди гостей я не знаю. По-моему, все остальные — это многочисленные родственники невесты.

Все крепко напиваются, орут и задорно пляшут под «Ягоду-малину». Я — тоже, но периодически настойчиво пытаюсь узнать у невесты, знакома ли она с творчеством Джимми Хендрикса? А Дженис Джоплин? А Эрика Клэптона?

Она всё хохочет, широко открывая ярко-красный рот, Боб сердится, и в конце концов меня утаскивают «подышать» …

* * *

Проходит полжизни и ещё немного.

Я с женой и уже довольно взрослыми детьми оказываюсь на концерте Ринго Старра в большом крытом чикагском стадионе «Роузмонт».

Ощущение абсолютной невозможности происходящего, постоянно живущее во мне с момента прилёта на американскую землю, становится ещё явственнее, когда худой, бритый налысо, с седой щетиной на лице и одетый во всё чёрное Ринго начинает петь простенькие «битловские» песенки.

В нём нет никакого «рокового» апломба. Временами он даже не совсем чисто интонирует и немного смешно подёргивается возле микрофона — головой, руками, — будто неопытный кукловод управляет откуда-то сверху куклой, изображающей знаменитого Ринго. И народ в зале почему-то постоянно бродит: встают с мест прямо посередине песни — excuse me! — выходят в холлы, где продают пиво, попкорн, хот-доги и нарезанные куски пиццы, и опять — excuse me! — возвращаются к своим местам.

Правда, потом я понимаю, что эти бестолковые зрители знают наизусть слова абсолютно всех песен. Поют уморительные семидесятилетние бабушки, и дедушки в джинсах, жилетках и широкополых шляпах, и совсем юные ребята, и девчонки с красными и зелёными волосами, в бесформенных кофтах с капюшонами.

Ринго исполняет «Небольшую помощь друзей»[1], и я, по старой привычке, прикидываю: это — вторая вещь на «Сержанте». А вот сейчас — «Сад осьминога», должно быть, шестая на «Монастырской дороге»… или всё-таки — пятая?

* * *

— «Octopus's Garden»? Пятая вещь на первой стороне «Abbey Road», — уверенно говорит Боб.

На кухне в белой щербатой эмалированной миске вымачивается селёдка — хороший форшмак не должен быть очень солёным. Низко наклонив седую голову к столу, Ася Львовна увлечённо крошит крутые яйца и старательно терпит «Борину музыку», почти беспрерывно орущую в квартирке четырёхэтажного дома.

А на улице, делая поворот, визжит и грохочет трамвай. И кажется, что трамвай за окном и гитарист-виртуоз на диске пытаются заглушить друг друга.

---

[1] *With a Little Help from My Friends* из альбома *The Beatles Sgt.Pepper's Lonely Hearts Club Band.*

Но трамвай сдаётся.

Он уезжает, он увозит набитые раздражёнными людьми вагоны к проходной старого завода, а рок-н-ролл остаётся навсегда.

«Чёрный доктор»

Квартирную хозяйку звали Алевтина Пантелеймоновна, и она была приветливой, круглолицей, миловидной, лет тридцати пяти. Сибирячка, она переехала в Крым недавно и жила пока в отдельной комнате семейного рабочего общежития. При этом, впрочем как и все здесь, умудрялась сдавать даже эту единственную комнату курортникам и на лето перебиралась с двумя дочерьми в небольшой сарайчик, положенный каждой живущей в общежитии семье. Мужа у неё не наблюдалось. Но самой главной удачей Сергея и Антона было даже не то, что они нашли комнату в разгар курортного сезона, после многочасовых скитаний по посёлку в самый солнцепёк, а то, что Алевтина Пантелеймоновна работала сестрой-хозяйкой в пансионате «Бирюзовый залив» и довольно быстро устроила им курсовки на питание в столовой пансионата. Теперь они были избавлены от нудного стояния в очередях в двух общественных столовых, а следовательно, отдыхать в этом популярном, но довольно паршиво обустроенном для большинства отдыхающих со всей страны посёлке стало гораздо приятнее.

Целый день они сидели на пляже, купались, вяло играли в карты и увлечённо рассматривали девушек, не предпринимая, впрочем, никаких действий к установлению, как принято, лёгких и скоротечных курортных отношений. Был более-менее успешно окончен первый курс института, у Сергея — инженерно-технологического, у Антона — медицинского. У каждого из друзей осталась в большом родном украинском городе любимая девушка, с которой уже случилась долгожданная близость. И хотя по ряду обстоятельств с подружками на лето пришлось расстаться (разное время учебной практики, родители девушек и тому подобные малоприятные вещи), каждый сохранил твёрдую романтическую уверенность, что именно эта девушка — навсегда, и поэтому никакие курортные романы не могут быть интересны.

Общежитие — длинное, белое, выкрашенное извёсткой одноэтажное барачное здание — стояло далековато от моря, почти у подножия знаменитой горы, похожей на профиль известного богемного поэта. Так что топать к нему приходилось через весь посёлок, сначала мимо характерных крымских домиков, а затем — среди душного густого запаха малознакомой городским жителям огородной и полевой зелени. У общежития было два входа — с торцов, а внутри, от одного входа к другому, через всё здание шёл длинный сквозной коридор с множеством дверей. Но так как Алевтинина комната находилась в самом дальнем конце, со стороны горы, то задний вход в общежитие, небольшая застеклённая веранда и крылечко получились как бы приватными: и столик стоял, и скамейки были врыты в землю, и верёвочки для белья протянуты, и деревца, несколько чахлые, посажены возле крылечка. И никто, кроме Алевтины Пантелеймоновны, её детей и постояльцев не пользовался этим входом, отдавая должное некоторому «начальственному» положению Алевтины в пансионате.

Дочки Алевтины — пухленькая, белокурая и постоянно растрёпанная пятилетняя Муся и симпатичная, с веснушками и косичками, но по-южному рано оформившая-ся двенадцатилетняя Оля — целыми днями сидели в этом импровизированном дворике со своими подружками. Они играли или что-то делали по хозяйству на веранде, где стояли керосиновые печки, а иногда большой толпой шли на пляж и там обязательно навещали Сергея и Антона, окружая их многоцветной девчачьей компанией. При этом Оля и её ху-денькая, нескладная подруга Ира на правах хороших знако-мых присаживались к подстилке парней поближе, принимая участия в игре в «дурака» или — чаще — каких-то жизнен-ных разговорах. И у Сергея, и у Антона такие задушевные разговоры с женским полом всегда почему-то происходили довольно просто и откровенно, ну, а уж тут им казалось, что они способны поведать малообразованным юным провин-циалкам что-то чрезвычайно важное и интересное про свою взрослую студенческую жизнь. И девчонки действительно хотели подробно знать об этой жизни, особенно — про го-родских подружек Сергея и Антона, с пристрастием, не по возрасту серьёзно задавали парням какие-то совсем неожи-данные вопросы, как они говорили, «про отношения»:

— И ты у неё в общежитии остался? А остальные девоч-ки в комнате что сказали?

— А Марина — у неё стрижка удлинённая или «сэс-сун»?

— Что тебе её папка после всего этого сказал?

— И совсем-совсем не ссорились после этого, уже пол-года?

— Света — она маленького роста, да? Выше меня?

Даже маленькая Муся внимательно прислушивалась к такого рода разговорам, копаясь в серовато-разноцветной гальке или расчленяя медуз. Видимо, Мусе слушать «про от-ношения» было вполне привычно, в первую очередь из уст мамы Алевтины, с её явно не состоявшимся женским счастьем.

Вечерами Сергей, Антон, Оля и Ира гуляли по длинной бетонной дорожке вдоль пляжа, вроде как набережной, заполненной тихими, сосредоточенными друг на друге парочками или, наоборот, шумными нетрезвыми компаниями, в пылу безудержного веселья орущими песни под гитары и без них. А однажды им навстречу попался даже целый караван с разбитными девицами, сидящими на плечах своих кавалеров — просто шедевр дуракаваляния. Иногда ходили в летний кинотеатр. Кино — здесь это было целое событие: во-первых, не каждый день, во-вторых, в основном старое и плохого качества, а то, ко всем этим достоинствам, ещё и индийское. И если девчонки были вполне согласны и на такое развлечение, то парни презрительно отказывались, и «хозяйки» оставались с ними из солидарности. Поэтому часто сидели в темноте на крыльце общаги, дышали наконец-то остывающим вечерним воздухом и опять же о чём-то болтали. Бывало, после долгого рабочего дня к ним присоединялась и Алевтина, тоже их расспрашивала, но и про себя охотно рассказывала: в её историях в основном присутствовали бывшие пьющие мужья и наглые отдыхающие со своими бесконечными дурацкими требованиями.

В один из таких вечеров Оля вдруг взяла в темноте Сергея за руку и начала медленно, еле ощутимыми прикосновениями перебирать ему пальцы, периодически вставляя какие-то слова в общий разговор. Сергей при этом сидел совсем онемевший…

— А давайте завтра устроим пикник на вон том холме, — вдруг сказала Ира, — я у мамки возьму вина классного, «Чёрный доктор». Она из совхоза приносит, я знаю, где оно у ней стоит — в бидончике, отлить можно.

— Да, вы такого и не пробовали, — поддержала её Оля. — Говорят, оно такое редкое и полезное, что всё за границу посылают.

Парни, естественно, были не против, и на следующий вечер, когда стемнело, небольшая компания отправилась на один из недалёких холмов, на котором стоял казённый металлический обелиск — памятник погибшим солдатам. «Чёрный доктор» — для конспирации — Ира принесла в термосе, а ребята припасли ещё и бутылку венгерского «Промонтора». В матерчатой сумке у Оли были рыбные консервы, хлеб и какая-то незамысловатая посуда.

Сели на самом краешке холма в пахучую хрустящую сухую траву, спиной к обелиску, в неярком свете непривычно низкого и очень звёздного неба. Снизу — невнятная музыка и мерцающие огоньки посёлка, а за ним — гора, совсем как бумажная декорация, и чуть-чуть блестящая большая темнота притихшего ночного моря.

Сочетание сладкого вина и консервов было, конечно, довольно странным, впрочем, сама компания и место — тоже. «Чёрный доктор» действительно показался вкусным, правда, уж слишком насыщенно сладким, но впечатляло, вероятно, не само вино, а то, что́ девчонки рассказывали про него. И про целебные свойства, и как оно доставалось, потихоньку выносимое работниками из ближайшего винодельческого совхоза, где работали многие жители посёлка.

Оля опять сидела близко от Сергея, чуть впереди. Она смотрела на море, а он смотрел в полумраке на её ухо, чувствовал слабый тревожный морской запах от её кожи, платьица и волос и боролся с жутким желанием крепко прижать её к себе — только руку протяни. Она даже заныла, эта рука, и холодело внутри от таких мыслей.

После «Чёрного доктора» попробовали и «Промонтор», но все единогласно заявили, что венгерская «краска» нашему «Чёрному доктору» и в подмётки не годится. А дальше разговор клеился плохо, лирическое настроение сменилось какой-то бравадой. Оля начала беспричинно смеяться, Антон как бы невзначай положил руку на Ирино плечо — и та не возражала. Это Сергея как-то особенно возмутило, он то старательно помнил, что девчонки — совсем ещё дети и «ничего нельзя», и стал тащить компанию к морю. Впрочем, он всегда комплексовал и всего чересчур боялся. Они собрали сумку и ушли на берег прогуливать захмелевших девчонок перед возвращением домой.

Так всё и закончилось в тот вечер, а вскоре настал день отъезда. Билеты на автобус из посёлка в Феодосию и на поезд были куплены заранее, ведь иначе никак не уедешь — народу отдыхающего слишком много.

Автобус отходил в середине дня. Оля и Ира прямо с пляжа пришли провожать на автостанцию. Мокрые купальники проглядывали сквозь их цветные блёклые сарафанчики. Были чинно пожаты руки, и пожелания «приезжайте ещё» произнесены бодрыми девчоночьими голосами, но беспокоило что-то, бог знает почему. Вроде и не подружки они были им совсем, не ровня, и вообще не было ничего, кроме задушевных разговоров под крымским небом и одного неполного термоса с «Чёрным доктором», а вот…

* * *

Четыре года спустя Сергей со Светой приехали в посёлок в своё «свадебное путешествие». Они только-только окончили институты, только-только поженились, и для другого, не «дикого» отдыха ни денег, ни путёвок у них, естественно, не было. Пытались остановиться у Алевтины, даже писали ей заранее, но та ответила, что всё у неё занято. И после целого дня поиска им пришлось снять нечто вроде фанерного домика, видимо, летней кухни, в другом конце посёлка. На пляже поджаривалось много знакомых из их родного города, так что было весело. В первый же день в одном из пляжных разговоров Анька, одна из Светкиных приятельниц по институту, поведала про местную дискотечную знаменитость:

— Тут одна девчонка на танцах вышивает, вы бы видели! Юбка — ну, короче уже совсем некуда, на голове — вот такая «химия», танцует — как из немецкого балета, что по телеку показывают. Мужики все вокруг стонут, каждый вечер — новый кавалер и сплошные разборки... Местная, её весь посёлок знает. Зовут её как? По-моему, Ольгой...

Вечером на танцплощадке «Бирюзового залива» Сергей с трудом признал в задиристой, полногрудой, чертовски стройной красавице Олю, Алевтинину дочь. Кос, конечно, уже как не бывало, веснушек тоже было не разобрать под яркой «боевой раскраской». Она танцевала не просто хорошо и легко, но крайне вызывающе. Никто, даже из столичных приезжих, так не решился бы никогда. Ни одно из движений не было выученным, стандартным — только безудержно метался кусочек ткани, изображающий супер мини-юбку, взлетала над толпой копна волос и мелькали тонкие руки и ноги в экзотически откровенном ритуале. И окружали её после каждого танца вовсе не парни, а какие-то совсем немолодые мужчины.

Один раз она прошла в подобной компании недалеко от Сергея и Светки, с сигаретой в руке, нарочито громко и развязно говоря что-то одному из ухажёров...

* * *

— А помните, много-много лет назад, в советские времена, было такое дефицитное крымское вино «Чёрный доктор»? Я, представьте себе, купил на днях такое в русском магазине на Брайтоне. Кому налить — попробовать к десерту? — сказал хозяин вечеринки Саша, откупорив бутылку с изображением множества медалей и чего-то южнобережного.

Большинство из сидящих за столом отказались: несколько часов подряд пили водку, и смешивать как-то не хотелось. Рюмки протянули две женщины и Сергей.

— Не в обиду тебе будет сказано, Алекс, — сказала хозяину одна из этих женщин, попробовав, — но я слышала, что это уже не то вино. Старый рецепт потерян, и сейчас они выпускают там совсем не то, что раньше… Ну, а ты, что скажешь? — обратилась она к Сергею, медленно тянувшему свою порцию тёмной приторной жидкости.

— Я думаю, ты права, — проговорил Сергей, — это совсем не то, что было раньше.

Тёплая встреча

— Марик, — говорила мама по телефону, не делая пауз между предложениями, — одни мои близкие знакомые хотели бы передать своим родственникам в Киеве несколько фотографий и деньги, долларов триста. Я обещала, что ты возьмёшь, когда вы полетите. Они спрашивают, удобно ли, чтобы они привезли их на днях к вам домой.

— Мама, — обречённым голосом сказал я, стоя с телефонной трубкой посреди комнаты, весь пол которой был занят раскрытыми чемоданами и вещами, — и деньги, и фотографии в Украину из Штатов давно можно переслать и другими способами, но если это так нужно, то я, конечно…

— В общем, я им скажу, чтобы они завтра вечером к вам всё это занесли, — перебила меня мама.

После семи лет постоянного жительства в Америке мы — моя жена Лина, десятилетний сын Миша и я — наконец-то собрались повидать родину. Наш самолёт летел в Киев через неделю, и всю эту неделю к нам звонили и приходили незнакомые пожилые соотечественники. Они говорили как пароль: «Ваша мама, Марлен, сказала нам…», и несли деньги, адреса родственников и письма с вложенными в них фотографиями. Возражать маме было бесполезно — и в последний вечер перед вылетом из Чикаго, закончив наши собственные непростые сборы, мы сидели перед списком киевских и харьковских получателей и считали чужие деньги. Их набралось около шести тысяч. И так как деньги были десятками и двадцатками (каждый пытался, оправдываясь, объяснить нам, что для их родных и друзей в Украине обменивать крупные купюры на гривны будет неудобно и невыгодно), то пачка получилась солидная. Вести подсчёты и разбираться, что — кому, нам пришлось довольно долго, ведь, честно говоря, здесь, в Штатах, мы уже совсем разучились иметь дело с наличными и к тому же боялись что-то напутать.

Перед вылетом мама позвонила, чтобы пожелать нам счастливого пути и дать ещё одно поручение:

— Когда будешь передавать там письмо и передачу от меня моей подруге Фирочке, она, в свою очередь, даст тебе небольшой пакет для меня.

— Я надеюсь, что там не будет чего-то такого, из-за чего нас задержат на обратном пути в Борисполе или не пустят назад в Америку? — уточнил я.

— Можешь не волноваться, — убеждённо ответила мама, — взрывчатку я тебя везти не заставлю, просто флакон духов «Красная Москва» … пачечек двадцать активированного угля… ну, и несколько лифчиков для меня.

— Мама, зачем нам тащить сюда всю эту ерунду? Зачем тебе здесь «Москва» и тем более «красная»? А лекарств тебе уже ставить некуда, ты же американские выбрасываешь целыми пачками! И что, в Америке лифчики уже стали дефицитом?

— Марик, не умничай! Это чудные духи моей молодости, мои любимые! И простые хлопчатобумажные лифчики, нужного мне размера, в Америке таких совершенно нет. Фирочка там с трудом их достала, я уже не могу отказаться! — отрезала мама, и наша дискуссия на столь занимательную тему завершилась.

— …Там везде орудует мафия, — убеждённо пугал нас русский сосед в самолёте. — Если вы везёте много наличных денег и укажете их в декларации (а не указать их вы не можете), то в Борисполе таможенники сразу передадут об этом. И на выходе из таможенной зоны вас уже будут ждать и требовать откупных…

Мы молча слушали.

Въездная таможенная декларация любой страны — это достаточно идиотский документ, особенно для человека, только что пережившего многочасовой перелёт и после этого испытания довольно плохо соображающего. Украинская декларация не была исключением из этого правила, впрочем, не намного хуже других. В аэропорту Борисполя мы медленно, но справились с её заполнением, затем предъявили вещи и деньги молодой женщине в форме. Она тщательно пересчитала нашу (то есть в основном не нашу) долларовую наличность, и во время этого процесса разные, не самые умиротворяющие мысли читались на лице моей жены. Видимо, такие же мысли она читала и на моём…

И вот осмотр закончился — без проблем. Мы налегли на тележки с чемоданами и потащились к раздвижным дверям — куда? В лапы украинской мафии?

Лина катила свою тележку впереди, за ней Мишка тащил свой личный рюкзак, наполненный играми и приставкой Game Boy, а замыкающим каравана был, естественно, я. Я и чувствовал себя этаким богатым караванщиком в пустыне, в любую секунду ожидающим нападения безжалостных кровожадных разбойников.

И вот двери из таможенной зоны в холл аэровокзала раскрылись, мы выкатились из них и… Первое, что мы увидели, была очень плотная, молчаливая толпа неулыбчивых, стоящих полукругом вокруг нас мужчин, в высоких ондатровых и норковых шапках и чёрных длинных кожаных куртках. Все они, без сомнения, вожделенно смотрели на наши чемоданы. И весь их вид, казалось, говорил, что наши худшие опасения сбылись, потому что такого количества угрюмых лиц мы не видели давненько, да и от подобных шапок и курток совершенно отвыкли.

Лина на секунду остановилась, при этом Мишка оказался рядом с ней. Продолжая крепко держаться одной рукой за тележку, она ухватила его за руку, подтащила поближе к себе и, оглянувшись на меня, отчаянно двинулась на прорыв. При этом она несколько нарочито громко сказала, глядя куда-то поверх голов:

— Смотри, а вот и наши друзья — встречают нас!

И хотя нас действительно должны были встречать харьковский друг Валера и несколько киевских получателей передач, известных нам, правда, только по шпионским приметам, описанным их чикагской роднёй, на самом деле никого из них мы пока, к сожалению, не видели.

Однако решительное поступательное движение Лининой тележки с чемоданами неожиданно оказало воздействие на толпу, и она стала раздвигаться, беспрекословно пропуская нас вперёд. А тут издали, за толпой, показались приметы встречающих: розовая шапочка дочери дяди Гриши (ей полагалось триста долларов и письмо), бумажка с надписью «Марик из Чикаго!», которую на вытянутых руках держал молодой племянник, кажется, тёти Лизы (ему, если память не изменяет, было передано двести пятьдесят, несколько фотографий и брошюра с правилами вождения в Иллинойсе), и наш друг Валерка, влетевший в аэропорт с улицы (видимо, полночи гнал машину из Харькова и немного опоздал ко времени нашего явления украинскому народу)… И ещё кто-то, и ещё, и ещё… Опасность вроде бы миновала.

После недолгих объятий со знакомыми мы поторопились выполнить наш интернациональный долг — раздали «посылки» по чётко названным паролям и при полном совпадении примет получателей со списком. Это произошло прямо здесь же, в холле, под окном, в сторонке от нехорошей толпы, которая, кстати, почему-то мгновенно потеряла к нам интерес, как только мы решительно (благодаря Линке) прошли сквозь неё. Куда там они теперь смотрели, эти хмурые, озабоченные люди, мы не знали и даже оглядываться не хотели на них. Только когда раздача закончилась и мы, выбравшись на площадь перед аэропортом, направились к старенькому Валеркиному «опелю», я рассказал ему о наших подозрениях.

— Чудаки, — ухмыльнулся он, — какая мафия? Это просто водители частных машин собрались перед дверями выхода с международного рейса в надежде перехватить выгодных пассажиров…

На обратном пути из Украины в Штаты мы также благополучно довезли предназначавшийся маме груз специального назначения. Таможня дала добро.

Дама с собачкой и мобилкой

Минут за тридцать до объявления регистрации на рейс в зале ожидания восточноевропейского направления венского аэропорта появилась молодая эффектная женщина, возможно, немка или австрийка, с клеткой на колёсиках — для перевозки собак в самолёте. Малиновое расстёгнутое пальто, белоснежная блуза, явно дизайнерского, нестандартного покроя, чёрные бриджи с большими декоративными металлическими пуговицами на голени и очень остроносые модельные туфли на высоких каблуках — всё это явно отличало её от остальной немногочисленной публики в зале.

Здесь, на жёстких пластиковых сиденьях, расположились одетые в помятые джинсы и лёгкие курточки туристы из Америки, совершенно измочаленные длительным перелётом через океан и только час назад прибывшие в Вену. Теперь они ждали пересадки на полуторачасовой рейс «Австрийских авиалиний» в украинскую столицу — завершающий этап их путешествия. Среди них было немало русскоговорящих семей, впрочем, дети громко общались друг с другом исключительно по-английски.

Молодая женщина также присела на одно из сидений, полюбовалась на себя в зеркальце, что-то подправила в ярком макияже, а затем выпустила из клетки премилую беленькую болонку с аккуратным жёлтым бантиком. Она придерживала собачку на длинном красном поводке, что не помешало болонке сразу же подбежать к ногам одной из девочек. Дети стали предлагать болонке какое-то печенье, пытаясь погладить, а их папы — рассматривать привлекательную хозяйку собачки. Та что-то перебирала в хорошей крокодиловой сумочке свободной от поводка рукой, время от времени поглядывая вокруг и, видимо, довольная производимым впечатлением.

Девочка, к которой болонка подбежала первой, осталась стоять посередине прохода, заворожённо наблюдая за красивой тётей.

Приглашение на посадку задерживали.

У дамы с собачкой залился трелями Моцарта мобильный телефон. Он тоже был не совсем обычный: розовый, блестящий, тоненький, видимо, дорогой, последней модели. Сначала она отвечала тихо, потом что-то в ответах невидимого собеседника ей перестало нравиться, и тон разговора стал повышаться — всё сильнее и сильнее...

Туристам стало довольно хорошо слышно (а папам и мамам — и понятно), что говорит молодая женщина... не по-немецки, как вроде бы ожидалось. И в кульминации этой возбуждённой беседы, почти криком посоветовав кому-то засунуть что-то в некое место, дама захлопнула мобильный телефон, мило улыбнулась окружающему миру и своей собачке.

Девочка повернулась к маме и спросила:

— Мамочка, what does...?

Внезапно проснувшееся звонкое радио бодро объявило долгожданную посадку на рейс. Пассажиры засуетились, зашумели, и как объяснила мама значение новых русских слов любознательному ребёнку, так и осталось неизвестным.

Мест нет

Тесное старое кладбище закрыто для захоронений уже много лет. Пустоши вокруг зарастают кварталами новостроек.

Здесь должно быть тихо, грустно и немного торжественно.

Тихо…

Прислушался. Как ни стараюсь, но грусти и торжественности нет во мне и в помине. Зато определённо присутствует ощущение выполненного долга. Потому что я дал себе слово: в этой поездке на родину побывать на могилах родных. И вот — выполняю, хотя график встреч с памятными местами города и друзьями молодости весьма напряжённый (то бишь происходят ежедневные пьянки), а посещение этого места — дело отнюдь не радостное. Но дал слово…

День красивый, осенний, солнечный, а тут, после долгих дождей, что шли несколько дней и ночей подряд, прохладно и сыро. Так и должно быть, не правда ли? Вполне соответствует и месту, и моменту.

Бродим по ржавой листве с одним из близких друзей, который (низкий ему поклон) любезно согласился побывать здесь незадолго до моего приезда и заранее разыскать могилы моих бабушек, дедушек, тёток и добрых соседей. В руках у него рукотворная карта с пиратскими значками: кривое дерево, водопроводный кран, свалка старых венков, вот сюда, в этот ряд, здесь повернуть, отсчитать восемь оградок и…

Здравствуй, дедушка Марк. Ты выглядишь очень хорошо на этой фотографии в старомодной овальной рамочке за стеклом. Именно таким, каким я тебя помню. Да, я понимаю, что ты меня не узнаёшь, я и сам себя иногда не узнаю, но всё-таки — это я, и никто другой. Так получилось, что мы теперь так далеко от тебя, даже сразу и не объяснишь почему. Впрочем, ты, наверно, знаешь. Как тебе не знать, после отсидки в 58-ом? И ещё одной, покороче, в 65-ом? Нет, боже упаси, политика тут ни при чём: если бы политика, тогда это было у тебя намно-о-го дольше… Бухгалтер — он всегда виноват, когда надо найти кого-то крайнего.

Здравствуй, бабушка Софа. Твоя фотография немного потускнела, но ты тоже выглядишь хорошо. И маленький памятник такой чистенький. Мои друзья привели здесь всё в порядок, аккуратно покрасили заборчик и скамейку. Это так здорово, что у меня остались преданные друзья. Ты же знаешь, что такое друзья, у тебя в друзьях была вся наша Харьковская улица. Ну, конечно, не волнуйся, я возместил им расходы на такси и замечательную изумрудную краску для скамейки… Если бы я мог возместить им любовь и заботу! По крайней мере, обещаю тебе, я буду стараться. Да, моя жена ещё не забыла, как варить борщ и делать для детей куриные котлетки, а в толстом коричневом блокноте, запачканном мукой лет тридцать назад, у нас даже сохранились рецепты «Наполеона» и «Сметанника», записанные твоей пухлой рукой. Впрочем, это уже другая жена. Нет, и не та… ещё другая. Следующая. Давай переменим тему. И детки… теперь они с большим удовольствием едят суши и тирамису. Ты, конечно, не знаешь, что это такое, и я не смогу тебе объяснить.

Здравствуй, тётя Лиза. Впрочем, я никогда не называл тебя тётей, просто Лизой. И настоящей тётей ты мне не была, а только одинокой соседкой моих родителей по коммунальной квартире… столько лет, что стала членом чужой семьи. Нет, я уже давно не собираю марки. Может быть, «евро»… шучу. Твой кляссер с острым клеевым запахом и набором марок, посвящённых революции, пятилеткам и космонавтике одной страны, до сих пор хранится в книжном шкафу моего дома в другой стране. Я помню, как божьей коровкой ты ползёшь домой после службы, с сумкой в одной руке и авоськой — в другой. У тебя было больное сердце и единственный в нашей коммуналке партбилет. Мне кажется, я довольно часто слышал, что, когда мама спрашивала тебя: «Лиза, опять поздно?», ты тихо, с достоинством отвечала: «У нас было собрание». Хотя, может быть, мне только кажется, что я это помню…

Мы посетили всех моих, кого смогли найти. Ценная пиратская карта аккуратно сложена и помещена в карман друга. Он обещал изредка приходить сюда, навещать и передавать приветы, полученные от меня по электронной почте.

На центральной аллее, уже перед самым выходом (там, где старые памятники заслуженным людям и городским начальникам), мы, не сговариваясь, останавливаемся перед высокой, явно свежей, вертикальной плитой из чёрного, зеркально отполированного гранита. На ней чётко выбита серая фигура молодого человека, размером гораздо больше натурального. Он отображён по фотографии: во весь рост, с поднесённым к уху мобильным телефоном — плотный, коротко остриженный, в широком пиджаке, сурово беседующий с кем-то, глядя поверх наших голов.

Я даже оглядываюсь: куда это он смотрит? С кем беседует? Не увидать.

Мой друг пожимает плечами:

— А говорят, что закрыто — мест нет…

* * *

Из города моей юности не летают самолёты в ту, другую страну, где я теперь живу, и мне приходится возвращаться через столичный аэропорт. Я должен добраться туда на автобусе и одну ночь провести в гостинице аэропорта, потому что мой рейс — ранним утром. Всю дорогу автобус почти пуст, но в неблизком восьмичасовом пути меня сопровождают старомодные овальные фотографии, памятные места, изумрудная скамейка, ржавая листва и преданные друзья молодости, с которыми я опять расстался. Теперь, может, надолго. Или на очень долго.

Автобус прибывает поздно вечером, и в вестибюле гостиницы, не здороваясь, на меня вопросительно смотрит холодная молодая женщина, сидящая за стойкой.

— Нет, — уверенно отвечает она на мой вопрос, и мелкие колючие льдинки сыплются вместе с этим словом на полированную деревянную поверхность перед ней, — мы не можем вас поселить, у нас нет мест. Свободен только двухкомнатный люкс. Его стоимость… — она называет цену, приближающуюся к цене фешенебельного номера в приличной западной гостинице с видом на какую-нибудь достопримечательность, но, видя мою нерадостную мину, делает многозначительную паузу и уж совсем нехотя продолжает: — Впрочем… возможно, в двенадцать что-то ещё прояснится…

Над её головой скучные электронные часы показывают «11:05».

Несколько обескураженный тем, что в двенадцать что-то, возможно, не освободится, а только прояснится, я послушно усаживаюсь вместе со своей увесистой дорожной сумкой на узкий диванчик в углу и начинаю пялиться на красные светящиеся цифры. Неторопливо они преобразуются в «11:06», потом в «11:07». И так далее… пока не изображают: «11:45». За это время в холле не показывается ни один постоялец, девушка ни разу не говорит по телефону, а только периодически украдкой поглядывает на меня (а я — на неё).

Наконец, глядя в стол, она неохотно выдавливает: «Давайте паспорт». Я достаю синюю книжицу и замечаю, как резко меняется выражение молодого лица уже при беглом взгляде на золотистый крылатый герб обложки… Мне даже становится её жалко — так растерянно начинают суетиться густо обведённые тушью, в общем-то привлекательные глазёнки. Моя русская речь с местным говорком и сермяжная джинсовая одёжка сыграли с хозяйкой гостиничного холла (чуть не сказал — Медной Горы) нехорошую шутку: она не признала во мне «иностранца»!

Ошибка искупается мгновенным оформлением: девушка собственноручно заполняет нужные бумажки и отправляет меня на заслуженный отдых в недорогой однокомнатный номер. Я начинаю подозревать, что в гостинице полным-полно свободных номеров.

Я уже подхожу к лифту, когда входная дверь за моей спиной впускает в холл очередного претендента на уют и покой, и знакомый ледяной голос, на этот раз наверняка опознав соотечественника, сообщает:

— Мест нет.

Сервиз Гарднера

Буфет был величественно высок, из настоящего дуба и напоминал здание готического собора: центральная часть — с резным заборчиком-балюстрадой по верху и большой широкой стеклянной дверцей, а по бокам — две высокие башни с длинными узкими дверями. Сервиз стоял обычно в центральной части буфета, и в яркие дни лучи из окна до краёв наливали его тонкие, почти прозрачные чашки тёплым солнечным напитком, проникая сквозь овалы, квадратики и прямоугольнички толстых гранёных стёкол главной дверцы.

Когда Розочка подтаскивала к буфету тяжёлый стул, влезала на него и заглядывала через эти стёклышки внутрь, рискованно становясь на цыпочки, ей была видна сложная композиция из восьми чашек, такого же количества блюдец, молочника, сахарницы и заварочного чайничка — всё это с миниатюрным узором бело-жёлтых ромашек на густом изумрудном фоне. Все предметы, конечно, были повёрнуты к зрителю своей лучшей стороной — с рисунком (это горничная Полина старательно расставляла их так, возвращая в буфет после каждого чаепития с гостями), но девочка знала, что несколько узеньких стебельков усердно тянутся и на обратную сторону каждой чашки. Розочка вообще любила заглядывать в разные потайные места: и за пианино с бронзовыми подсвечниками, и под круглый стол, накрытый почти до пола длинной шелковистой скатертью, и под кровати, — но эта дверца в буфете, где тихо обитал старинный сервиз, нравилась ей больше всего.

Однажды — как-то сразу — и гости, и чаепития прекратились. Взрослые всё время были сильно взволнованы, говорилось много незнакомых слов, с тревожными буквами «р», которые Розочка плохо и картаво произносила… На улице часто стали раздаваться оглушительные весёлые хлопки, и, хотя Розе было очень интересно выяснить, что же это такое, гулять туда её больше не пускали…

Как-то ранним утром Розочку разбудил неимоверный шум — она никогда не слышала, чтобы так стучали во входную дверь, и выскочила из своей спаленки. Какие-то крепко пахнущие противным кислым запахом люди в высоких шапках и полушубках уже толпились в гостиной. Все домашние — папа, мама, бабушка и Полина — стояли рядом, а эти люди почему-то орали на них:

— Золото!!! Золото давай, жидовня!

При этом один из этих невежливых людей сильно стегнул плёткой по стулу, а другой так резко рванул дверцу буфета, что из него выпала и звонко разбилась на малюсенькие кусочки сервизная чашка… Что было дальше, Роза не видела, потому что мама тут же утащила её назад в спальню. А когда через какое-то время Розочке опять разрешили выйти в гостиную, там уже всё было по-старому: кислых людей не было видно, осколков чашки — тоже. И можно было подумать, что всё это ужасное событие девочке просто приснилось, если бы она тут же не заметила глубокую рану на том стуле, что обычно стоял у буфета: обшивка на нём треснула и какая-то пыльная белая вата некрасиво торчала изнутри — Розочка тут же её потрогала. Этот несчастный стул ещё долго стоял в гостиной, но никто не обращал внимания на случившуюся с ним беду.

* * *

— Вот, смотри, — говорила мама, тщательно заворачивая каждую чашку в несколько слоёв газеты, — здесь, снизу — двуглавый орёл и надписи: «Москва», «Заводъ Гарднера» — с твёрдым знаком… Дедушка говорит, что наш сервиз изготовлен в восемнадцатом веке одним из первых русских заводов фарфора и фаянса — заводом Гарднера. В двадцатых годах, когда махновцы ворвались в дом, я была ещё совсем маленькая. Во время этого налёта и разбилась одна из чашек…

Мама и Маруся сидели на полу среди корзин, узлов и баулов, которые стали складывать прямо посередине квартиры уже несколько дней назад. Маруся знала, что они едут вместе с жестекатальным заводом, на котором главным инженером работает папа, и отъезд этот называется не просто отъезд, а «эвакуация». Радио говорило совсем дикие вещи, и выходило, что немцы всё приближаются и приближаются к их городу. Так что мамины спокойные рассказы о сервизе звучали сейчас странно — похоже, что она просто отвлекала Марусю и себя от чересчур опасных мыслей.

…Приехали на Урал, в какой-то Северск. Даже название этого посёлка звучало холодно и страшно. Здесь действительно уже лежал снег, хотя дома они оставили совсем ещё не позднюю осень. Рядом с посёлком гремел, пыхтел, испуская дым и вонь, металлургический комбинат, а вокруг, на многие и многие километры, — мелкая мука позёмки и молчаливые тёмные леса с высоченными соснами. На этот комбинат и прибыли эвакуированное с Украины оборудование жестекатального завода и его работники. И они — папа, мама, дедушка, бабушка и Маруся.

Сняли небольшую избу, скорее избушку, на одну комнату в хозяйстве Харлампия Петровича и Елизаветы Фёдоровны, коренных местных жителей — потомков каторжников и золотоискателей. А как устроились, самой первой неприятной заботой стали… вши. После многих дней изнурительного пути в теплушках, сна на узлах и вокзальных скамейках ими особенно кишели Марусины косы — так что ей пришлось превратиться в хорошенького, коротко остриженного мальчика. Но и это не помогло обойтись без керосина, нудного многократного вычёсывания Марусиного ёжика мелким бабушкиным гребешком и насекомых, выпадавших на подставленную бумажку.

Замученную, сонную, красноглазую Марусю сначала даже не особенно удивило устройство деревенской жизни: деревянная пахучая русская баня во дворе, непривычный вкус ледяной колодезной воды, да и сам колодец, сени, сани, лошади… Потом она всё хорошо рассмотрела — и довольно быстро привыкла.

В первый класс школы — с опозданием на несколько месяцев — Маруся пошла уже через несколько дней. Вернее, поехала: по утрам детей из ближайших домов к школе подвозили на розвальнях соседские взрослые сыновья, отправляясь на работу. Если по какой-то причине подвезти было некому, Маруся с подружкой, Милкой Веткиной, и хозяйским сыном Андрейкой топали в школу по снегу сами — далеко, но ничего, дойти можно.

Одно плохо — поначалу было голодно. Папа получал на заводе хлеб, но с другими продуктами приходилось туго. Марусю, конечно, старались подкармливать, как могли.

— Роза, — говорила бабушка, — у ребёнка молочка нет… Пойди, выменяй у людей на чулки…

И мама меняла — на свои новые красивые чулки, кофточку, косынку… А один раз, когда Маруся приболела, даже поменяла чашку из сервиза на маленькую баночку мёда.

Вскоре дедушка начал где-то подрабатывать: пилил дрова, чинил что-то хозяевам — за картошку, за лук… И мама пошла работать на завод — сначала в цех, потом печатать на машинке. Она тоже получила паёк — и стало полегче.

За два дня до Нового года Маруся заявила Милке Веткиной:

— Милка! Как же мы будем встречать Новый год без ёлки? Папка твой всё время обещает привезти, и мой тоже — и всё им некогда и некогда… Давай сами пойдём в лес и срубим маленькую ёлочку!

Мила тоже была «эвакуированная», но не такая решительная, как Маруся. Она долго думала, наверно, минут пять, потом согласилась. Девчонки незаметно (Марусина бабушка была дома) взяли в сарае маленький топорик, положили его в санки и направились в лес. Он, казалось, совсем рядом — стоит только белую полянку перейти. И нужных ёлочек там должно быть полным-полно.

Ходили долго, санки уже с трудом тянули за собой, несколько раз падали, в снегу извалялись, но маленькую ёлочку не нашли. Когда же нашли что-то похожее, оказалось, что где-то посеяли топорик, видимо, упал с санок. Принялись его искать — и совсем заблудились: ни топорика, ни ёлочки, ни тропинки домой. А темнеет — рано, быстро. И тихо-тихо стало, страшно-страшно…

Друг на друга девчонки уже не глядят, всё по сторонам, вот уже и блёстки какие-то в лесу показались — волчьи глаза, наверное… Милка начала потихоньку подвывать от страха, Маруся тоже бы закричала в голос, но нельзя.

— Молчи, — говорит она Милке, — не вой. Давай вон туда, в ту сторону… Нет, вон туда…

Бродили, пока совсем не стемнело. Вдруг в лесу за спиной какое-то шевеление — девчонки совсем обомлели…

— Тю, чево вы, — дурные? — говорит знакомый мальчишеский голос. Да это же Андрей! — Вас там уже обыскались! И ваши, и все мои… Я вот додул, куда вы делись, и по следам вашим попёр — хорошо, что снег не идёт. Давайте домой скорее, а то попадёт вам по первое число!

Домой почти бежали из последних сил, опять падали, но уже весело, не страшно с Андреем-то: он и дорогу знает, и про волков смеётся — нет тут никаких волков, говорит. Наверно, нарочно, чтобы их успокоить.

Дома попало за всё — особенно за дедушкин потерянный топорик. Правда, не лупили, наверно, от радости, что они нашлись (вообще, Марусю никогда не лупили), хотя она всю вину на себя взяла, даже к Милкиной маме, тёте Гале, ходила извиняться (так Марусина мама сказала сделать).

Ёлку привезли на грузовичке на следующий день, совсем не маленькую, поставили у них в избушке, украсили какими-то цветными бумажками и ленточками — и всё было как положено. И Милка, и Андрей, и другие соседские дети пришли.

А под самый Новый год мама позвала Марусю за шкаф, который, как перегородка, стоял посреди избы, закрывая кровать. Она распаковала баул со старинным сервизом, достала чашку с блюдцем и говорит:

— У нас ничего особенного нет, чтоб подарить… Ни книг, ни игрушек… А какие наши хозяева люди хорошие!

Так за вас волновались… Андрей — вообще молодец! Подари ему вот это на память…

***

Огромный чикагский выставочный комплекс Маккормик Плэйс располагался на берегу озера Мичиган, рядом с весёлой и очень красивой скоростной дорогой Лейк Шор Драйв. Машину Аня запарковала в бесконечном подземном гараже, записала на парковочном билетике номера отсека, ряда и места (если забудешь, где оставила машину, придётся её искать целый день), спрятала билетик в портмоне и бодро зашагала по подземному миру туннелей, переходов и бегущих дорожек, рассматривая указатели и стараясь не заблудиться. Спрашивать, куда идти, здесь было не у кого — пространства столь велики, что людей почти не видно, хотя одновременно в комплексе проходит несколько профессиональных выставок. Через десять минут ходьбы Аня стала уже понемногу паниковать, но наконец — ура! — увидела надпись, сообщающую о Международной выставке фарфора и фаянса, а вскоре нашла и тот отдел, в котором расположились изделия их фирмы и стояли её собственные творения. До начала получасовой презентации оставалось буквально пару минут, и около полусотни приглашённых уже сидели в специально отведённом для этого отсеке с микрофонами и видеопроектором…

Когда всё закончилось, Аня ответила на несколько незначительных вопросов по поводу своей коллекции, а затем отправилась поглядеть на соседние отделы. Недалеко, в том же павильоне, оказался выставочный киоск русской фирмы с Урала. Аня заинтересовалась экспонатами соотечественников и подошла поближе. К ней сразу же направился молодой сотрудник, предлагая свои услуги. Наклейка с именем на его футболке гласила «IGOR», а английский, хотя скорее британского, а не американского образца, звучал уверенно и вполне прилично. Сопровождая Аню вдоль стендов, он принялся что-то старательно объяснять, но она, не особенно вникая в смысл, просто с удовольствием слушала, как он говорит, мысленно улыбаясь знакомому акценту и с интересом посматривая на рассказчика, когда в процессе пояснений он поворачивался к ней боком.

…Симпатичный, чернявый, с деликатными чертами быстрого лица…

«Не то что твой надутый американец Майкл», — сказала бы мама.

Маме Майкл не нравился.

«Да, мне твой Майкл никогда не нравился, а этот парень — наш человек…» — так, конечно, продолжала бы мама.

Ну, Майкл уже полгода как совсем не «её» и вообще уехал работать в Детройт…

Неожиданно молодой человек что-то сказал об изделиях старинного русского завода Гарднера. Аня глянула на стенд — и обмерла: под стеклом, в качестве примера, стояла чашка с блюдцем — ну, точная копия чашки из её домашнего сервиза!

— Простите, Игорь, — сказала она по-русски, введя собеседника в полный ступор, — не могли бы вы сказать, откуда взялась здесь эта чашка? Дело в том, что у меня хранится, так сказать, фамильная реликвия — сервиз Гарднера, привезённый родителями и бабушкой из Союза. В сервизе не хватает нескольких чашек. И похоже, как раз эта вот чашка из такого же комплекта…

— Вы говорите по-русски?! — только через несколько долгих секунд смог выдавить изумлённый Игорь. — Я… Эта чашка?.. Это, в общем-то, моя личная чашка… Когда мы готовили сюда экспозицию по истории русского фарфора, я временно взял её из дома… А вы что, русская? И живёте здесь?

— Ну, можно так сказать, — улыбнулась Аня. — Меня зовут Аня, — и протянула руку…

На правах американской хозяйки Аня пригласила Игоря в одно из маленьких кафе, которое располагалось тут же, в холле, на выходе из их павильона. Она понимала, что сам он ни за что бы не решился здесь на такой смелый поступок, а ей так хотелось узнать подробности.

— Мне рассказывала мама, что эта чашка была вроде подарена моему деду одной девочкой. Это было ещё во время войны. Эвакуированная семья этой девочки жила в их доме, в Северске, а дед в ту пору был, конечно, ещё мальчишкой, ровесником девочки или немного старше. Правда, имени этой девочки мама не знает, а дед умер много лет назад…

— А как, Игорь, звали вашего дедушку? — Аня вдруг почувствовала зудящий холодок предчувствия.

— Его звали Андрей…

Она уже набирала номер на мобильнике. Соединение отсюда была неважное, сигнал то и дело прерывался.

— Мама!.. У меня всё в порядке… Говорю, в порядке. Да, я на выставке… Скажи мне, пожалуйста, как звали того мальчика из Северска, о котором нам рассказывала бабушка? Ну, который спас её в лесу и которому подарили чашку… Да, чашку из сервиза! Мне зачем? Нужно!.. Сергей? Андрей?.. Повтори, пожалуйста, плохо слышно… Андрей!

Ещё держа телефон у щеки, Аня встретилась глазами с Игорем. Вид у него был совершенно сумасшедший…

* * *

Сервиз стоит на центральном стеллаже одного из стеклянных шкафов в гостиной большого дома. Здесь всегда много света, и лучи из высоких окон до краёв наливают тонкие, почти прозрачные чашки тёплым солнечным напитком. Роуз (прабабушка Маруся смешно зовет её по-русски «Розочка») хорошо видна композиция из шести чашек, блюдец, молочника, сахарницы и заварочного чайничка — всё это с миниатюрным узором бело-жёлтых ромашек на густом изумрудном фоне. Все предметы, конечно, повёрнуты к зрителю своей лучшей стороной — с рисунком, но девочка знает, что несколько узеньких стебельков усердно тянутся и на обратную сторону каждой чашки. Впрочем, при желании, это можно разглядеть и в зеркальном заднике шкафа. Роуз не разрешают открывать широкую стеклянную дверцу, но она подолгу рассматривает через стекло это место, где тихо обитает старинный, немного потёртый сервиз, а вокруг, на соседних полках, от пола и до потолка расположилось множество многоцветных керамических изделий, сделанных по рисункам её мамы.

Но иногда, когда она долго стоит здесь, ей почему-то видится нехорошее: какая-то маленькая девочка в далёкой стране в длинном платье с оборками плачет навзрыд, спросонья испугавшись звона разбитой чашки и криков чужих грубых людей… и над другой девочкой, зачем-то едущей куда-то и сидящей в грязном вагоне с железными болванками, отвратительно ревут самолёты и безумно громко лопаются взрывы… и стоит непроходимой, тихой холодной жутью лес… и ещё много непонятного…

Тогда Роуз быстренько уходит в свою комнату на втором этаже — к домику Барби из яркого розового пластика, к компьютеру с забавными играми, к интернетовским друзьям и телевизору, занимающему почти половину стены непрерывными мультсериалами на любимом канале Никелодеон.

Ты сказала…

Ты сказала: «Хочу голышом походить некоторое время. А дальше будет видно, куда меня занесёт на повороте». Голышом… только белые, незагоревшие полоски на теле. И поворот неширокой, тёмно-серой, недавно заасфальтированной дороги в гористой местности. И дух нагретой дороги и какой-то не нашей хвои. И редкие машины с ошеломлённо молчаливыми водителями шуршат, проезжая мимо. Водители думают, что им померещилось, а их болтливые спутницы, на мгновение тоже замолчав, начинают что-то быстро-быстро говорить на отвлечённую тему. И едут дальше…

И я еду по этой дороге — на длинной пыльной бежевой «тойоте». Не помню, куда и зачем. Я ещё не старый, так… секонд-хенд. Правда, утром решил совсем не бриться, надоело. Поэтому зеркальце, встроенное в козырьке над ветровым стеклом, лучше взглядами не тревожить. Бесшабашное солнце действует мне на нервы, слепит зудящие глаза даже сквозь тёмные очки. Похоже, что у меня ко всему ещё и простуда начинается — и это летом, в такую жару! Крепкий запах хвои пробивается в машину, хотя беспрерывно молотит кондиционер и я не открываю окон.

Вот он, этот поворот. Я вижу тебя со спины на фоне тёмной придорожной листвы и неопределённой перспективы.

Полоски… Ты не поднимаешь ни руки, ни даже большого пальца. Не просишь остановиться.

Ты просто идёшь куда-то вдоль дороги, легко и небыстро.

Мои пальцы пытаются раздавить руль, и левая нога почти равняет педаль тормоза с полом.

Я открываю окно, стараясь не рассматривать детали.

— Простите, вам не нужна помощь? — не может быть, чтобы это сказал я.

Ты поворачиваешься…

— Помощь? Какая помощь?

Машина плавится и обдаёт жаром, воздух танцует вальс, а ты стоишь и смотришь, как ни в чём не бывало.

Теперь я тоже смотрю. Я не могу не смотреть.

Ты улыбаешься только слегка прищуренными глазами, до бирюзы подсвеченными солнцем, а ресницы даже не пытаются отогнать этого навязчивого свидетеля нашего разговора.

— Садитесь, — вроде бы говорю я, щёлкая клавишей открытия дверей, — и вот ты уже в машине. С беззвучным воплем я чувствую, как пассажирское сиденье рядом со мной принимает обнажённую тебя — и плечи, и спину, и… Как прохладная искусственная кожа сиденья сначала чуть касается, а в следующую долю секунды уже плотно прирастает к твоей — настоящей — коже. Я тут же начинаю ревновать к этому сиденью.

Затем я с опаской вдыхаю воздух, идущий от твоего тела, но сразу с облегчением понимаю, что пахнет не жгучим потом незнакомой разгорячённой женщины, а чем-то тёплым, слабым и приятно знакомым.

— Набросьте это, — я достаю с заднего сидения свою потрёпанную джинсовую куртку. — Что с вами случилось?

И пока я старательно упираюсь взглядом в пейзаж перед собой, ты молча накидываешь куртку. Мне это видно краем глаза…

Кто-то в фиолетовом переднике наклоняется, заглядывает в окно машины с моей стороны и гундосит:

— Вам повторить?

Я обнаруживаю нас сидящими за маленьким квадратным столиком в тесном ресторанчике, и к нам склонилась немолодая официантка с красноватым носом.

Ты отрицательно мотаешь головой, не отрывая глаз от раскрытой книжки, которую держишь в руках, а я поднимаю глаза:

— Ещё один джин, пожалуйста.

— Как можно пить эту «ёлочку»?! — ты отрываешься от книжки. — Вот гадость!

— Это — не ёлка, это — можжевельник, — тихо возражаю я, — или ты говоришь о книжке?

— Нет, рассказ очень даже секси. Неплохая придумка. Правда, я совершенно не помню, что когда-то говорила эти слова: ну, про то, что голышом… и про поворот… Совершенно не помню. По какому поводу?.. Я обязательно всё прочитаю, — ты откладываешь раскрытую книжку в сторону и закутываешь шею бирюзовым, под цвет твоих глаз, шарфом.

Несколько книжных страниц медленно переворачиваются сами по себе.

— Наконец-то ты стал писать что-то такое, что будет хорошо продаваться, и ты станешь знаменитым. Наконец-то! Теперь, я думаю, тебе уже не нужна ничья помощь… Только побрейся, тебе это не идёт, знаменитый писатель должен выглядеть импозантным и аккуратным.

Ты встаёшь, оправляешь юбку и блузку, на все пуговицы застёгиваешь пальто.

— Ну, пока, я пошла.

И, не оборачиваясь, уходишь.

Женщины, сидящие за столиками, замолкают и провожают долгими взглядами тебя и твоё длинное кожаное пальто, а мужчины, на мгновение тоже замолчав, начинают что-то быстро-быстро говорить на отвлечённую тему.

А ты просто идёшь дальше, легко и небыстро.

Ты выходишь на улицу, где возле самой двери ожидает на тёмно-сером мокром асфальте длинная бежевая «тойота» и навязчивый свидетель нашего разговора — низенький пожилой водитель твоего мужа. Не старый, но секонд-хенд.

Из открытой двери по всему ресторанчику тянет холодом, и я поплотнее запахиваю джинсовую куртку. Простуженная официантка приносит мне новую порцию с не нашим хвойным запахом, я подвигаю к себе мою книжку, забытую тобой на столе, и упираюсь глазами в первую строчку этого рассказа.

Ты сказала…

Гудбай, Руби Тьюздэй!

— Всю свою взрослую жизнь я была designated driver[1], — сказала мне красноволосая Руби[2].

Это все остальные могли беспечно веселиться на вечеринках, заглатывая немереное количество пива, джина и вина. Это Пит мог набраться так, что засыпал в чужой ванной. Это Остин мог выть с чердака привидением, доставляя море несказанного удовольствия окружающим. Это Джеки могла целоваться по очереди с двумя-тремя парнями и беспечно отключиться где-нибудь на кушетке у камина. А вот, смотрите, Джона вытащили в одёжке из бассейна…

Все остальные, но не Руби.

Почему Руби должна всегда думать, как благополучно развезти по домам весёлую компанию друзей и подружек? Кто просил её об этом?

Впрочем, иногда они просили.

— Руби! Ты же не пьёшь, правда? Ты же подбросишь меня домой? Где стоит твоя машина, детка?

---

[1] Буквально: «назначенный водитель» (англ.) — тот, кто на вечеринке ограничивает себя в употреблении спиртных напитков, чтобы иметь возможность отвезти товарищей домой (общеизвестный в англоязычных странах термин).

[2] Одно из значений имени Ruby — рубиновый, ярко-красный (англ.).

Но чаще всего это получалось само собой. Целый вечер нужно было тянуть одну-единственную бутылочку «Гиннесса», временами удивляясь тому, что окружающие вытворяют на пьяную голову. Но никогда не удивляясь вслух. Людям хочется веселиться — ну и отлично. А я-то не могу, мне ещё нужно довезти их до дома в целости и сохранности, и чтобы полицейские не придрались. И мне совсем не хочется вытворять такие глупые штуки, как они…

Руби Голдстайн родилась и прожила восемнадцать лет в крошечном городке, в двадцати милях к северу от Чикаго. Просторные двухэтажные дома сливочного цвета с аккуратными крышами «под черепицу». Почти нет пыли и грязи, потому что нигде нет ни клочка открытой земли: всё застелено рулонами чистой, чересчур зелёной травы, которую с маниакальной тщательностью стригут хозяева домов каждую неделю. Близкое, тёмно-синее, громадное (чем не море?) пространство озера Мичиган. Нестрашные «хэллоуинские» маски и конфеты, конфеты… корзинки конфет, ведёрки конфет, которых тебе никогда не съесть. Жёлтые угловатые школьные автобусы, которые с точностью до шага останавливаются каждый будний день — утром и вечером — в определённом месте на твоей улице. Рождественская толстуха-ёлка, в золотых лентах и пышных красных бантах, открытая взглядам в широком, никогда не зашторенном окне гостиной соседского дома. Или изящная девятипалая ханукальная менора и нежно светящийся «моген-довид»[1] на окне гостиной твоего дома — на окне, точно так же совершенно не закрытом от взгляда с улицы…

Спокойно, одинаково и скучно.

---

[1] Звезда Давида, символ иудаизма (идиш).

Потом она шесть лет прилежно учила в университете много нужных и ненужных предметов и русский язык. И там, в студенческих компаниях, опять ответственно и постоянно развозила друзей по домам. Но, уже почти получив степень магистра одной очень важной и очень узкой культурологической специальности, вдруг неожиданно сказала себе: «Я еду в Россию. У меня дедушка из России. Я буду практиковаться в языке и собирать материал для работы о русской альтернативной поп-культуре. Там сейчас — перестройка, это должно быть нескучно». В её университете существовали какие-то научные связи с питерским университетом — туда Руби и отправили.

В Питере, куда она прилетела с подружкой и сокурсницей Фиби, действительно была перестройка: суматоха на одёжных рынках, всеобщая, уже не скрываемая тяга к иностранцам, во сто крат усиленная пустотой магазинов, осенней грязью на улицах и беспощадными разборками малюсеньких злобных «предпринимателей». Вовсю гремел рок, почему-то называемый «русским», очнулось от дурмана телевидение, кипели фестивали, выставки, «инсталляции» и «тусовки».

О скуке не могло быть и речи.

Они устроились в одном из общежитий университета. С удовольствием ездили в трамваях и троллейбусах, которых почти нет в Америке.

И вот Руби уже стоит в очереди в «Гастрономе №1» на Невском и лихорадочно соображает, что сейчас вот-вот подойдёт очередь и нужно будет выдавить из себя… как они это говорят: «Мне поло-вину кил… кило-грамма колба-сы, по-жа-луй-ста!» Или не так? Надо послушать, что скажет вон та старушка впереди, в странной шляпке на голове. Плохо слышно, в магазине такой шум! Кажется, она попросила… «полкило». А этот, что прямо передо мной, он вообще не сказал «пожалуйста»…

Ура, женщина-продавец, кажется, поняла! По крайней мере, она ничего не переспрашивает и взвешивает на весах… вроде бы то, что я попросила.

Вот опять… Что? Куда? «В кассу»? Где это — касса? И почему всё так сложно? Наверно, я делаю что-то не так: не может быть, чтобы такие простые покупки занимали так много времени и требовали так много странных действий! А ведь я хотела ещё купить конфет… Нет, уже не буду — это ещё одна очередь на полчаса, обойдёмся без конфет…

Они попутешествовали по Золотому кольцу. А вернувшись в Питер, всё знакомились и знакомились с какими-то новыми людьми — художниками, музыкантами, артистами, для которых было весьма занимательно общаться с американскими девушками, неизвестно зачем оказавшимися в северной столице и при этом довольно прилично говорящими по-русски. Особенно забавляла их Руби — своими настойчивыми изысканиями в области советского культурного андеграунда. Многие проявляли недвусмысленный интерес: а не помогут ли эти чудные иностранки добыть что-нибудь нужное, «забугорное»? Или даже свалить на Запад?

Постепенно Руби стали надоедать одни и те же вопросы и намёки, кроме того, она опять чувствовала себя «мамой»… Кудрявая плотненькая Фиби захлёбывалась в волнах всеобщего внимания, и Руби зачастую была вынуждена вытаскивать подружку из бестолковых приключений, увозить на трамвае в общежитие, отпаивать кофе после безудержных выпивок и вести противные душеспасительные беседы. Руби крепко полегчало, когда Фиби пришлось уехать из России раньше намеченного срока: дома, в Милуоки, начался развод родителей Фиби, и её присутствие там стало почему-то необходимым.

В начале зимы, в гостях у одного из знакомых на улице Марата, обнаружился очередной новый персонаж. Когда Руби назвала своё имя, этот круглолицый смешной парень (он всё время ходил в опущенной почти до бровей чёрной лыжной шапочке) сразу громко воскликнул, как будто они были знакомы с детства и вместе учились в иллинойсской школе имени Дуайта Эйзенхауэра:

— О-о! Руби!

И пропел из «Роллингов»:

— Гудбай, Руби Тьюздэй!

И заявил:

— В моей мастерской, Руби Тьюздэй, я обязательно поиграю тебе на железном контрабасе!

Он был скульптор и немного рок-музыкант. Звали его Артёмом.

Мастерскую Артёму разрешили устроить в одном из пустых подвалов в старом здании на Садовой, где школьный приятель снимал помещение под свою торгово-производственную фирму. Официально Артём числился художником и должен был заниматься разработкой дизайна для товаров фирмы. Днём он действительно старался это делать.

Руби приходила к Артёму по вечерам. В вестибюле здания дежурили два дородных милиционера — Вова и Петя. Видимо, подрабатывали после основной службы. Вокруг них всё было заставлено коробками с какой-то корейской видеотехникой, оставался только небольшой проход, место для стола, на котором стоял маленький телевизор, и нескольких казённых стульев. Охранники её уже знали, здоровались и пропускали вниз.

В мастерской, вместе с Артёмом, обитал постмодернизм. Толстые тёмные трубы под низким потолком вполне гармонировали с разнообразными металлическими скульптурами по углам, сварочным аппаратом и кусками металлолома, собранного на свалках. У одной стенки приютился хитрый зверюга с блестящими жестяными крыльями. У другой — замер в вычурном танцевальном па проволочный силуэт симпатичного чудака с повязанным на прозрачном горле полосатым шарфиком из настоящей ткани. «Контрабас» из старого листового железа издавал утробные звуки, резонируя гулу пробегавших по улице грузовиков. А маленький фонарик изображал луну над макетом таинственного многоэтажного города, сваренного из отрезков грубого ржавого уголка; казалось, сейчас выйдут степенно прогуливаться по его улочкам крошечные металлические человечки.

Артём выдавал Руби большие тёмные очки, облачался в маску и молча принимался творить что-то новое из сполохов яркого света, искр, теней и горючего запаха. Руби забиралась с ногами в изодранное кресло и, набросив пальто, часами сидела за его спиной. Если не хватало металлолома, они иногда вместе отправлялись добывать его в ближайших тёмных дворах. Руби эти рискованные экспедиции чрезвычайно нравились.

Как-то она обнаружила, что в мастерской закончился чай, и, так как Артём находился, можно сказать, в творческом угаре (всё действительно было в дыму), решила сама сходить наверх. Охранники увлечённо, как боевик, смотрели запись какого-то международного конкурса «Мисс Самая Такая-то», но американку встретили радушно, торопливо поставили на электроплитку синий эмалированный чайник, сунули на колени полиэтиленовый кулёк с сушками и усадили перед телеком. Им казалось, что Руби увидит там что-то близкое, родное, и гордились, что могут продемонстрировать своё приобщение к мировой культуре. Руби терпеть не могла конкурсы красоты, приторных ведущих и обалдевших от сцены «мисс», но сразу уйти было неловко. И чайник закипать совсем не торопился, хорошо хоть, что милиционеры не заводили никаких задушевных разговоров, увлечённые видом дефилирующих красавиц. А тут наверх поднялся Артём — то ли в творческом процессе возникла пауза, то ли почувствовал, что надо заморскую девушку из гостеприимного вестибюля выручать. Охранники и ему обрадовались.

— Иди, иди, художник, «мисок» смотреть, — сказал тот, который Петя.

— А что, пацаны, — сказал тот, который Вова, — давайте это дело отметим на международном уровне.

Он принёс из подсобки пол-литровую банку спирта и начатую банку варенья. Аккуратно разлил спирт по разнокалиберным чашкам. А Петя расторопно положил в одну из чашек ложку варенья и, помешивая, серьёзно пояснил:

— Это для дамы. Кок-тейль.

Через десять минут Руби совсем перестала понимать не только по-русски, но и то, что болтал телевизор на её родном языке. Ей почему-то стало невыносимо обидно за долговязых девчонок, которых почти голыми, но в милицейских фуражках, заставляют выхаживать по бесконечному лабиринту из картонных коробок, с непрерывно повторяющейся надписью «Gold Star», под брюзжание железных контрабасов, в душном дыму, в искрах и сполохах яркого света, среди хитрых, сваренных из металлолома зверей, и пить, пить жгучий малиновый спирт…

Она вдруг заплакала. «Менты» всполошились и стали её успокаивать. А Артём распевал клоунским голосом Мика Джаггера:

GOLD
STAR
MADE IN KOREA

Goodbye, Ruby Tuesday.
Who could hang a name on you?
When you change with every new day
Still I'm gonna miss you… [1]

* * *

Я беседую с Руби в уголке кухни — мы стоим, близко придвигаясь друг к другу и пытаясь перекричать шум. Я думаю, что её рыжие волосы уже немного подкрашены, чтобы спрятать начинающуюся седину.

В этом немаленьком американском доме наших общих друзей — тесно. Остервенело бубнят басы. Детвора, весело визжа, гоняется друг за дружкой. Народ с бутылками пива топчется вокруг «шведского стола», галдит по-русски и по-английски, поглощает закуски.

Мне слышно, что Артём спорит с кем-то в соседней комнате: громко, упорно, но совершенно непонятно о чём.

— Было очень приятно поговорить, — Руби протягивает мне руку, — но уже поздно, пора домой. Нам ещё около часа ехать — ребята, наверно, сразу уснут в машине…

— Кто за рулём? — спрашиваю.

Она строит смешную рожицу, поджимая улыбающиеся губы. Чуть приподымает тонкие плечи в чёрном платье и выдыхает:

— Я…

---

[1] Ты меняешься каждый день / И клички не липнут к тебе / Руби Тьюздэй, прощай / Я буду скучать по тебе. «Роллинг Стоунз» (перевод Андрея Рабодзеенко).

Утренний «ёрдок»

Звонок был мерзкий. Спросонок я встрепенулся, открыл глаза и напряжённо прислушался. Автоответчик в гостиной невнятно затараторил по-английски незнакомым женским голосом. Из спальни я ничего, кроме жизнерадостной интонации, разобрать не мог. Затем автоответчик отключился.

Телемаркетинг? Часы показывали «8:15» — для рекламного звонка рановато.

Следующая прибежавшая мысль была так нехороша, что я, даже не додумав, попробовал от неё увернуться. Но она всё-таки пробралась ко мне: несколько раз за последний месяц скорая помощь забирала моего пожилого отца с сердечными приступами, так что это опять могли звонить из больницы. Нужно встать, спуститься вниз и обязательно прослушать запись.

Я перевернулся на бок, старательно готовясь сползти с кровати. Вчера, вернее, уже сегодня, я слишком поздно лёг спать, засидевшись над очередной писаниной. Нужно это прекращать и укладываться пораньше…

Пораньше. Прекращать. Спать. Поздно. Поз…

Второй звонок был ещё противнее первого. Оказывается, повернувшись на бок, я задремал, и уже прошло пятнадцать минут. Теперь я сразу же схватил трубку второго аппарата, стоящего на широкой спинке кровати над моей головой.

Голос был тот же — молоденькой девчонки-секретарши, скорее всего недавно окончившей школу. И понятнее то, что она говорила, не стало. Я уловил отозвавшееся холодной жутью слово: «клиника». Потом ещё лучше — «операция». Далее тараторка бодро сообщила мне, что все идёт хорошо, но доктор попросил узнать, не хочу ли я сделать дополнительно… название процедуры было мне совершенно незнакомо… мол, это будет стоить всего семьдесят пять долларов и сколько-то там центов…

«Что за бред?» — подумал я, с трудом примеряя всё, что она болтает, к вероятности очередного попадания моего отца на операционный стол. Не может быть, чтобы уже во время операции мне звонила какая-то взбалмошная медсестра и таким способом требовала дополнительную оплату за какую-то процедуру! Да и какая даже самая простая операция в Америке может стоить пациенту столь ничтожную сумму? Было бы значительно правдоподобнее, если бы она назвала семь с половиной… или семьдесят пять тысяч… Нет, всё равно — бред! Такие вопросы по телефону никто задавать, конечно, не будет.

— Кто пациент? — еле-еле выдавил я.

— Ёрдок, — уверенно заявила она, с ударением на втором слоге.

— Что? Кто? — мой английский и так не самый надёжный слуга на свете, а тут — со сна и с перепугу — видимо, вообще не собрался мне помогать. — Я… я не понимаю…

— Ёрдок! Ёрдок!.. Вы что, не понимаете? — удивилась она.

— По-моему, вы не туда попали, — пробормотал я, чтобы хоть что-то сказать, пока мои сонные мозги лихорадочно продолжали перебирать возможные и невозможные варианты разгадки.

Она абсолютно точно назвала номер моего телефона.

— Да, — очумело подтвердил я, — правильно, но… по-моему, вы всё равно не туда попали…

— Не туда? А как же… — и она снова настойчиво произнесла это: — Ёрдок?

Я опять пытался перевести эту чушь, со страхом прикидывая, не говорит ли она всё-таки о моём отце (dad, папа)? Да нет вроде… И на имя его не похоже.

— Вы не туда попали, — только и смог повторить я.

Девица протрещала: «Sorry!» — и положила трубку.

И только тогда, когда я, совсем проснувшись, спускался по лестнице в гостиную, мне неожиданно стало понятно, о чём шла речь. А прослушанная на автоответчике запись разъяснила подробности и окончательно меня успокоила:

«Здравствуйте! — говорила моя новая знакомая на этой записи. — Вам звонят из ветеринарной клиники. Джинкси сейчас лежит на операционном столе. Всё идёт нормально. Но доктор хочет узнать у вас, не желаете ли вы сделать дополнительно… (название предлагаемой процедуры я так и не распознал). Это будет стоить… Перезвоните нам как можно скорее…»

В торопливых устах бестолковой помощницы ветеринара, неправильно записавшей телефонный номер хозяина пациента, загадочный «ёрдок» означал: your dog, ваша собака.

Джинкси, прости меня за невольное участие в твоей судьбе! Возможно, из-за меня тебе так и не отрезали (или не пришили) что-то очень важное за семьдесят пять долларов и сколько-то там центов…

Пицца-гёрл

Сначала вместе с негромкой музыкой появлялась она — в чёрном трико, очаровательная, тоненькая, с большими накладными ресницами. Мелко, кокетливо дрожала руками-крылышками. Перелетала — «з-з-зи», «з-з-зи» — из одного угла в другой в неотлучно следовавшем за ней круге ласкового света. Потом пристраивалась где-нибудь, замирала. Руки превращались в лапки, и она начинала очень похоже перебирать ими, медленно поглядывая по сторонам. И неожиданно срывалась опять — «з-з-зи», «з-з-зи»! — с места на место, с места на место…

И тут из-за кулис выбирался он — в несуразном наряде, как-то боком, оглядываясь. Он тащил здоровенный, неровно оторванный кусок картонной упаковки, на котором виднелись остатки жирных надписей, что-то вроде «овать» и «ерх», и нарисованный раскрытый зонтик. Он укладывался прямо посередине сцены на этот картон, закрывал глаза — мол, наконец-то здесь, в уютном месте, я отдохну. Но тут снова — «з-з-зи», «з-з-зи» — из одного угла в другой. Он ворочался, вытаскивал из-под себя картон, потешно накрывался им, но жужжание и полёты вокруг продолжались. Иногда она даже нахально присаживалась прямо на него и снова перебирала и перебирала лапками. Народ веселился.

В конце концов он поднимался, какое-то время очумело следил за непоседой, затем делал комически неудачные попытки прихлопнуть её… и вдруг резко — бац! Кусок картона попадал по назначению — музыка обрывалась. Он осторожно подбирался к свернувшемуся тельцу, «отрывал» как бы прилипший картон, дёргал за неподвижные крылышки-лапки. Потом, удовлетворённый собой, укладывался на излюбленное место, укрывшись всё тем же картоном. Свет покидал его — в луче оставалась только поверженная проказница. Неровным дыханием несколько раз проявлялись и пропадали музыка и свет. Вот повисли, казалось, уже последние, почти неслышные аккорды. Тишина. Ещё один слабый всплеск. Полная темнота и тишина…

Овация!

Багажник маленького горбатого «шевроле» отныне будет вечно пахнуть густым, чесночно-сдобным запахом горячей пиццы. Да что там багажник — весь небогатый, бутылочного цвета салончик трёхдверного автоуродца. Стоит только дёрнуть дверцу, бухнуться на проваленное водительское сидение — и от этого запаха так захочется есть, как будто бы ничего не ел целую неделю, хотя прошло всего полчаса после плотного обеда. Неудивительно, если запах останется с шеролёнком даже на автомобильной свалке, которая всё ближе и ближе подбирается к нему по ежедневным дорогам его долгой по автомобильным меркам жизни.

За три года службы у «Папы Савериос» красные плоские сумки с пиццей, прилежно сохраняющие тепло пахучего теста, прятались в лоно машины неимоверное число раз. А потом неслись привычным маршрутом дневных и вечерних улочек к закономерно нетерпеливому заказчику, одинаково истекающему слюной — что в отдельном собственном четырёхспальном доме с гаражом на три машины и бассейном во дворе, что в малюсенькой однокомнатной студии, снятой в аренду.

Здесь, на стенке крошечного вестибюля, — панель с почтовыми ящиками и именами жильцов. Нужно осторожно освободить правую руку, чтобы нажать на белую прямоугольную кнопку звонка напротив фамилии «Луис» (такая фамилия стоит в бланке заказа). При этом постараться сохранить строго горизонтальное положение сумки с пиццей, поддерживая её снизу левой рукой и несильно придавливая животом к стенке. «Доставлена пицца», — громко заявляет она в домофон, оживший каким-то невнятным возгласом. Замок жужжит, и всё той же свободной рукой она нажимает на ручку двери. Пять ступенек вверх, две квартиры на площадке. Судя по номеру — налево. Дверь приоткрыта, и оттуда настороженно выглядывает чернокожая девочка лет пяти. Убедившись, что поднявшаяся по лестнице девушка одета в футболку и кепку со значком пиццерии, малышка весело, непрерывно кричит, не отводя взгляда от красной сумки: «Это пицца-гёрл, мам, это пицца-гёрл!» За её спиной не спеша подплывает круглая мама с весьма большим дитятей на руках.

— Привет, мисс, — говорит она, улыбаясь, — отдайте пиццу ей, мисс, — и указывает головой на дочку.

— А ты удержишь?

Девочка протягивает обе руки и довольно долго стоит так, демонстрируя полную готовность к принятию груза, пока «пицца-гёрл» на весу расстёгивает молнию сумки и достаёт картонную коробку. Тут же на волю со всей прытью выскакивает запах. Аккуратно ступая, малышка уносит пиццу в глубину квартиры (спасибо, спасибо!), а мамаша вытаскивает из кармана халата несколько помятых бумажек. Один доллар из них — за доставку.

После трёх лет жизни в Чикаго он снял квартиру в Украинской Деревне — так называется весьма недешёвый район недалеко от центра города. Название это сложилось исторически, и украинцев здесь обитает не так уж много, хотя попадаются улицы, где подряд расположены украинские магазины, булочные, офисы врачей и адвокатов, говорящих по-украински, компании по доставке посылок и денег в страны Восточной Европы. А рядом с домом, где он тогда снимал квартиру, стоит православная церквушка. Поп, правда, ни по-украински, ни по-русски говорить не умел, потому что родился в Америке, но происхождения был явно славянского, да и службу знал хорошо и по-нашему. Когда позднее они познакомились поближе, он даже стал приглашать батюшку к себе домой на беседу о душе и на бутылку водки. Попа звали отцом Джозефом (то есть Иосифом), от приглашения поп никогда не отказывался, но от душевных разговоров они быстро переходили к прослушиванию «Пинк Флойд», и оба легко соглашались в том, что последние альбомы, записанные после ухода из группы бас-гитариста Вотерса, уже жалкое подобие великих записей, сделанных группой в семидесятых. И ещё он помог отцу Джозефу улучшить церковный веб-сайт, а когда сайт повредили хакеры и всунули туда порнуху, смог всё починить: не только убрал безобразие, но и поставил добавочную защиту.

Жить тут было неплохо, только обнаружилось, что, когда заходишь в украинские магазины, лучше ничего не спрашивать у продавщиц по-русски, а так как украинского он не знал, то приходилось объясняться на английском. Конечно, если что-то спросишь на русском языке, не убьют и, возможно, даже нехотя процедят в ответ пять-шесть русских слов, но выражение лиц у продавщиц сразу же становится железобетонным, и смотрят они, отвечая, уже не на тебя, а в сторону.

Другое дело — на севере Чикаго, в еврейском районе улицы Девон («Диван» — так произносят это название американцы и с удовольствием повторяют наши, придавая чужому имени свой, иногда смешной, иногда пикантный смысл: «Я был на Диване у своего лечащего врача» или «Мы сегодня виделись с ней на Диване»). Так вот там, на улице Девон, чикагском варианте Брайтона, в русских магазинах говорят и по-русски, и по-украински, и по-белорусски, и на идиш… а иногда и по-грузински, по-армянски и по… лишь бы покупатель покупал, а подход к нему найдётся.

Но зато в Украинской Деревне и вокруг этого района много баров, где играют местные рок-группы, и небольших ресторанов с самой разнообразной кухней. Можно было каждый вечер ходить в другой ресторан, и повторное посещение одного и того же места наступало не скоро, лишь бы деньги водились. Но водились они у него не всегда. Из компании он ушёл: сидеть по восемь часов перед компьютером, почти не вставая с места, и делать бесконечные отчёты о продажах неизвестных, спрятанных под набором букв и цифр запчастей для бытовой техники, было тошно. Небольшой и смутный опыт работы, полученный на телестудии в некоем областном городе, где он миллион лет тому назад работал оператором, пригодился: теперь он мотался по свадьбам, снимал, монтировал фильмы, кое-как сводя концы с концами, ведь приходилось выплачивать кредиты за камеру и другую аппаратуру.

Летом её место — на неудобном пластиковом стуле (он был когда-то белым), стоящем на тротуаре у входа в кухню пиццерии. Запах течёт мимо неё, распространяется на всю улицу, настойчиво забираясь даже в те машины, что проезжают по дороге с плотно закрытыми окнами. Иногда заказов на доставку мало, и она подолгу сидит здесь в ожидании: слушает в наушничках музыку, разглядывает автомобильную стоянку перед пиццерией и соседними магазинами.

Рядом растёт какой-то густой, на вид довольно экзотический куст, на одной из веточек которого примостился крупный зелёный богомол. Его почти не отличишь от ветки — ни по виду, ни по цвету. Он совершенно неподвижен, терпелив и, видимо, безмятежен. А ровно в полдень в пиццерию заходит китаец, похожий на богомола. Это владелец соседнего, тесного — в одну комнатку — магазинчика подержанных компьютерных игр. Китаец (ей почему-то хочется сказать «китайчик» — так она и называет его про себя) всегда одет в зелёную футболку или короткую салатную курточку и почти такого же цвета штаны. Он неизменно заказывает только один кусок пиццы — одного и того же сорта — и баночку лимонада. Хозяин пиццерии, индиец, завидев приближающегося к дверям китайца, сразу идёт на кухню за куском пиццы, и когда китаец подходит к стойке, его уже ждут коричневый пакет с названием заведения и вспотевшая алюминиевая баночка. Но китаец, как бы не видя пакета и банки, всегда невозмутимо произносит одну и ту же фразу, выделяя числительные:

— Здравствуйте, могу я заказать один кусок пиццы с овощами и одну банку колы?

Индиец так же невозмутимо протягивает ему заказ, принимает деньги, даёт сдачу — всё это с точностью до малейшего движения повторяется каждый день.

Он жил в квартире, похожей на корабельный трюм, оказавшийся почему-то на втором этаже трёхэтажной постройки начала двадцатого века. Странности начинались уже при входе в дом: дверь с улицы вела на узкую лестницу из когда-то полированного дерева, не совсем винтовую, но идущую полукругом. Углы на площадках между пролётами тоже были закруглены, а на певучих ступеньках уложен бордовый, ныне сильно вытертый ковёр, с помощью складок хитроумно повторяющий повороты лестницы. Стены покрывали неровные, неопределённого цвета наросты краски, которые по чьему-то замыслу, видимо, должны были стильно изображать почётную древность этих стен. Затхлый воздух и мутные овальные светильники усиливали впечатление — всё это действительно напоминало то ли внутренность башни маяка, то ли вход в какой-то большой, видавший виды корабль. Иногда даже казалось, что лестничные пролёты покачиваются на волнах… или это он сегодня слишком долго просидел в баре?

За дверью в его квартиру открывалось неширокое, но длинное пространство с тёмными деревянными балками на потолке, только условно, с помощью скудной мебели разделённое по назначению. Слева от входа без предупреждения начиналась кухня, имеющая небольшое оконце, а справа — некое подобие прихожей, переходящей в гостиную, которая, в свою очередь, не очень заметно перетекала в закуток спальни. В кухне находилась ещё одна дверь; она выходила на заднюю, совсем уж неказистую лестничную клетку. По лестнице можно было спуститься в пустой, строго забетонированный внутренний дворик или подняться на плоскую крышу, откуда неожиданно открывался восхитительный вид.

Ему нравилось это жильё странностью и тем, что оно стоило немного, по сравнению с другими, нормальными квартирами по соседству. И ещё — с крыши можно было снимать небоскрёбы. Это замечательно получалось на закате.

Во второй половине дня просыпается танцкласс, расположенный бок о бок с пиццерией. «Танцевальная студия Дороти» — с достоинством сообщает его вывеска, по-видимому призванная пробуждать ассоциации с девочкой Дороти — героиней «Волшебника страны Оз» (той самой героиней, что у Волкова, в русском варианте этой сказки, зовут почему-то Элли), а также напоминать про летающие туфельки и другие чудеса. На стоянку и к дверям студии начинают прибывать машины с маленькими волшебницами танцевальной страны. Их привозят мамы. Мам, которые не работают и регулярно возят своих сыновей на тренировки и матчи по футболу, а также во всяческие другие спортивные секции и клубы, тут зовут «футбольными мамами». Ну, а этих, так же регулярно и преданно привозящих своих девчонок на танцы, она называет (опять же — про себя) «балетными мамами». Вот они — «балетные мамы» в растянутых футболках и шортах на необъятных задницах — бодро шествуют за своими чадами и исчезают в дверях волшебной страны.

Ей тоже очень хочется туда попасть, однако просто так заходить неловко. Но вот в один из дней индиец вдруг сообщает, что из волшебной страны поступил заказ на шесть большущих коробок пиццы — там справляют день рождения хозяйки. Она не может доставить весь заказ сразу, перетаскивает коробки в два приёма и только потом, отдышавшись и получив деньги, а также неплохие чаевые от «Дороти», рассматривает танцевальную студию. Правда, ничего особо интересного она не видит: всего лишь скучный пустой зал с зеркалами, в углу которого работники танцкласса уже начали разрезать на столах пиццу.

Нужно уходить. Отразившись в зеркалах, пицца-гёрл застывает на секунду прямо посередине зала. И никакой музыки нет, но появляется она — очаровательная, тоненькая, с большими накладными ресницами, в чёрном трико. Мелко, кокетливо дрожит руками-крылышками.

Перелетает — «з-з-зи», «з-з-зи» — из одного угла в другой. Потом пристраивается поближе к вкусному запаху, замирает. Руки превращаются в лапки, и она очень похоже перебирает ими, медленно поглядывая по сторонам. Но неожиданно срывается опять — «з-з-зи», «з-з-зи» — скорей к выходу! Увы, ей больше нельзя оставаться в волшебной стране — сейчас её заметят. С парковки уже движутся сюда девчонки и их «балетные мамы».

Заказы на свадебную съемку искал Бронштейн, взяв на себя непростые труды общения с заказчиками и получения от них денег. Иногда Бронштейн приезжал в Украинскую Деревню на монтаж, в большом, но «убитом», как он сам говорил, «понтиаке бонневиле» двадцатилетней давности, с дипломатом из коричневой кожи под крокодила и в солидном твидовом пиджаке (даже в очень тёплую погоду).

В боковом кармане пиджака находился измятый блокнот без обложки с жёлтыми отрывными страничками, на которых мелким-мелким бронштейновским почерком были записаны имена жениха и невесты, пап и мам, а также памятные даты и всякие другие вещи, важные для обязательного упоминания в титрах свадебного видео-шедевра.

А в крокодильем дипломате у Бронштейна всегда лежали бутерброд с сыром и яблоко — больше ничего. В начале девяностых годов во Львове Бронштейн побыл директором рекламной фирмы и от нервного напряжения, будучи человеком чувствительным, сильно испортил себе желудок, увёртываясь то от налоговой службы, то от бандитов. Поэтому теперь ни в закусочных, ни в ресторанах Бронштейн есть не мог. Во время монтажа Бронштейн вежливо просил чаю без кофеина и, тщательно пережёвывая, поедал сначала бутерброд, а потом яблоко, разрезая его на кусочки.

Ещё Бронштейн часто глотал «но-шпу», каждый раз перед приёмом сокрушительно заглядывал в коробочку и пыхтел оттого, что количество таблеток быстро уменьшается. «Но-шпу» ему периодически привозили знакомые с Украины, так как в местных аптеках её нет, а похожий американский препарат Бронштейн принимать ни за что не хотел, жалуясь, что после приёма такого средства кружится голова и за руль не сядешь.

Конечно, в то время, когда партнёры по свадебному кинобизнесу сосредоточенно корпели перед мониторами в трюме гостиной, их никто не видел, но зрелище это было забавное: «продюсер и режиссёр» Бронштейн — в твидовом пиджаке, жующий неизменное яблоко и поглощающий «но-шпу», и «оператор и монтажёр», он же хозяин квартиры — с банкой пива, в растянутой футболке с полустёртой надписью на животе: «Это не пивной бочонок, это бак с горючим для секс-машины»…

К вечеру в пиццерию иногда приползает пожилая, совершенно опустившаяся особа, живущая где-то поблизости. Она пьяненько канючит, долго и настойчиво предлагая себя… за пиццу. Индиец сидит, уставившись в компьютер, или разговаривает по телефону, принимая заказы, и никак не реагирует на её малопонятный клёкот, но обычно не выдерживает повар Джоэл. Ему всё слышно из кухни, и он выносит старой проститутке десятку, чтобы та могла купить себе что-нибудь поесть и убралась прочь.

Маленький повар, мексиканец Джоэл, — большой умелец на все руки. Пользуясь тем, что Джоэл — нелегал, скаредный владелец пиццерии платит прекрасному повару меньше половины нормального жалования. Но Джоэл не только повар. Он ремонтирует машины, нанимается на стройки, на уборку улиц и стрижку травы, трудится в любом месте, где берут нелегальных иммигрантов. Впрочем, он не собирается навсегда оставаться в Штатах, но уже несколько лет зарабатывает здесь деньги. Джоэл почти не говорит по-английски, но с пицца-гёрл у него симпатия и доверительные отношения с помощью знаков и отдельных слов. Он показывает ей фотографии миниатюрной жены и детей, которые ждут его дома, в Мексике: все они — смуглые, с увесистыми пузиками и лоснящимися лицами, а сам Джоэл — зачем-то в высоких охотничьих сапогах и до смешного широкополой шляпе. Когда заказов на доставку нет, ей скучно сидеть без дела, и она помогает повару — раскатывает тесто, нарезает овощи, хотя индиец, конечно, ничего ей за это не платит. Однажды, явившись на работу в сильном подпитии, Джоэл с заговорщическим видом зовёт её на стоянку, где припаркован древний джип. Под половиком между передними и задними сидениями машины, в углублении пола, закрытом самодельным лючком, лежит множество увесистых пачек — заработок Джоэла бог знает за сколько времени. Положить деньги в банк он не может, потому что у него нет нормальных американских документов, да и немалые налоги придётся платить, если объявить эту сумму официальным доходом. А в двухкомнатной квартире, которую Джоэл снимает вместе с пятёркой таких же, как он, нелегалов из Мексики, оставлять деньги нельзя ни в коем случае — им он не доверяет ещё больше, чем банку. Так что единственным местом для хранения сбережений, как ни странно, является машина, которую он ставит на стоянку перед пиццерией. Благо машины здесь воруют крайне редко, да и кто покусится на его облезлую развалюху. Понимая, что пьяному мексиканцу захотелось похвастать своим заработком и на трезвую голову он ещё будет раскаиваться, что открыл перед пицца-гёрл свой главный секрет, она никогда не напоминает ему об этом.

Когда позвонил профессор, он монтировал свадьбу дочки русского владельца молочного завода. Заплатить обещали хорошо, и закончить работу надо было поскорее. Бронштейн мучился очередным «обострением» и не появлялся.

На мониторе толстушка-новобрачная, отвернувшись от толпы гостей и уродливо открыв от натуги рот, швыряла за спину здоровенный букет цветов. Нужно было вставить какую-нибудь перебивку — чей-то короткий крупный план, допустим, молодого супруга-американца, чтобы спрятать её перекошенную от усердия физиономию. Не отрываясь от кнопок, он невнимательно слушал профессора и сразу же безнадёжно заскучал от медицинских терминов и витиеватых предложений. Так и не разобравшись, чего от него хотят, он буркнул: «Приезжайте» — и продиктовал профессору свой адрес.

Неплохо было бы домонтировать эпизод до прихода профессора, но захотелось есть, и, не имея времени пойти в ближайший ресторанчик, он решил заказать пиццу по телефону. Пухлая жёлтая телефонная книга открылась на цветной рекламе «Папы Савериос».

Домофон отчего-то не работал. По звонку он открыл дверь и удивился, что разносчиком пиццы, вместо привычного в таких случаях шустрого мальчишки-старшеклассника, оказалась невысокая миловидная девушка. Он на мгновение замялся, а когда протянул деньги, то неловко уронил пару четвертных монет и чертыхнулся по-русски.

Она улыбнулась:

— Деньги через порог нельзя, — сказала она, продолжая держать коробку с пиццей в руках.

Он присел на корточки, чтобы подобрать монетки, но, сообразив, что она сказала это тоже по-русски, тут же поднял голову:

— Наша?

— Наша, наша… Через порог нельзя — это к несчастью.

— Тогда входите.

Она переступила порог:

— Мне нужно ехать. Места у вас на улице не найти — я притулила машину возле пожарного крана. Не хватало, чтобы полиция вкатила штраф — всё, что за неделю заработала, погорит.

Она прошла в гостиную и, осмотревшись, не нашла ничего лучшего, как поставить коробку на угол стола, заставленного компьютерами и монтажной аппаратурой. Он наконец-то отдал ей монеты.

— Спасибо… А это что?

Она показала на монитор, где повис в воздухе над головой новобрачной брошенный букет и сама новобрачная замерла, подняв размазанные в быстром движении руки.

— Свадьба.

— Ваша свадьба? Или вы снимаете свадьбы? — она жадно разглядывала технику на столе. — Какая у вас классная камера! Штуки на три потянет, наверное?

— Эта — побольше… А вы давно… возите?

— Уже три года почти.

— И почему такая работа? Можно ж найти получше?

— Наверно, можно, но мне такая нравится, — она заторопилась и перешла на английский: — Доброго вам вечера, спасибо, до свидания!

— Вам спасибо! — крикнул он вслед, подскочив к двери.

— А у вас… прикольная… футболка… — услышал он из-за поворота лестницы. На нём была та самая любимая домашняя футболка с фривольной надписью на животе.

Из окна он успел увидеть маленький зелёный «шевроле», уплывающий в лёгкие сумерки Украинской Деревни.

Он едва успел проглотить кусок пиццы, как приехал профессор.

— Мне порекомендовал к вам обратиться Бронштейн, — первым делом заявил профессор, который профессором совсем не выглядел, и вообще никак не выглядел: смотришь на лицо — вроде видишь, а отвернулся — и уже не помнишь, какой он. — Бронштейн говорит, вы большой в этом деле специалист, — профессор кивнул на монитор, где по-прежнему тосковала застывшая новобрачная.

Он тоже кивнул, дожёвывая пиццу.

— Так вот, дорогой мой, я предпочитаю овцу, — продолжал профессор.

Они стояли у стола, недалеко от пиццы. Садиться профессор не захотел, хотя в гостиной обитала парочка ушастых старомодных кресел (их кто-то за ненадобностью выставил на улицу недели три назад, и было грех не найти им лучшего пристанища).

— Какую овцу?

— Дорогой мой, — значительно продолжал гость, — некоторые любят свиней, но я предпочитаю овец. Согласитесь, — (он безоговорочно согласился), — в моём случае овца — это гораздо лучше. Жировой слой поменьше и мышечная… — многие слова профессора, как и в разговоре по телефону, создавали ощущение исключительно умных, но совершенно бессмысленных звуков.

Ему хотелось взять со стола ещё кусок пиццы, но есть самому было как-то неудобно, а перебивать профессора и предлагать тому пиццу он не решился.

— Дорогой мой, — уже очень значительно продолжал профессор и неожиданно двумя пальцами ухватил со стола кусок пиццы, — я буду оперировать овцу через две недели в клинике Святого Френсиса, и вы, дорогой мой, должны это снимать…

Профессор резко задрал голову и точным движением погрузил пиццу в рот. Теперь он тоже мог бы протянуть руку за пиццей, но вдруг до него дошло:

— Что я, профессор, должен снимать?

— Дорогой мой, вы должны снимать операцию. Хирургическую операцию на сердце овцы, — профессор вытер салфеткой губы. — Операцию, уникальную методику которой я разработал в России и, благодаря спонсорам, привёз показывать американцам. Нельзя упустить ни одного момента из этой операции, понимаете, ни одного! Я провожу её здесь специально для того, чтобы заснять весь процесс. Этот фильм — ваш фильм — мы используем для презентации потенциальным производителям моего сердечного стимулятора. Наш спонсор вам заплатит… сколько вы обычно берёте за свадьбу? Он заплатит больше… Только вам будет нужен помощник: нужно снимать двумя камерами, с разных точек, и поставить в операционной дополнительный свет. У вас же есть? Бронштейн сказал, что у вас всё есть…

На следующий день он подъехал к «Папе Савериос» — адрес нашёлся на той же, оставшейся открытой странице из телефонной книги.

Заказов на доставку ещё не было ни одного: она сидела на стуле, слушала *Beautiful Garbage*[1] и воскликнула «хей!», удивившись его неожиданному появлению. Она решила, что он приехал купить пиццу.

— Нет, — сказал он, — я хочу предложить вам подработать. Мне нужен помощник, чтобы снимать несчастную овечку.

Джоэл, который через открытую дверь видел, как они разговаривали, не позволил ей помогать ему на кухне и целый день недовольно бурчал по-испански: «чика», «бонита», «вентозо» и ещё бог весть что.

Ранним утром в назначенный день «шевроле» появился перед его домом. Ехать решили на нём. Несмотря на маленький размер, «горбун» для багажа был вместителен: задние сиденья легко опускались — таким образом, за спинами водителя и пассажира образовывалось весьма приличное пространство, а задняя дверца автомобильчика откидывалась вверх, открывая удобный доступ для погрузки и выгрузки. Хотя съёмочное оборудование было упаковано в двух объёмистых ящиках, они, к удивлению, легко поместились.

— Ваш транспорт, — одобрил он, устраиваясь на тесноватом пассажирском сиденье, — для моего дела просто незаменим — всё оборудование умещается, и бензину жрёт мало… хотя сидеть здесь, конечно, ужасно неудобно — ноги совсем некуда деть…

— Это у вас ноги чересчур длинные выросли, — прыснула она, водрузила на нос лиловые солнцезащитные очки, и они отправились в путь.

---

[1] «Прекрасный мусор» — альбом американской рок-группы Garbage (англ. «мусор»).

В больнице Святого Френсиса какие-то люди в зеленоватых одёжках помогли протащить ящики через многочисленные переходы и комнаты; потом операторам выдали такую же форму, защитные белые маски и смешные мешки для ног. Их предупредили, что в операционной им придётся всё время работать в масках. Но сначала они запечатлели двух очень похожих овечек, которые — каждая в отдельном чистом вольерчике — спокойно жевали что-то, ещё, видимо, не подозревая о своей принадлежности к научной среде сразу двух великих держав.

— Какую из них вы оперируете сегодня? — спросил он у помощника профессора, сухонького неразговорчивого китайца, опять напомнившего ей знакомого богомола.

— Этот, — ткнул пальцем китаец. — А этот — запасной.

Операторы переглянулись: ишь как у них всё поставлено — даже дублёр есть.

Они установили камеры и свет в операционной, хотя света там вроде бы и своего хватало, но он сказал, что ему нужно всё-таки иметь возможность точно осветить нужные участки. Одна камера должна была брать общие планы. Детали, ход операции он собирался снимать второй камерой — крупным планом, с руки. Она успела поснимать для пробы и той, и другой камерой. Всё отлично получалось — такое было у неё качество: легко осваивать новое дело.

Долго ждали, пока привезут «больного», а когда привезли, обнаружилось, что овечка уже спит, вытянувшись на боку, прикрытая простынёй под самое горло. Казалось, что на каталке лежит человек — подросток или взрослый небольшого роста. Даже выражение симпатичной, немного удивлённой физиономии у овцы было совсем как у крепко спящего человека, и от всего этого им почему-то стало не по себе.

Съёмка началась, и первые кадры успешно запечатлели подготовку к операции — стрижку шерсти на овечьей груди. Но когда профессор сделал первые разрезы и растянул мышцы, открывая доступ к бьющемуся сердцу, у главного оператора желудок подкатил к горлу и собрался вообще выйти наружу, угрожая серьёзно помешать съёмочному процессу… Вот где пригодилась доблестная помощница, которая тут же заметила, что открытая часть лица над маской у главного оператора стала зеленее его костюма. Она забрала камеру из его рук и, как могла, храбро продолжила съёмку, пока тот справился с собой в другом конце операционной, — благо ему удалось скоро прийти в себя. Видимо, стыд показаться перед помощницей полным размазнёй помог быстрее справиться с приступом дурноты. А может, сработала профессиональная закалка — ведь во время многочисленных запечатлённых его камерой свадебных торжеств некоторые сцены, особенно к концу застолья, тоже были достаточно противного свойства.

Он вернулся к камере, и картинка развороченных розовых тканей, желтоватого жирового слоя и крови воспринималась им теперь как нечто требующее только концентрации на компоновке кадра, фокусе и наличии нужного света. Так что далее всё происходило в штатном режиме, по крайней мере, у съёмочной группы. С медицинской точки зрения, дело обстояло не так хорошо, точнее, совсем нехорошо. Хотя профессор и его помощники слаженно провели всю операцию, подсоединили, запустили вживлённый стимулятор и аккуратно наложили швы, сердце у овечки неожиданно остановилось. С ней повозились ещё какое-то время, но пробудить пациентку так и не удалось. Китаец натянул простыню на голову овцы, ставшую внезапно неживым предметом, а профессор показал знаками, что это снимать не нужно. Впрочем, операторы и сами всё уже поняли.

— Ну, и что теперь? — тревожно спросила она, когда они отъехали от больницы. — Переснимать?

— Нет, профессор сказал — монтировать, как будто всё прошло нормально. Операционная и персонал (наш скромный гонорар — не в счёт) стоят таких денег, что повторять операцию нет смысла. А такие мелкие (как он сказал) неприятности случаются, и для дальнейшего продвижения его идеи значения не имеют.

— А нам заплатят?

— Ну, это посмотрим после монтажа, — осторожно сказал он. — Вам я заплачу в любом случае, спасибо вам громаднейшее! Вы спасли меня от позора, вы — просто герой… героиня. И так всё хорошо у вас получается! Послушайте, а может, нам это… отпраздновать завершение съёмочного дня… вернее, перекусить где-нибудь и расслабиться?

— Ну, я не думаю, что смогу сегодня что-то есть, — сказала героиня, открывая окно и чуть наклоняя голову навстречу неосвежающему движению жаркого летнего воздуха.

Когда подъехали к его дому, она уверенно повторила, что в ресторан ни за что не пойдёт, мол, её мутит от запаха еды, но, разгрузив съёмочное барахло, они отправились в украинский магазин и накупили кучу снеди и выпивки. Она настолько похоже изобразила «западенский» говорок, что продавщица стала нахваливать какие-то особые пирожки свежей выпечки и что-то ещё и ещё — он не понимал и молча складывал в корзинку пакеты. Вся эта родная закуска вполне пришлась к месту, и гадкие впечатления прошедшего дня отступили, как только они устроились за шатким столиком в его кухне и выпили по первой. Правда, он чуть не ляпнул: «За упокой овечьей души», но вовремя споткнулся на слове «за» и выпалил банальное, но хотя бы невредное:

«За наше творческое сотрудничество!» Водку она пила с задором и безостановочно что-то говорила:

— Кто придумывает эти дурацкие сюжеты, в которых мы играем свои глупые роли? Кто я теперь? Украинская дивчина, заблудившаяся в Америке? Водитель старенького «шевроле»? Фея из Волшебной страны? Пицца-гёрл? Помощница оператора, снимающего сложную хирургическую операцию, которую на сердце овцы проводит русский профессор в чикагской больнице?.. Чушь! Какое плохое кино… И всё новые и новые фальшивые, глупые роли… Впрочем, я люблю новые роли, старые мне продолжать неинтересно… А ты знаешь, кто я? Я, вообще-то, действительно артистка, когда-то даже играла в театре пантомимы. Знаешь, кого играла? Му-ху!.. Очень успешно изображала, представь себе. Я летала, летала — «зи, зи»… а потом меня — хлоп! И нету! Нету меня, нету мухи… Убили муху. Что-то я под такой мухой… Ты меня нарочно напоил, да?

— Конечно, нарочно, — он потянулся к ней и осторожно убрал с её лица растрепавшиеся волосы, — бедная ты моя, убитая муха-цокотуха.

Ночью старый корабельный трюм жутко штормило. Всё в нём качалось, стонало и скрипело — вот-вот рассыплется на мельчайшие детальки. Уже почти ничего не чувствовали горящие губы и влажные тела, но снова и снова накатывались гигантские, выпущенные на свободу волны глубоко запрятанных желаний, и, казалось, не будет им конца. Однако пришёл самый высокий, самый девятый вал, и конец, конечно же, наступил, потому что ничто не продолжается бесконечно. Даже тихая летняя ночь снаружи и безумный шторм внутри корабельного трюма на втором этаже странного дома, плывущего вместе с соседней церквушкой среди верениц спящих автомобилей по тесным улицам Украинской Деревни.

На рассвете они нацепили на себя какое-то подобие одежды, вылезли по задней лестнице на тёплую, не остывшую за ночь крышу и, обнявшись, стали на краю. В небе ещё висела сонная ночная дымка, но солнце уже пробовало царапать глаза бликами от окон и зеркальных стен небоскрёбов, сбившихся в кучу в центре Чикаго. Уставшие в долгом путешествии мореплаватели, щурясь, с тревогой и надеждой рассматривали этот скалистый берег нового городского дня…

— Послушай, а кто твои соседи… по кораблю? — спросила она. — Я, наверно, очень громко орала?

— По-моему, не громко. По-моему, в самый раз, — довольно ухмыльнулся он. — И вообще — пусть завидуют…

Вернувшись в дом, они мгновенно заснули, но спали недолго, потому что около девяти явился Бронштейн.

— Во-первых, я принёс деньги за молочную свадьбу и аванс за овцу! — загрохотал он с порога. — Во-вторых, у меня готов план монтажа и сопроводительный текст профессора, переведённый на английский. Через три дня я назначил озвучивание: этот текст за кадром будет читать моя знакомая американка, преподаватель из Трумэн Колледжа. Когда она приедет…

Тут Бронштейн уставился на появившуюся из района спальни знакомую футболку с надписью: «Это не пивной бочонок, это бак с горючим для секс-машины». Футболка сказала: «Здрасьте» — и, приветливо улыбнувшись, проследовала в район кухни. При этом из-под футболки выглядывали такие потрясающие коленки, что продолжить инструкции Бронштейн не сумел.

— Опа-опа… опочки… — забормотал он, переведя круглые глаза на хозяина квартиры, — такие дела, дела такие… Значит, текст я тебе оставляю. И чеки. А ты монтируй, мон-ти-руй… До свидания! — это громко в сторону кухни, а потом снова тихонько: — Я испаряюсь.

И Бронштейн испарился.

Договорились, что она придёт к нему вечером, после работы, но она не пришла. Он занялся монтажом овечьей операции, просидел допоздна и только утром сообразил, что ничего о ней не знает, кроме имени, даже на номер машины не обратил внимания. И где она живёт, тоже неизвестно.

Она не приехала и на следующий день, и тогда он помчался в «Папа Савериос». Индиец неохотно прокаркал, что русская пицца-гёрл не появлялась уже несколько дней. Ни её фамилией, ни адресом владелец пиццерии никогда не интересовался и платил ей наличными после каждого рабочего дня.

Пока шли попытки расспросить индийца, из двери кухни выглянул маленький повар, и вдруг показалось, что красноватое от кухонного жара — и вообще красноватое — лицо мексиканца плавится слезинками. Но лицо быстро исчезло, а индиец сообщил, что повар почти не говорит по-английски. Да и что важного этот мексиканец может знать?..

Через месяц на сдачу готового фильма профессор приехал с женой и меланхоличным спонсором по имени Илюша. Жена профессора разговаривала милым питерским говорком. Пока мужчины что-то обсуждали с Бронштейном, она успела осмотреть квартиру и затем участливо, но очень некстати спросила у хозяина:

— Вы, я вижу, живёте по-холостяцки. Что ж так?

Фильм он запустил на самом большом мониторе. Уверенный, но малопонятный текст на английском языке шикарно звучал через колонки и придавал скучному действу профессиональный и глубоко научный характер. И хотя ощущение того, что на экране идёт аккуратная разделка окровавленной туши в мясном отделе, периодически настырно возвращалось к непосвящённому Бронштейну, профессор остался очень доволен. В конце, при появлении беспечно жующей овечки, якобы успешно перенесшей тяжёлую операцию (на самом деле это были съёмки, сделанные в загончике ещё до операции, да и вообще в фильм вошёл тот эпизод, который запечатлел не покойную ныне страдалицу науки, а никогда не оперированную и поэтому совершенно не пострадавшую дублёршу), профессор радостно толкнул локтем спонсора и совершенно искренне прогоготал:

— Смотрите, дорогой мой, Илья Эдуардович, вот она! Как жуёт, как жуёт! Продавать это надо быстрее, продавать.

И такова была сила искусства, что профессор в этот момент, похоже, сам забыл, как в действительности завершилась операция…

После того как гости ушли, они с Бронштейном ещё долго сидели друг против друга в старых ушастых креслах. Допили всё, что оставалось в доме, даже остатки какого-то жуткого кокосового ликёра, неизвестно каким образом оказавшегося в одном из шкафчиков на кухне. И хотя у Бронштейна закончился жизненно важный запас таблеток, он стойко не покидал товарища.

— Ты не убивайся, — увещевал Бронштейн, постоянно делая массирующие движения рукой у себя под правым ребром, — а то на тебя смотреть… э-э… неприятно. Может, она ещё появится. Бог знает, что у женщин на уме… Да, я забыл тебе сказать: за овцу расплатились сполна! Значит, бизнес у них идёт-таки, хотя овца была того… запасная. Может, и тебе надо… завести запасную?

— Не появится, я знаю, что не появится, — мотал он головой, — и запасной такой нет и быть не может. Это было как штучный, неповторимый кадр, редкая операторская удача… Мелькнуло — и всё, уже не повторится никогда, лови не лови. Просто ей нравится всё время играть новые роли, старые ей продолжать неинтересно. Но как же я, кретин, не спросил её адрес? Фамилию… Или хотя бы запомнил номер шевролён-ка… Меня теперь на улице от вида каждой маленькой зелёной машины будто током лупит. Я лихорадочно пытаюсь разгля-деть, кто за рулём и…

Тут раздался зуммер дверного звонка.

— Ха, смотри, у тебя домофон починили! — Бронштейн встал и, подойдя к двери, нажал кнопку. — Хеллоу?

Домофон помолчал, а потом ехидно выдал по-русски:

— Пиццу заказывали?

Хозяин квартиры вскочил, заорал: «Заказывали, заказы-вали!» — и, распахнув дверь, бросился мимо Бронштейна вниз по лестнице.

Бронштейн какое-то время вяло разглядывал опустевшую гостиную, открытую настежь дверь, чёрные прямоугольники мониторов, деревянные корабельные балки на потолке. Брон-штейну подумалось, что всё это здорово напоминает декора-цию, сцену из пьесы, скорее всего, какого-нибудь современно-го зарубежного автора про их зарубежную жизнь. И ещё ему подумалось, что жизнь эта уже не зарубежная, а теперь своя, его жизнь, и надо доиграть доверенную ему мизансцену. А так как другие персонажи на сцену не возвращались, Бронштейн вздохнул, решительно поднялся с кресла, поклонился, как зри-телям, большому тёмному окну, выходящему в Украинскую Деревню, взял дипломат и стал спускаться к выходу.

Они стояли лицом к лицу на самом нижнем из поворо-тов лестницы. Она действительно держала в руках коробку пиццы, но не заказной, а замороженной, купленной где-то в супермаркете. Бронштейн хотел тихо пройти мимо, но вдруг услышал:

— Между прочим, она утверждает, что специально приехала сообщить тебе важную новость: сегодня в русской аптеке на Диване она видела «но-шпу» — завезли из России под видом пищевой добавки. Так что ты теперь живёшь!

— Да? — Бронштейн остановился и шутливо приосанился. Твидового пиджака на нём не было, но выглаженная белая рубашка с твёрдым воротником всё ещё напоминала ответственное прошлое. — Спасибо, друзья! Теперь я начну жить новой жизнью… Вот только выйду сначала на улицу, запишу, на всякий случай, номер маленького зелёного «шевроле».

Учебное пособие
по строительству замков из песка

В видоискателе моей видеокамеры — кусок пляжа, на котором восседает скульптор Жан Филипп Пэктон-Гарсия. Он в яркой жёлтой безрукавке, мешковатых бермудах с обширными накладными карманами и, как положено настоящему художнику, значительно и фотогенично бородат. Вокруг него аккуратно расставлены пластмассовые ведёрки различных цветов и размеров, пульверизатор с водой, формочки, лопатки, скребки, кухонные ножи и прочие нехитрые инструменты. На заднем плане — тихая, бледно-голубая поверхность озера Делтон, которую время от времени живописно бороздят каяки, катамараны и лёгкие парусные лодки. Жарко.

На вороте безрукавки скульптора устроилось чёрное насекомое — прищепка с микрофоном. Жан Филипп умело лепит из пляжного песка шикарный замок и увлечённо объясняет будущим зрителям нашего фильма подробности такого строительства:

— ...Не забывайте периодически сбрызгивать уже готовые башни водой... Песок должен оставаться влажным до тех пор, пока мы полностью не закончим все работы...

Я, не отрываясь, пялюсь в камеру, к моим ушам прилипли наушники с голосом Жана Филиппа, а поверх этого голоса и наушников нахлобучена весьма несуразная панамка, придающая мне вид не смешного (как я надеюсь), но странновато-отрешённого от мира киношника.

— …А сейчас посмотрите, как поможет нам в отделке стен и дверных проёмов обычная картофелечистка…

Вторая камера стоит слева от меня на треноге и берёт общий план всего происходящего, а справа расположился Бронштейн с большим куском картона. Одна сторона картона обклеена алюминиевой фольгой — мы часто используем это приспособление для создания рассеянной подсветки, — и сейчас в этом мутном зеркале ломано отражается пойманное Бронштейном висконсинское солнце. Держать картонку не трудно, но Бронштейн периодически отвлекается на рассматривание каких-то девиц, то кокетливо резвящихся у бассейна, то приближающихся к нам, чтобы понаблюдать за съёмочным процессом. При этом Бронштейн опускает подсветку так, что на лице Жана Филиппа и — главное! — на чудесных башенках его замка начинают появляться ненужные тени. Я сержусь, раздражённо машу Бронштейну свободной рукой, и он, очнувшись, неохотно возвращается к скучным обязанностям импровизированного осветителя.

— …А теперь, с помощью вот этой трубочки, — Жан Филипп вытаскивает из нагрудного карманчика рубашки пластиковую трубочку для коктейля, — мы завершим выполнение наиболее тонких деталей нашего замка…

Он подносит трубочку ко рту и осторожно дует в неё. Камера делает наезд, и зрители видят, как заканчивается отделка миниатюрных окошек, бойниц и зубчиков крепостной стены.

Теперь можно сделать перерыв. Бронштейн тут же бросает картонку на песок и скрывается в тени под белым тентом, который мы, по разрешению хозяев отеля, развернули для нужд «съёмочной группы» в углу пляжа. Жан Филипп немедленно отправляется туда же — к ящику со льдом, в котором млеют бутылочки «Стеллы Артуа». А я отлепляю наушники и оглядываюсь вокруг.

Вчера мы приехали сюда так поздно, что я не успел толком осмотреться. Мы добирались из Чикаго в Висконсин более четырёх с половиной часов, хотя могли бы доехать и за три. Здоровенный, но немолодой «понтиак бонневиль» Бронштейна уже не в силах развить былую крейсерскую скорость. Машина действительно выглядит как мощный крейсер и всё ещё сияет хромированными частями, но её легко обходят даже самые маленькие, дерзкие автомобильчики. Впрочем, причиной такого позора является не только корабль, но и его капитан Бронштейн, который ведёт свой крейсер не слишком уверенно: вцепится в руль, станет в крайнюю правую полосу и плетётся с неизменной скоростью сорок пять миль в час в хвосте какой-нибудь грузовой автоколонны. Однако я свыкся с его манерой езды и давно не высказываю никаких возражений, совершенно бессмысленных хотя бы потому, что за руль «бонневиля» Бронштейн меня ни за что не пустит, а своей машины у меня нет. Вот и вчера, развалившись на широченном пассажирском сидении, я всю дорогу смирно разглядывал из окна красоты холмов Среднего Запада и понаставленные вдоль трассы щиты с аляповатой рекламой типично туристических увеселений: водных парков, аттракционов, ресторанчиков, казино… пока не задремал.

Моя постоянная усталость дала о себе знать. В течение многих месяцев подряд каждый уикенд мы снимали свадьбы, а в будни мне приходилось долгими часами монтировать отснятый материал. Для участников действия свадьба — это долгожданное торжество, сопряжённое с началом новой жизни, любви и надежды. А меня… меня уже давно и стойко тошнит от непрерывной череды «первых» танцев женихов и невест, дурацких швыряний букетов в визжащую девичью толпу и бравых тостов с избитыми пьяными пожеланиями…

И тут Бронштейн, который в нашей маленькой компании отвечал за поиск работы и контакты с заказчиком, прискакал с необычной идеей:

— Едем в Висконсин Деллс, поживём в хорошем отеле у озера Делтон, будем снимать прямо на пляже!.. — завопил он, влетая в мою квартирку, служившую нам также офисом и студией. — Всё оплачивает заказчик! Будем снимать учебное пособие по строительству замков из песка…

— Что-что? Замки из песка? А разве до сих пор мы не снимали именно то, как строят замки из песка? — ядовито заметил я, кивнув на экран. — Замки из песка! По-моему, ты просто свихнулся!.. Вот как сказались на тебе долгие годы голода, холода и прочих ужасных лишений на американской земле…

Я смачно откусил кусок пиццы с копчёной колбасой и сделал солидный глоток пива (мне часто приходилось перекусывать, не отрываясь от работы).

— Дай кусочек, жлобина, я так забегался, что ничего не жрал с утра, — заныл Бронштейн за моей спиной. Мне было видно его отражение в экране монитора — он пытался приблизиться.

— Ни в коем случае! Тебе нельзя есть эту гадость, — жёстко ответил я и, поспешив засунуть в рот последний кусок пиццы, сделал вид, что хочу сосредоточиться на прерванной работе. — Но в холодильнике должно быть несколько баночек диетического йогурта. Выбирай любую — для такого серьёзного больного, как ты, мне ничего не жалко. Ведь к твоему верному гастриту нынче добавилось умопомешательство…

Бронштейн недовольно потащился на кухню и полез в холодильник, продолжая активно разглагольствовать:

— Ничего умопомешательского в этом нет! Ничего! Сколько можно без перерыва снимать свадьбы? Неужели тебе не хочется хоть ненадолго сменить обстановку, поснимать что-то повеселее, на природе? Мой знакомый, скульптор Жан Филипп Пэктон-Гарсия… да, у него такие имя и фамилия!.. решил подработать и взял заказ у какого-то телеканала или интернет-сайта (я не уточнял — какое это имеет значение?) на изготовление учебного фильма о строительстве замков из песка… Ну что ты ржёшь? Мало ли какую чепуху сейчас можно найти в сети! Как рисовать героев популярных комиксов… Как целоваться взасос… Как научиться играть на флейте Пана… Чем замки из песка хуже этого? Наверно, это как-то связано с рекламой… я не знаю. Короче говоря, они платят Жану Филиппу, а он пригласил нас, чтобы мы это сняли. И предлагает… — Бронштейн назвал достаточно приличную сумму.

— Ну да, два полоумных русских киношника будут снимать, как один полоумный скульптор-американец строит замки из песка… ха-ха-ха! — деланно хохотнул я. — Можно подумать, что кто-то уж совсем сумасшедший за это заплатит!..

На самом деле его затея стала постепенно представляться мне не такой уж бестолковой. Похоже, что мой дорогой партнёр действительно нашёл неплохой способ хоть ненадолго вырваться из однообразия нашей жизни — к тому же за счёт заказчика. Даже если нам ни черта не заплатят за этот, так называемый учебный, фильм, беда невелика: заработок за последние две свадьбы я пока не проел, а там видно будет...

Я дал Бронштейну насладиться йогуртом, ещё с получасика послушал его убеждения и согласился.

Так мы оказались в курортном городке Висконсин Деллс. Отель, в котором Жан Филипп договорился о проведении съёмок, невелик и стоит на берегу озера. Земля здесь дорогая, и отели построены плотно друг к другу. У каждого из них свой пляжик, причал и три-четыре лодочки напрокат. Два уютных двухэтажных корпуса нашего отеля соединены стеклянным кубом, под крышей которого находятся вестибюль, офис и тёплый бассейн с гидромассажем. Ещё один бассейн — открытый — устроен по соседству с пляжем. В озере никто не купается (для меня это не новость: даже если рядом натуральный водоём — река, озеро, океан, американцы чаще всего предпочитают плавать в бассейне).

Конец июня — и в отеле затишье. Основная масса отдыхающих хлынет сюда из Чикаго и Милуоки буквально через пару дней, ведь на носу 4 июля — празднование Дня независимости. А сейчас тут только мы с Бронштейном и Жаном Филиппом и ещё какая-то компания — человек тридцать, взрослых и детей, очевидно принадлежащих к одной большой семье. Все они — в том числе и маленькие дети — одеты в одинаковые оранжевые футболки и кепки с надписью: «Lipovetski Family Reunion» — «Встреча семьи Липовецких».

Я слышал о такого рода событиях: члены какой-нибудь многочисленной семьи, люди разных поколений, подчас живущие в весьма отдалённых городах и даже штатах, решают собраться вместе, где-то в курортной местности, в гостинице или съёмном коттедже, чтобы, например, отпраздновать юбилей прабабушки или прадедушки. К этому подходят трепетно и серьёзно, задолго планируют отпуска в те дни, когда назначена встреча. Самые деятельные родственники продумывают её программу, заказывают номера в отеле, издают памятные буклеты, покупают общую форму, сочиняют приветствия и поздравления в стишках.

Наши соседи по отелю явно принадлежали к подобному семейному клану. Они вместе садились есть за длинные деревянные столы, установленные перед одним из корпусов, устраивали в бассейне соревнования детворы и всем сообществом увлечённо играли в лото. А вскоре я определил и главную виновницу торжества — это была говорливая старушка в такой же, как у других, оранжевой футболке и ярко-розовых бриджах. Она всё время сидела в тени и держала над головой потёртый чёрный зонтик. На вид ей было лет семьдесят, но позднее на балконе одного из номеров, где живут члены семьи, я заметил плакат: «Happy 90th Birthday Dear Granny!» — «С девяностолетием, дорогая бабуля!»…

Съёмки продолжаются — Жан Филипп соизволил достроить крепость и добавить к замку изогнутый мост, так что у меня нет времени подробно рассматривать семью Липовецких. Однако в перерывах съёмки я слышу их речь. Молодые болтают по-английски без всякого акцента, но произношение некоторых представителей старшего поколения выдаёт их русское происхождение — хотя, похоже, они приехали в Америку уже давненько, потому что даже между собой не говорят на родном языке (или мне пока ещё не довелось это услышать). И фамилия явно «наша»…

Наконец замок готов. Он сложен и изысканно красив. Я тщательно запечатлеваю конструкцию с разных ракурсов, а затем записываю гордую финальную речь скульптора, стоящего на фоне своего грандиозного творения. Пока мы перетаскиваем оборудование в «бонневиль», к замку вплотную подвигаются восторженные зрители, в основном дети. Видимо, наш хрупкий замок, навсегда остающийся в виртуальном пространстве цифрового изображения таким, каким мы видим его сейчас, недолго сможет противостоять напору реальных завоевателей…

Жан Филипп жмёт нам руки и договаривается о встрече через неделю у меня дома, чтобы принять готовую продукцию.

— Если хотите, вы можете остаться здесь на ночь, отдохнуть. Ваш номер оплачен до одиннадцати часов утра, — говорит он, прощаясь, и уезжает на своей машине.

Нам действительно незачем торопиться в Чикаго. К тому же начинает темнеть, а водительские способности Бронштейна мне хорошо известны. Мы остаёмся.

Перекусив в ближайшем к отелю ресторанчике, мы с Бронштейном наконец отдыхаем друг от друга: он уходит в номер, бухается в постель и начинает с остервенением переключать каналы телевидения. Я отправляюсь на прогулку по отелю, но, так как его пространство сильно ограничено, скоро опять выхожу на пляж, где мы провели целый день.

Липовецкие снова собрались за деревянными столами, жарят барбекю. В мою сторону доносится аппетитный дымок.

Берег озера не освещён. Я стою на причале, в полутьме, опираясь на перила, и теперь у меня есть возможность от нечего делать рассмотреть их немного получше.

Дети мечутся вокруг столов. Взрослые сидят, прохаживаются, чинно беседуют, разбившись на группки. Кто-то отхлёбывает пиво из бутылок, засунутых, как принято в общественном месте, в бумажные кулёчки. На столах — жареное мясо, миски с овощами и никаких крепких спиртных напитков: ещё одно подтверждение тому, что господа Липовецкие уже давно покинули родную страну и полностью переняли американские традиции — широкого русского застолья здесь, конечно, не будет.

От их компании отделяется женская фигурка в светлом платье и, не торопясь, направляется в сторону озера. Она пересекает пляж, выходит на причал и приближается ко мне. Окна отеля и фонари над столами светят ей в спину, и её лица мне не разглядеть.

— Добрый вечер… — говорит женщина и неожиданно называет моё имя. Теперь я мгновенно узнаю её, потому что этот голос ни забыть, ни спутать невозможно. — Надеюсь, вы… ты меня помнишь?

Моё горло перехватывает.

— Добрый вечер, Зоя… — сиплю я, пытаясь откашляться. — Извини… Конечно, помню!..

— Что, простудился? — учтиво осведомляется она. — Наверно, хватил холодного пивка после съёмки? Я видела, как вы сегодня целый день снимали на жаре создание этого чуда, — она показывает на действительно сказочный силуэт замка, чётко выделяющийся на фоне пляжа. — Что это вы занялись таким несерьёзным делом — замками из песка? Или свадьбы больше не кормят? Я сразу хотела подойти, но не решилась… А где твой партнёр?

— Бронштейн в номере… хм… отдыхает, — горло всё ещё не слушается меня, и я продолжаю растерянно выдавать несуразные звуки. — А ты — что тут? Играете… на вечеринке у этих людей?

— О, нет! — ухмыляется она. — Я уже не играю. Я здесь как член семьи…

— Ты?.. Член семьи этих… Липовецких? — я окончательно обескуражен.

— Да, Липовецких, — кивает она и подвигается ко мне ближе. — Между прочим, весьма преуспевающая и зажиточная эмигрантская семейка из Одессы. Говорят, первый из них, прапрадедушка-счетовод Гирш Липовецкий, сбежал в Америку во время войны, а теперь среди них и преуспевающие бизнесмены, и популярные психотерапевты, и дорогие адвокаты… Когда мы виделись последний раз? Восемь? Девять лет назад? Так вот, с тех пор у меня многое изменилось…

* * *

Зойка приехала в Штаты в середине девяностых в составе украинского фольклорного ансамбля «Мирта». Она была шустрая, чернобровая и чернокосая. Казалось, что прыгучий, лёгкий Зойкин смычок извлекает звуки, не касаясь струн, а лишь выписывая в густом звонком пространстве над скрипкой замысловатые пируэты. Её сильный низкий голос (неожиданный для такой миниатюрной барышни), милая непринуждённая улыбка и задорно отбивающий такт, очаровательный алый сапожок были, без сомнения, главными козырями коллектива, состоящего, помимо неё, из грузных, краснолицых, «щирых» парубков.

Каждый из них, несмотря на сравнительно молодой возраст, уже успел пройти школу жизни «работников искусства». Вдоволь потаскаться по домам культуры, подвизаясь то руководителем, а то и просто аккомпаниатором хора, танцевального кружка или оркестра народных инструментов. Отыграть не одну сотню свадеб (музыканты говорят: «отлабать хасню»). Поработать в филармониях, намыкаться в безобразно организованных гастрольных поездках по славным просторам родины. Не раз приходилось «друшлять» вповалку с коллегами на грязной сцене, застеленной пыльным, снятым с колосников занавесом (потому что раздолбанный «пазик» не пришёл, чтобы после концерта в сельском клубе отвезти музыкантов в город). Или суровой зимой по очереди «сурлять» в одно ведро, поставленное в кулисах, оттого что клубный туалет сто лет не работает, а в промёрзшую вонючую будку, что во дворе, в тоненьком сценическом костюмчике по жуткому «зусману» не добежишь…

Ребята решили, что им сильно повезло, когда некий предприимчивый импресарио, или, как тогда стали называть, менеджер, специально для зарубежной поездки наскоро сколотил из них фолк-группу и отправил на «настоящие» гастроли в США.

Настоящими эти гастроли тоже не были: они работали на деньги спонсоров или общественных организаций в крошечных залах для пожилой публики из украинской диаспоры, выступали на заказных вечеринках, концертах в студенческих городках или на Renaissance Fair — местных фольклорных фестивалях. Они жили в дешёвых мотелях, питались одним фастфудом. Платили им не много, но всё же получше, чем дома, — и не в гривнах…

Их выступления проходили с постоянным успехом. Когда Зойка подходила к микрофону и брала первые ноты, даже на самых разгульных вечеринках почти сразу замирали шум и гам.

Скрипка грае, сэрце крае,
Наше лито догорае.
Скрипка грае, плаче гирко,
То кохання гаснэ зирка…

И правда: под её скрипку, случалось, и плакали, и хохотали…

Мы с Бронштейном впервые увидели их ансамбль на свадьбе в районе Украинской Деревни в Чикаго, где им повезло подработать в перерыве между концертами. Это «весилля» происходило в украинском ресторанчике, в двух кварталах от которого я живу.

Нас посадили за стол вместе с музыкантами. Мы довольно весело проводили время в перерывах между их игрой и нашими съёмками — то ли три, то ли четыре бутылки перцовки «Немиров» ушли незаметно.

Зойка за столом оказалась рядом со мной, и уже через полчаса нашей беседы я почувствовал, что вдрызг пьян, но пьян каким-то необыкновенным образом — не от «Немирова», а от Зойки…

Ночью после «весилля» мы оказались с ней у меня дома. В любви она была бесстыжая, неутомимая и не менее талантливая, чем в музыке.

Я заснул счастливым и не слышал, как она ушла.

Мы пересекались с «Миртой» на каких-то мероприятиях ещё несколько раз. При встречах Зойка была приветлива, но убедительно делала вид, что у нас ничего с ней не произошло. Вскоре я и сам засомневался: приходила ли она ко мне в ту ночь? Или всё это моя пьяная фантазия?

Двухмесячные американские гастроли превратились для Зойки в многолетние — она не вернулась в родной Житомир. В тот день, когда ансамбль должен был улетать домой, она вместе с парнями чинно вылезла из микроавтобуса, на котором организаторы гастролей доставили музыкантов в чикагский аэропорт О'Хара. Но вместо того, чтобы войти в здание, направиться к стойке «Польских авиалиний» и зарегистрироваться на рейс в Киев, Зойка замешкалась перед входом, якобы старательно пристраивая на тележку объёмистые чемоданы и драгоценную скрипку. «Тебе помочь?» — крикнул кто-то из хлопцев. «Не, я сама!» — уверенно ответила Зойка. Едва все попутчики скрылись в раздвижных дверях международного терминала, она схватила с тележки свои вещи, засунула их в поджидающее авто и уехала в направлении, неизвестном никому из её коллег.

За рулём автомобиля был Зойкин поклонник, молодой адвокат Роман из семьи Липовецких. Он родился в Америке, неважно говорил, но вполне прилично понимал по-русски. Зойка присмотрела его на одной из «заказных» вечеринок. Томно отводила глаза в ответ на его ухаживания, но согласилась выпить с ним немножко шампанского. Потом в приватном разговоре, вполне натурально смущаясь, поведала ему о тяжёлой доле молодой талантливой женщины из Украины, уже так скоро вынужденной возвращаться из культурной, великой державы в неприкаянный, жуткий быт страны третьего мира… Где её, собственно, ничего не держит, потому что любить ей там некого, а её талант никому не нужен (вообще-то, в Житомире у неё остался муж — классный, но безнадёжно пьющий джазовый барабанщик Санька, ошибка Зойкиной молодости, — но об этом увлечённому Роману совершенно не надо было знать, тем более что в её туристическом украинском паспорте об этом никаких пометок не было).

И завертелся у неё с Романом роман, который нужно было тщательно скрывать от остальных музыкантов и от организаторов поездки. А после побега из аэропорта и нескольких лет нелегального пребывания в стране, Зойка стала женой Романа и, естественно, получила вид на жительство — в конце концов, молодой супруг, кроме прочих достоинств, был ещё и адвокатом…

* * *

— Ну… всё хорошо, что хорошо кончается, — подвожу я итог её рассказа (и почему из меня всегда выскакивают такие банальности?).

Зойка молчит. Некоторое время мы стоим и пялимся на Липовецких. Взрослые уже отправили детей спать и всей компанией перешли в павильон у воды, в некотором отдалении от причала. В павильоне, как бы в античном духе, установлены амфитеатром деревянные сиденья, а посередине, на специальной площадке, разведён внушительных размеров костёр. Липовецкие опять бодро играют в какую-то игру: до нас доносятся возгласы и хихиканья.

— Он такой козёл… — вдруг говорит она. — Ты себе даже представить не можешь, какой он козёл, American этот, мурло адвокатское… Мой Санька-барабанщик, даже косой в дупель, был роднее его… А как он стучал! Какой это был джаз-з-з!..

Зойка поворачивается ко мне, поднимает голову. Я хорошо вижу её левую щёку, на которой играют отблески костра, — вторая щека совсем утонула в тёмной воде озера Делтон. И на этой, хорошо видимой мне щеке ясно блестит мокрая дорожка.

— А ты не можешь попросить Бронштейна… прогуляться? — шепчет она так тихо, что я почти не слышу слов, а только угадываю их по движению воздуха из её губ.

— Попробую, — так же тихо выдыхаю я.

Мы неслышно спускаемся с причала на пляж, проскальзываем мимо замка (она на секунду замирает перед ним) и, прячась за нашим, ещё так удачно не разобранным тентом, пробираемся в отель. Всё, что мы делаем, кажется мне сейчас глупым, отчаянным, гадким и восхитительным одновременно.

В вестибюле никого нет. Мы смотрим друг на друга и беззвучно гогочем.

Зойка ждёт возле бассейна с гидромассажем, а я в номере сообщаю Бронштейну, заснувшему перед работающим телевизором, что ему предстоит приятная прогулка по берегу ночного озера. Какое-то время он вообще ничего не понимает, но когда я говорю: «Здесь Зоя. Ты помнишь Зою?» — вскакивает и бормочет что-то похожее на «зоя-зоя-с-мезозоя» … Его немного пошатывает, но он напяливает шерстяную кофту, стойко находит дверь и исчезает. Всё-таки мой капитан — молодец!

* * *

Я засыпаю счастливым и не слышу, как она уходит.

Просыпаюсь поздно. Жарко. Номер затоплен полуденным солнцем.

На второй кровати громко сопит Бронштейн. Он лежит на боку, поджав ноги в чёрных носках и в сандалиях, и кофта застёгнута до самого подбородка.

Я выхожу на балкон. В окнах соседнего корпуса нет никакого плаката, поздравляющего девяностолетнюю бабулю. Все площадки, скамейки, павильон и бассейн пусты. Нигде не видно ни одной оранжевой футболки. Пожилой мексиканец елозит широкими граблями по пляжу.

Я ищу глазами замок. В нём, конечно, уже побывали варвары. От изящных башенок и тончайших зубцов крепостной стены, от вычурно изогнутых мостиков и крошечных бойниц осталась только большая куча сероватого песка со следами ног безжалостных завоевателей.

— Вставайте, капитан! — говорю я зашевелившемуся Бронштейну. — В флибустьерском дальнем синем море «бонневиль» наш поднимает паруса… Пора домой, в Чикаго. Нужно побыстрее смонтировать фильм. Кто-то его ждёт, кто-то очень нуждается в хорошем учебном пособии по строительству замков из песка.

Across The Room

Е му бы только решиться пересечь этот длинный, оформленный под ирландскую старину бар, и тогда он непременно к ней подойдёт. Смотри-ка, она тоже заказала себе высокий бокал «Гиннесса», значит, это ничего, что от него пахнет пивом — он уже успел пропустить пять… нет, шесть бутылок. Как жаль, что она не села за соседний столик у окна. Отсюда вид получше: сумеречно-сиреневая улица в ветреном городе, туда-сюда скачут по дороге быстрые блики машин, мерцает сладким розовым светом магазинчик свадебных нарядов. И уж к соседнему-то столику он нашёл бы повод подойти незаметно. Но она сидит в самом конце бара, почти рядом с музыкантами. Надо топать через совершенно открытое

---

[1] «Эй, маэстро, сыграй мелодию, / Сыграй ещё и ещё одну. / Я потанцую, потанцую с ней, / Мне бы только пересечь зал». Фрагмент из текста рок-композиции «Пересечь зал» Андрея Рабодзеенко (перевод с англ.).

пространство, между пустых столов — народу немного, и все они, от нечего делать, конечно, будут на него пялиться. Что он мог бы ей сказать? Пригласить на танец? Он никогда не видел, чтобы в этом баре танцевали. Хотя это было бы занятно. Разрешите вас пригласить. Растерянность, сомнение: что этот тип от меня хочет? Или розовые отсветы в серых глазах: да, конечно, какое занятное приключение! Встаёт, протягивает ему руку. И посетители за столиками, и кургузый бармен, и грудастая девчонка в коротких джинсовых шортиках, что разносит пиво, — все были бы удивлены. Впрочем, нет, наверное, не очень. Здесь никто не удивляется ничему, по крайней мере, не показывает этого. Ну, ещё одна странная парочка, ну, захотелось потанцевать, отчего бы и нет. Музыканты как раз заиграли нечто подходящее.

Когда Гошка объявляет «белый танец», я уже с самыми первыми нотами чувствую тревогу. Я знаю, что сейчас она, как обычно, отрывается от прохладной гладкой колонны, где ещё секунду назад стояла и болтала с девчонками из своей группы, и начинает пробираться в противоположный конец зала, где за микшерным пультом сижу я.

На пульте у меня давно всё настроено: зелёные и красные точечки огоньков поднимаются и падают именно так, как нужно. Ребята играют несложную, медленную вещь, играют заученно точно и негромко, и ожидать сюрпризов не приходится, но я, не поднимая головы, продолжаю бесполезно держать растопыренные пальцы обеих рук на неподвижных регуляторах, изображая повышенное внимание к процессу регулировки звука.

Вот сейчас она пересекает совершенно открытое пространство, где на площадке пока всего только две-три обнявшиеся и покачивающиеся пары, и слегка подпрыгивающей походкой движется ко мне — чернокудрая красавица с серыми глазами, староста группы, отличница (это похоже на крылатую фразу из старой знаменитой кинокомедии, но всё именно так и есть).

«Михаил Аркадьевич, можно вас пригласить?»

«Нет, нет, конечно, нельзя», — твёрдо должен сказать я, но пульт уже оставлен под надзором парня из числа тех радиолюбителей, что постоянно крутятся возле музыкантов, и мы выходим с ней на площадку. От светлой кофточки пахнет наивными духами, а в дыхании — слабая кислинка («Сегодня на квартире мы борщ с девочками варили», — скажет она позже, во время танца, пытаясь завязать разговор). Её руки взлетели и приземлились мне на плечи, и грудь почти касается (вот уже не почти, а касается) меня. Почему меня? Невысокого, незаметно (пока) полнеющего и заметно (ещё как) лысеющего преподавателя, ведущего по вечерам музыкальный кружок? Почему не кого-то из её бойких соучеников? И это ведь не просто танец, а что-то абсолютно неправильное и заманчивое происходит сейчас между нами — и происходит уже не один месяц на каждом танцевальном вечере. Мои подопечные музыканты строят привычно серьёзные рожи, пытаясь не смотреть на нас, — они-то давно уже всё заметили, — а мы танцуем.

Эх, если бы не надо было идти через весь бар, он бы непременно к ней подошёл. Интересно, почему она здесь одна в такое время? Возможно, живёт где-то недалеко. Например, снимает квартиру вон в том доме, где в витрине бутика для новобрачных одни невесты-манекены погружены в неприступные горные массивы снежных платьев, а другие так пикантно раздеты до причудливого белья, будто служат в магазине интимных товаров. Нет, она не снимает квартиру — здесь её собственная небольшая уютная квартирка на втором этаже, и это её окна безотрывно глядят ночами на полупогасшую неоновую вывеску бара. Кто-то обидел её. Она осталась дома одна. Долго ходила из угла в угол по комнате и, останавливаясь у окна, думала: а почему бы мне не спуститься и не посидеть в баре напротив? Может быть, я встречу хорошего человека? Да, ещё один «Будвайзер», пожалуйста... или лучше сразу два. Он и есть тот самый хороший человек, вот сейчас он встанет и подойдёт. Если бы только ничего не надо было пересекать.

— Мне нужно вам что-то сказать, — вдруг шепчет она мне вместе с последним затухающим аккордом «белого танца». — Очень важное... Я буду ждать возле комнаты, где вы репетируете с ребятами.

Репетируем мы в подвале. Через несколько минут я спускаюсь туда под грохот следующей, зажигательной мелодии и бодрый топот двух сотен молодых ног. Она сидит на лестнице, и я завожу её в «музыкалку», где валяются порванные струны, разбитые барабанные палочки и поломанные медиаторы — моим «битлам» завтра предстоит большая уборка.

— Важное, — поворачивается она ко мне, — это то, что я люблю вас, Михаил Аркадьевич. Поцелуйте меня, пожалуйста.

Музыкантов в баре, как это часто бывает, четверо: весёлый вертлявый барабанщик, худосочный певец-гитарист с куцей бородкой, незаметный в углу клавишник и квадратная чернокожая басистка, похожая на мужчину. Обычно они играют каверы — вещи известных авторов, но в конце, поздней ночью, обязательно исполняют что-то своё, для души. Все их вещи, похоже, пишет гитарист, и если к этому времени бар наполняется, что бывает перед уикендом, в зальчике находятся зрители, которые преданно выкрикивают названия его песен. Тогда бородка задирается вверх, её владелец удовлетворённо оглядывается на друзей-музыкантов и пытается как-то пошутить перед исполнением названной поклонниками песни.

Он не всегда понимает эти шутки, наверное, здесь нужно прожить ещё много-много лет, чтобы понимать их все. А народу сегодня по-прежнему мало, и он никак не может решиться. Ну, вот сейчас, сейчас он к ней подойдёт…

Но тут — боже мой, всё пропало! — она встаёт и идёт к выходу, пересекая бар. И посетители за столиками, и кургузый бармен, и грудастая девчонка в коротких джинсовых шортиках, что разносит пиво, — никто, никто не обращает внимания на такую чудовищную катастрофу. Ему остаётся только увлечённо разглядывать потёртую крышку стола и ждать слабого прикосновения воздуха к его разгорячённому лицу в тот момент, когда она проскользнёт мимо.

— Хватит, — негромко говорит она, неожиданно остановившись возле меня, и когда я в смятении поднимаю глаза, то даже в полутьме бара вижу, как заметно мерцают серебристые крошечные осколки прожитых минут в её чёрных волосах. — Теперь я понимаю, что ты тут делаешь целыми вечерами: сидишь, надуваешься пивом и слушаешь свой любимый рок-н-ролл. На большее ты никогда не был способен. Ни извиниться, ни признать свои ошибки… ни в прошлом, ни сейчас. Ладно, пошли домой. Будем считать, что я опять тебя простила, ведь, в конце концов, ты — мой собственный выбор и моя собственная глупость.

Сразу же за дверью резкий, привычный ветер этого привычного чужого города набросится на наши успокоенные лица, но сегодня ему не удастся нас опять разозлить. Ему придётся подождать до следующего раза, и тогда нужно будет решиться и пересечь зал.

Сладкие радости индейского лета

Лето давно закончилось, но даже по вечерам было так жарко, что в аудиториях Трумэн-колледжа продолжали с остервенением дуть неутомимые кондиционеры, создавая комфорт жаждущим учиться. И повод для разговора с миленькой темнокожей соседкой, которую, как оказалось, звали Фабрис, нашёлся быстро:

— Здесь так бывает, — приветливо объяснила девушка в коротком перерыве между лекциями. — Это называется «индейское лето».

Андрей подумал, что там, откуда он, подобное природное явление называется бабьим летом, но там это вряд ли могло бы происходить в конце октября и сопровождаться настолько резким потеплением.

— Ты где-то работаешь? — спросила Фабрис.

— Работаю, — кивнул Андрей, — три раза в неделю по утрам считаю деньги.

Она представила себе это так: просторный офис «Бэнк оф Америка» или «Сити», электронные табло с важными алыми цифрами и приятно стрекочущие купюрами умные аппараты. Он — банкир или помощник банкира — сидит с предупредительной улыбкой за полированной панелью банковской стойки, размеренно и чётко совершая необходимые действия. Между блестящими металлическими столбиками, соединёнными чёрной лентой, аккуратно выстроились в очередь к стойке молчаливые посетители. Играет негромкая музыка...

Андрей считал деньги по-другому. Он сидел в грязноватой комнатке, переделанной из кладовки: окон нет, лампа на потолке, стул и исцарапанный стол. Половина комнаты была завалена мешками, а на столе помещался аппарат для подсчёта монет и бумбокс с орущим Экслом Роузом из «Ганз эн Роузес».

Андрей по очереди засыпал в аппарат содержимое каждого мешка — серебристые квотеры, двадцатипятицентовые монеты, которые, проходя через аппарат, ссыпались в другой мешок, стоящий на полу. Аппарат подсчитывал прошедшую через него мелочь и останавливался, когда сумма достигала двухсот пятидесяти долларов. Мешок с этой суммой нужно было завязать шнуром с этикеткой и, отставив в сторону, продолжать таким же образом подсчёт монет в оставшихся мешках.

Когда все квотеры были посчитаны, Андрей вносил общую сумму в допотопный компьютер и через короткий коридорчик одноэтажного здания и внутреннюю дверь, ведущую в гараж, перетаскивал мешки в багажник машины.

После этого Андрей действительно направлялся в банк, где деньги зачислялись на счёт компании «Сладкие радости». Это была ежедневная выручка от автоматов с дешёвыми, ярко раскрашенными конфетами и ломкими, примитивными игрушками. Несколько сотен таких автоматов компания держала в вестибюлях супермаркетов и закусочных в различных районах Большого Чикаго.

Компания была маленькая. Два человека — хозяин-американец и Андрей — работали в офисе. Пожилой механик

Матвей чинил автоматы и заполнял их товаром в смежном с офисом просторном помещении склада, одновременно служившем гаражом для микроавтобусов. Три водителя (в том числе и самый доверенный из них, хозяйский любимчик по имени Шмария) доставляли автоматы по назначению и забирали выручку, периодически посещая те места, где автоматы были установлены. Водители и механик получали более-менее приличную зарплату; Андрею платили мало.

В те дни, когда Андрей работал в «Сладких радостях», в восемь тридцать утра за ним заезжал Шмария. По дороге к офису они останавливались у дома, где обитал Матвей. В видавшем виды микроавтобусе было всего два кресла — водительское и пассажирское, поэтому, когда Матвей забирался в машину, Андрей переползал назад и устраивался прямо на ребристом полу, спиной к сидениям. На поворотах сильно болтало, и Андрею приходилось крепко упираться в пол руками и ногами, а иногда, когда Шмарию обуревал демон лихачества, хвататься, что называется, за воздух. В микроавтобусе, используемом в основном для перевозки грузов, были сняты сзади не только сиденья, но и внутренние панели дверей, а вместо ручек виднелись какие-то углубления с острыми краями, тросики и другие части, малопригодные для того, чтобы за них держаться.

Всегда подтянутый и жизнерадостно балагурящий Матвей был чисто выбрит, а Шмария — нарочито насуплен и беспорядочно бородат. Казалось, что борода Шмарии начинается от макушки, прикрытой маленькой черной кипой, и продолжается по всему его крупному телу, забираясь под мятую, байковую, наполовину расстёгнутую рубашку и выползая жёсткими пучками из тесных рукавов на кисти пухлых рук.

Шмария управлял микроавтобусом почти полностью с помощью брюха, плотно упиравшегося в руль. В левой руке у него зачастую висели растерзанные куски бутерброда, причём это был обязательно кошерный бутерброд, купленный в единственном на всё Чикаго «кошерном Макдоналдсе» где-то на Линкольн-стрит. Правой рукой Шмария умудрялся одновременно слегка придерживать руль, подносить ко рту высокий картонный стакан со «спрайтом» и искать нужный трек на магнитофоне. Он обожал «Битлз», собирал редкие записи с вариантами их песен и, проделывая все перечисленные действия, оживлялся только тогда, когда начинал подробно объяснять Андрею, чем один вариант «Helter Skelter» или «I Want To Hold Your Hand» отличается от другого: «Слышишь, слышишь, вот здесь, в конце: Ринго кричит, что у него на пальцах натёрлись волдыри от барабанных палочек, а в том варианте этого нет… Тут у Харрисона гитара чуть-чуть не строит… А тут какой-то щелчок на сорок второй секунде…»

Обычно это происходило, пока в машине не появлялся Матвей, который по-английски говорил неважно, ни черта из фанатично-музыковедческого разговора Шмарии и Андрея не понимал, а вместо «Битлз» тихонько, как бы про себя, напевал бравые, разнообразные, но непременно матерные частушки, вроде такой:

> Наши спутник запустили
> У села Кукуева!
> Ну и пусть себе летает,
> Железяка …уева!

Шмария — потомок житомирского резника, но американец в третьем колене — не мог, конечно, уразуметь смысла этих шедевров русского народного творчества. А Андрей одновременно и посмеивался, и ужасался, представляя себе, что было бы, если б из уст Матвея подобные частушки каким-то образом услышала его, Андрея, мама…

Самого же Матвея, по-видимому, давно ничего не смущало. Он прекрасно разбирался в любой технике, сам ставил перед собой нужные задачи («Я был единственным еврейским прапорщиком во всём Киевском военном округе, это вам не цацки-пецки!») и сам их выполнял. Если же хозяин всё-таки оставался чем-то недоволен, Матвей, сосредоточенно кивая, выслушивал невообразимо сложную для него хозяйскую тираду, а затем ласково произносил что-то по-русски, якобы безоговорочно соглашаясь со всеми требованиями («Купи на рынке петуха и крути ему яйца, а мне не надо»), и продолжал заниматься своим делом. Самое интересное, что хозяин, который вообще не понимал ни слова из речей Матвея, даже если тот пытался говорить по-английски, выслушав его, совершенно успокаивался и уходил в офис раскладывать бумажки…

— Наверно, трудно… считать деньги? — шёпотом спросила Фабрис, близко придвинув пухлые фиолетовые губы к щеке Андрея. Следующая лекция уже началась.

— Да… нет, — ответил Андрей и взъерошил двумя руками свои длинные рокерские волосы, — самое трудное — это то, что голова целый день чешется под кепкой.

Хозяин «Сладких радостей», ортодоксальный еврей, строго требовал, чтобы все работники — русские, евреи, американцы — носили кипу. Андрей приходил в бейсболке, и хозяин с таким неправильным головным убором как-то мирился, но снимать его на работе запрещалось.

Их беседа продолжилась в ближайшем баре при поддержке множества «хайболов», а затем в съёмной квартирке у Фабрис.

От индейского лета и подсчёта чужих денег они перешли к рассказу о своих родных странах. Родиной девушки была душно-влажная, нищая, островная Гаити. Хорошо ещё, что она смогла окончить там среднюю школу и теперь, в Америке, посещать такой общественный колледж, как Трумэн, где малоимущим можно учиться на государственную помощь.

Дома у Фабрис нашлась пузатая бутылка ирландского молочного ликёра. Под него хорошо пошёл подробный рассказ Андрея о рок-группе «Бэд Эпплз», которую он сколотил, и о классных песнях, которые он сочинил, и...

В общем, беседа получилась столь захватывающей, что Андрей вернулся домой только под утро.

Мама, бдительный и надёжный часовой, обнаружила отсутствие Андрея часа в два ночи и немедленно подала сигнал тревоги, разбудив папу. И они оба, молча и напряжённо вытянувшись под отдельными одеялами на широкой двуспальной кровати, пролежали с неспящими закрытыми глазами до тех пор, пока ключ сына не заворочался во входной двери.

Андрей, сопя, протопал в туалет, потом с тяжким звоном и приглушёнными, но отчаянными «fuck'ами» свалил на пол электрогитару, стоящую на подставке в его комнате.

Мама ещё пыталась немного доспать, но папа, дождавшись, пока Андрей окончательно угомонится, вздохнул, поднялся и стал собираться на службу.

Когда-то немыслимо давно и далеко отсюда папа служил начальником крупного цеха на закрытом производстве, а мама преподавала в школе русский язык и литературу. Быть начальником не только закрытых, но и открытых цехов здесь папе никто не предлагал, а идти рабочим он, конечно, не хотел. Папа работал в компании, которая доставляла пожилым людям заказы на дом: мягкие сиденья на унитазы («коль нужда зовёт, изволь, сядь на троне, как король»), безопасные электрогрелки («согревает, но без жара — нет причины для пожара»), шерстяные пояса («шерсть овечек-мериносов лечит спину без вопросов») и всякую другую околомедицинскую всячину, тщательно разрекламированную в газетах и оплачиваемую государственным пособием.

А мама… куда могла пойти работать мама с прекрасным знанием русского языка и тонким пониманием русской литературы? Она ухаживала за пожилой, маразматичной, зажиточной американкой: кормила её, купала, одевала.

Помимо всего этого, родители подрабатывали, как они говорили, «собственным бизнесом» — лепкой домашних пельменей, которые сдавали в русский магазин.

— А, Петя, как поживаешь? Как сын? Учится? Музицирует? И всё считает бабки «Сладким радостям»? — затараторил Ефим, владелец компании медоборудования, едва завидев папу Андрея.

И тут же, не ожидая папиного ответа, продолжил:

— Слышь, у меня есть один знакомый, Илюша. Ему нужно помочь немного организовать… как это?.. Базу данных, да! Что-то подобное тому, что твой Андрей соорудил нам. Отлично, кстати, функционирует! Держи телефон, пусть Андрюха ему позвонит. Там парню можно хорошо заработать. И обязательно пусть скажет, что от Фимы…

Дальнейшее он продекламировал нараспев, протягивая пачку бумажек (папа Андрея всегда подозревал, что рекламные стишки в газеты сочиняет сам Ефим):

— А вот тебе накладные на инвалидные кресла складные!..

Разговор Ефим закончил неожиданно спокойно и деловито:

— Адреса возьмёшь у Аллочки. И обязательно развези всё сегодня.

***

В то утро Андрея разбудила назойливая и увесистая боль над переносицей. Вчера они с Фабрис опять встретились на вечерних занятиях, с которых быстренько удрали в знакомый бар, а позднее отправились и по другим — незнакомым… После всего этого надо было вообще не возвращаться домой и остаться у Фабрис, чтобы не слушать ночные укоризненные родительские вздохи. Но на сегодня, по совету отца, у него была назначена встреча с неким Илюшей, офис которого находился довольно далеко. В большинстве случаев Андрей передвигался по городу с помощью автобусов и сабвея, но для такой дальней поездки он собирался взять машину у родителей, поэтому ночевать пришлось дома.

Один приоткрывшийся глаз посоветовался со светящимися цифрами на стене и поведал, что вставать рано, однако, повертевшись, Андрей был всё-таки вынужден спустить ноги с кровати и осторожно сесть. Минут десять он просидел, прислушиваясь, но боль никак не хотела утихомириваться и даже стала ещё настырнее. Тогда он нехотя поднялся и побрёл на кухню, втянув голову в плечи и стараясь не делать резких движений. На счастье, чудотворная коробочка с тайленолом нашлась в навесном шкафчике сразу, и две сине-красные таблетки внушили надежду на скорое облегчение.

В «Сладких радостях» он сегодня не работал. Встреча была назначена на одиннадцать часов. Андрей и так с трудом привык обращаться к малознакомому человеку как здесь принято — по имени, без отчества, — но к этому, похоже, придётся обращаться ещё более фамильярно — Илюша… Какой Илюша? Совершенно неловко так его называть — всё-таки потенциальный работодатель… Впрочем, вспомнил Андрей, по вчерашнему телефонному разговору вполне можно было понять, что его собеседнику нравится именно такой, уменьшительно-ласкательный стиль общения:

— Ах, вам Фимочка посоветовал ко мне обратиться? Да, да, I know him very well, я знаю Фимочку! Фимочка — чудный человечек, просто чудный! А вы programmer? Студент? Вы хорошо знаете database? А я — Илюша. Нет, нет! Просто Илюша. Я жду вас, Андрюшенька, завтра утречком. Вы нас легко найдёте, это на Рэнд-авеню… see you tomorrow!

* * *

Широколицый, скупой на движения Илюша слегка напоминал священнослужителя: он был одет в свободную чёрную футболку, на которую с плотной красноватой шеи стекала цепочка с деревянным крестом в серебряной оправе, даже не висевшим, а возлежавшим на его объёмистой груди. Он встретил Андрея радушной улыбкой, неспешно протянув горячую тяжёлую руку. Говорил Илюша размеренно, расспросил Андрея, откуда он, где учится, даже вкратце поинтересовался его музыкальными идеями, лишь затем приступив к подробному пояснению того, чем занимается фирма и какая программа им нужна:

— Вы же знаете, Андрюша, чтобы нормально тут жить, человеку обязательно нужно иметь social security number, номер социального обеспечения, и получить driver's license. Без водительского удостоверения не устроишься на работу, не снимешь квартиру, не купишь машину. И оно нужно, конечно, to drive a car… Хотя что я вам рассказываю, вы же знаете! Я так привык талдычить всё это новоприбывшим… Нелегалам, естественно, номер социального обеспечения получить невозможно. Но я обнаружил в заборе американской системы небольшую… э-э-э… лазейку, в помощь этим бедняжкам…

Есть в Америке известная компания «Трипл Эй», которая занимается всесторонним обслуживанием водителя на дороге. Отделения компании имеются по всей стране, и её работники по экстренному вызову выедут на помощь практически в любую точку Соединённых Штатов: помогут завести заглохший двигатель, заменят колесо или доставят неисправную машину к ближайшей ремонтной мастерской. Компания предложит мотель со скидкой, продаст автомобильную страховку и подскажет удобный маршрут, а иностранному туристу сделает временные водительские права на английском языке, выступая посредником между водителем-туристом и органами власти, — естественно, если у интуриста есть действующие права, выданные на родине.

Илюша сообразил, что может использовать возможности «Трипл Эй» и выступить, в свою очередь, посредником между этой компанией и нелегалом-иммигрантом. Илюшина фирма взяла на себя труд «правильно» заполнить для такого человека нужные бумаги и отослать их в «Трипл Эй», не указывая при этом, что желающий получить туристические права вовсе не турист, а нелегал, уже долгое время находящийся в стране с просроченной визой. Через определённое время готовые права из ничего не подозревающей «Трипл Эй» приходили по почте на фирму к Илюше, и работники фирмы выдавали их клиенту.

Вероятность попасть впросак у такого «интуриста» невелика: без причины патрульные редко останавливают водителей на дороге — надо только ездить, не нарушая правил.

В том же несчастливом случае, если нелегала с «интернациональными» правами вдруг остановит полицейский, «турист» сможет предъявить эти права и сделать вид, что приехал недавно: мол, при нём сейчас нет паспорта его страны, где стоит отметка пограничников о дате въезда в США, — случайно выложил, забыл в гостинице. А так как проверка легальности нахождения в стране обычно не входит в обязанности рядового патрульного (это дело иммиграционной службы), то, возможно, «туристу» и дальше удастся незаконно ездить на машине… до следующей, более настырной проверки.

Полученное таким образом, как бы легальное, удостоверение личности могло помочь чужакам, не имеющим номера социального обеспечения, во многих моментах их непростой жизни в Америке. Так что отбоя от желающих добыть подобный документ у Илюши не было. За его подготовку Илюша установил скромное вознаграждение в полторы сотни долларов (из этой суммы в «Трипл Эй» уходило всего двадцать пять), но мексиканцы, русские, поляки и представители многих других национальностей, оказавшиеся в положении нелегальных иммигрантов, были готовы заплатить за удостоверение личности гораздо больше. И заработки потекли к Илюше рекой…

Вначале Андрей чувствовал себя неуютно. Часто отрывая глаза от монитора с программой, он оглядывал просторную, шумную комнату. Кроме стола, за который посадили Андрея, в комнате размещались столы ещё нескольких сотрудников, а на подвешенных под потолком телевизорах, бубнивших на испанском и восточно-европейских языках, беспрерывно шли футбольные игры. Вероятно, эти передачи транслировались с интернационального спутника, настроенного на спортивный канал. Приходили какие-то люди. Работники компании беседовали с ними, и до Андрея долетали отрывки этих многоязычных бесед: одна молодая сотрудница, помимо английского, владела испанским, другая — польским, а вертлявый парень — русским и украинским. Только спустя некоторое время Андрею удалось полностью сосредоточиться на программировании — он увлёкся заданием и перестал обращать внимание на происходящую вокруг суету… но внезапно рядом кто-то нахально заорал:

— FBI!

Андрей рассердился — он тщательно продумывал конструкцию очередной таблицы, но все его умозаключения сразу же рассыпались от этого крика… Ну что за идиот так глупо шутит! Ему опять пришлось оторваться от экрана монитора.

Вокруг него толпились люди в тёмно-синих костюмах, бронежилетах и касках, с настоящими автоматами наперевес. Девушка, бегло говорившая по-испански, и та, что по-польски, и вертлявый парень, и сам Илюша, которого в этот момент вводили в комнату, уже были в наручниках, а один из спецназовцев, похоже, собирался сделать то же самое с руками Андрея…

— Так вы студент? Как же вы очутились в офисе этой компании за монитором компьютера, если не работаете там и не знаете, чем они занимаются? — несколько раз и на разные лады спрашивали у Андрея в полиции на собеседовании сначала полицейский в форме, потом другой — в штатском. По-русски это можно было бы назвать допросом, но Андрею не пришло в голову такое слово, да и вообще многие слова — и английские, и русские — забились в какие-то потаённые норы, и выковыривать их оттуда стало очень трудно.

— Я там сегодня первый день… всего несколько часов. Меня пригласили разработать программу для обслуживания базы данных…

— Вы где-то ещё работаете? — продолжал штатский, записывая (он был особо дотошным).

— Да, — ответил Андрей, — я считаю деньги.

Полицейский удивлённо поднял глаза. Ему, видимо, показалось, что он ослышался, а может, Андрей как-то неверно произнёс последнюю фразу.

— Что? Что вы… считаете? — переспросил полицейский.

…Отпустили Андрея только часа через четыре, пообещав, что подвезут к зданию Илюшиного офиса, где осталась припаркованной его машина. Объяснениям, видимо, поверили, а может, успели проверить всё, что он наговорил.

В отделение полиции арестованных привезли всех вместе в автобусе спецназа, а теперь его одного посадили на заднее сидение патрульного «шевроле каприз», чёрно-белого, длинного, как в кино про «Братьев Блюз». Сиденье неожиданно оказалось неудобным — узким, жёстким, с чересчур прямой спинкой, и никаких ручек на дверях, чтобы держаться. Во время поездки Андрей съезжал вперёд, болезненно упираясь коленями в решётку, но оба полицейских так приветливо переговаривались с ним через эту решётку, что нужные слова вылезли из дальних нор, и он успел наболтать патрульным про Россию, про «Бэд Эпплз», напеть кое-что из своих песен и даже пригласить их на ближайший концерт. А они понимающе кивали и поддакивали — короче, были такими славными парнями, надёжно охраняющими покой честных американцев и честных иммигрантов (не то что тот противный тип, который вёл допрос), что ему хотелось ещё и ещё рассказывать им про Россию, про группу и петь… но они уже приехали к дверям Илюшиного офиса, опечатанным жёлтыми бумажными полосами.

* * *

— Андрей, — сурово и печально сказала мама, подавая на завтрак омлет с беконом, — нам нужно с тобой поговорить... Посмотри, сколько замечательных русских книг я привезла в Америку! Мы тащили их в баулах, вместо того чтобы забрать с собой побольше вещей. А сколько посылок с книгами мы послали сюда на адреса наших родственников ещё до того, как приехали... они почти все дошли, кроме собрания сочинений Пушкина, которое, наверно, украли на почте...

— Мам, — перебил Андрей, пережёвывая хрустящий бекон, — кому нужен твой Пушкин на чикагской почте?

— Вот-вот, — продолжала мама ещё суровее и печальнее, — они не нужны тут никому! У меня сердце кровью обливается, когда я смотрю на наши книжные шкафы... Кто будет читать эти шедевры после нас? А ведь здесь Чехов, Пастернак, Цветаева, Бунин! В конце концов, Набоков... Тебе это не нужно, а твоим детям — тем более... Они будут говорить по-английски и читать только Гарри Поттера... в оригинале.

— Мам, — опять перебил Андрей, доедая омлет и придвигая чашку с какао, — они не будут читать книги даже на английском языке, они вообще ничего не будут читать, кроме названий компьютерных игр.

— Я об этом и говорю... Ты должен познакомиться с русской девушкой, чтобы твои дети в семье говорили по-русски, и я могла бы хоть что-то им почитать... например,

Кассиля или Гайдара… Послушай, у меня есть знакомые, Новицкие, у них такая приятная дочка…

— Всё, мам, спасибо! — сказал Андрей, вставая из-за стола. — Я убегаю. Шмария, наверно, уже ждёт. Кстати, вечером в воскресенье у нас будет гостья: я как раз собирался познакомить вас с Фабрис. Ты должна научить её печь блины и лепить пельмени…

— Петя, Петя! — вскричала мама, забыв, что папа уже тоже уехал на работу. — Ты слышишь?

***

— Илюшу выпустили под залог в тот же день, — со знанием дела сообщил Ефим, как только папа Андрея начал описывать ему приключения сына, — и всех его сотрудников тоже. Их арестовали не за «левые» удостоверения. Хотя полиция наверняка раскопала эти «шахер-махеры», Илюше вряд ли предъявят обвинение в изготовлении поддельных документов. Похоже, он действительно нашёл лазейку в законе, и адвокаты смогут представить его деятельность как оказание посреднических услуг водителям, плохо говорящим по-английски. За это не посадят. А вот налоги… Говорят, он всё получал наличными и хранил в банке… в стеклянных банках у себя на заднем дворе… хо-хо! Сокрытие доходов! Прямо как та известная история, что случилась с бандитом Аль Капоне здесь, в Чикаго, в тридцатых годах. Убивал и воровал, а смогли посадить только за неуплату налогов… Хотя наш Илюша, конечно, не Аль Капоне, боже упаси! Такой прекрасный и отзывчивый человек! Ай-я-яй! А сколько денег он давал на благотворительность! И православной церкви жертвовал, и синагоге… Жаль, что твой Андрей не успел у него заработать, — Ефим вздохнул. — Да, налоги надо платить, никуда не денешься… О'кей, Петя, сегодня ты едешь по таким адресам…

* * *

Выступать в барах «Бэд Эпплз» начали полгода назад. За это время они успели сыграть почти в каждом, маломальски посещаемом, баре в округе, что придало группе немало опыта и куража.

Однако важнее всего им было выступить в «Дабл Дор» на Милуоки-авеню. Многие известные рокеры играли в этом небольшом, обшарпанном, но весьма знаменитом заведении. А недавно, во время тура по Америке, здесь дали короткий концерт — бог знает по какой звёздной причуде! — сами «Роллинг Стоунз»: без объявлений, афиш и совершенно неожиданно для фанатов.

Договориться с менеджментом «Дабл Дор» было трудно. Но после неоднократных и очень настырных попыток Андрею всё же удалось это сделать. Ему особенно повезло: «Бэд Эпплз» дали выступить субботним вечером, в самое «забойное» время — это произошло не по доброй воле хозяев бара, а потому что «Разбивающиеся Тыквы», популярная местная группа, отменила в тот день из-за болезни вокалиста своё запланированное выступление.

На концерт в «Дабл Дор» прибыли: сосредоточенные папа и мама; Фабрис с оравой визгливых подружек; Матвей и его приветливая жена Тая; Шмария с женой Мойрой (у них уже было пятеро детей, но, судя по огромному Мойриному животу, процесс продолжения рода житомирского резника ещё не был завершён); папин начальник Ефим с секретаршей Аллочкой; а также, к удивлению Андрея, те два молодых полицейских, что подвозили его к Илюшиному офису. Патрульные — а узнать их без формы было непросто — здорово веселились, постоянно выкрикивали что-то в поддержку группы Андрея, и каждый из них обнимал сразу двух, а то и трёх девиц.

Зрители постепенно заполнили весь бар. Они стояли кучками, бродили по залу, подходили к стойке. Папа и мама устроились за одним из немногочисленных столиков сбоку от сцены, возле стены. Им бар не понравился: его вид никак не вязался с их представлениями о храме искусства. Стены зала были выкрашены тусклой чёрной краской и заклеены старыми афишами, по высокому чёрному потолку проходили толстые, тоже чёрные вентиляционные трубы. Пахло застоявшимся куревом, пивом и немного туалетом.

За столик к папе и маме подсели Матвей и Тая, познакомились. Матвей, чуть только усевшись, огляделся, вскочил, подался к стойке и принёс каждому по бутылке «Миллера».

— За новых эстрадных звёзд! — провозгласил он, поднимая бутылку.

Перед началом Андрей подошёл к родителям и предупредил, что сейчас будет очень громко.

И было громко… В кармане у опытного Шмарии обнаружилась коробочка со специальными берушами, которые он вставил в уши себе и Мойре. Некоторые зрители разевали рты и прикрывали уши ладонями, но большинству этот грохот был по вкусу.

«Бэд Эпплз» выступали втроём: Андрей, который пел, играл на гитаре, губной гармошке и клавишных, барабанщик Дэйв и бас-гитарист Фред. Принимали их неплохо — не только свои, но и, на удивление, остальные зрители, пришедшие то ли случайно, то ли на следующую в программе вечера группу. Никто даже не заметил, что, молотя по струнам, Андрей разбил средний палец на правой руке, испачкал кровью струны, обечайку гитары и любимую футболку. Он и сам не сразу это заметил.

А в конце часовой программы они решились исполнить новую вещь Андрея, разученную ими буквально пару дней назад. Песня ещё не имела названия, но когда Андрей начал объявлять её, название как-то само собой выпрыгнуло из него в микрофон:

— Сейчас мы споём вам новую песню… Она называется… «Индейское лето»!

Вещь была так хороша, что публика в восторге тут же потребовала её на бис.

Едва откланявшись после выступления, музыканты Андрея стали убирать со сцены инструменты и перетаскивать их к задней двери бара, нужно было побыстрее освободить сцену для следующей группы. Папа и Матвей взялись им помогать. А к Андрею, только что спустившемуся со сцены и пытавшемуся замотать в мамин платок злосчастный палец, подошёл худощавый мужчина средних лет в модных очёчках на остром носу, представившись ведущим чикагской музыкальной радиостанции «Q1O1». Услышав его имя, знакомое всем местным любителям рока, Андрей настолько растерялся, что протянул для рукопожатия правую руку с окровавленным пальцем и тут же резко отдёрнул её, осознав свою оплошность.

— Вас зовут, кажется, Эндрю? — сказал известный человек, сделав вид, что не заметил замешательства молодого музыканта. — Видите ли, я оказался на вашем концерте совершенно случайно. Я не знал, что «Тыквы» отменили сегодня своё выступление, а приехал-то я, собственно, из-за них... Но у вас очень милая команда... Мы могли бы прокрутить вашу вещь в передаче о местных рокерах. Последняя песня, мне думается, подойдёт. Вы можете прислать мне её на диске?

— Да-да, конечно, только она ещё не... — Андрей хотел сказать, что песня ещё не записана (ни одна из их песен не была студийно записана — существовали только пробные репетиционные записи, сделанные на бумбоксе в гараже у Дэйва), но тут его перебил откуда-то сзади знакомый размеренный голос:

— Нет проблем! Мы пришлём вам эту песню. Вас устроит в середине следующей недели?

И, потеснив Андрея, перед ведущим радиостанции появилась плотная фигура — это был не кто иной, как Илюша.

— Позвольте представиться: меня зовут Илиа. Я — менеджер группы.

Илюша протянул ведущему руку, и уж это рукопожатие состоялось, как положено: оно было по-деловому крепким, но ненавязчиво коротким, так как Илюша умел правильно рассчитать подобные вещи. Он успел обменяться со знаменитостью визитками и какими-то учтивыми словами. Андрей молча стоял рядом, совершенно ничего не понимая, — как со сцены загремела первыми аккордами следующая группа, и радиоведущий, откланявшись, исчез.

Илюша подхватил Андрея под руку и вывел на улицу:

— Андрюшенька, dear, надеюсь, вы не будете на меня сердиться? Я вмешался, потому что хотел вам помочь. I'm very sorry, my friend, я так виноват перед вами! Вся эта дурацкая историйка c police... О, там всё будет в порядке, don't worry, это полнейшая чепухистика... Но вы, вы так старались выполнить задание у нас в офисе… И у вас такой талант, такой замечательнейший ансамбль!.. Не возражайте: I owe you, я — ваш должник, и очень хочу вам помочь. Сколько может стоить запись этой песни? Да, да, в студии? I'll pay! Я всё оплачу…

* * *

— Привет! — задорно крикнул Андрей, открывая дверь и пропуская в дом Фабрис. — Это мы!

Мама и папа выглянули из кухни, где уже заканчивалось приготовление обеда с расширенным ассортиментом русских блюд.

— Фабрис, это папа и мама. Папа и мама, это Фабрис, — представил Андрей и провёл девушку в гостиную.

— О, сколько книг! — удивилась Фабрис, оглядывая комнату. — И все на русском?

— А что? Она — ничего… — сказал папа, помогая маме раскладывать тарелки в столовой и поглядывая сквозь проём в гостиную на короткий светлый сарафанчик Фабрис и на её глянцево-коричневые ножки.

— Петя, принеси бокалы, — приказала мама.

— Какие чудесные! — воскликнула Фабрис, разглядывая фигурки зверюшек и сувениры, стоящие на полках вместе с книгами.

— Вот это — русский медведь, по-русски: «мишка», — сказал Андрей, показывая ей старенького фарфорового олимпийского медведя.

— Мишька, — попыталась повторить Фабрис.

— Матрёшка, — назвал Андрей следующую фигурку.

— Ма-ти-рё-ши-ка… — протянула Фабрис.

— Ты знаешь, чёрненькие детки бывают очень симпатичными, — заметил папа, неся из кухни большую салатницу с винегретом. — Я вчера видел в магазине такую красивую девочку...

— Петя, про твоих девочек я уже достаточно слышала, — сказала мама, — а на столе нет ещё ни ножей, ни вилок!

— А вот это — верблюд, — сообщил Андрей.

— Вер-би-лю... — старательно проговорила Фабрис.

На обед были приглашены Матвей и Тая (для разрядки обстановки, как сказал папа). Вскоре они приехали.

Когда сели за стол, Андрей стал накладывать в тарелку Фабрис разные блюда, одновременно — и не всегда правильно — объясняя, что входит в их состав. Фабрис блестела широко расставленными глазами и понимающе кивала головой, как будто взаправду пыталась запомнить все ингредиенты.

— Ну что — водки? — решительно предложил папа, откупоривая литровую бутыль польского картофельного «Шопена». — Или вина?

— Йес! Вадка, вадка! — неожиданно отозвалась Фабрис, протягивая стопку.

После нескольких рюмок общаться стало полегче. Мама ни с того ни с сего поведала о трудностях преподавания в средней школе. Андрей пересказал подробности визита в полицию, язвительно изображая типа в штатском. Фабрис стала перечислять услышанные сегодня русские названия, из которых ей отчего-то особенно запомнился «верблюд», но произнести его правильно она не могла, как ни старалась.

— А ты говори просто: «верблядь» — и все дела! — шутливо посоветовал Матвей по-русски, и Фабрис неожиданно точно повторила сказанное им словечко.

Андрей и папа зашлись от смеха. Объяснить Фабрис причину их восторга оказалось невозможным.

В общем, всё прошло вполне прилично. Прощаясь, размякшая Фабрис невнятно поблагодарила родителей за угощение, и Андрей повёз её домой.

Вернулся он нескоро, но родители, Матвей и Тая всё ещё сидели за столом. «Шопен» закончился. Матвей бренчал на «Фендере», взятом из комнаты Андрея и перестроенном на семиструнный лад. Он извлекал из неподключённой к усилителю электрогитары дребезжащий вальсовый аккомпанемент — «ум-папа, ум-папа» — и рычал под Высоцкого (слава богу, это были не частушки):

> А я кружу напропалую
> С самой ветреной из женщин.
> Я давно искал такую —
> И не больше, и не меньше.
>
> Только вот ругает мама,
> Что меня ночами нету,
> Что я слишком часто пьяный
> Бабьим летом, бабьим летом…

Когда Матвей допел, мама, ни на кого не глядя, вдруг громко заявила:

— А Пушкин тоже был негром!..

* * *

Дэйв знал неплохую и недорогую студийку, где ещё умели записывать музыку в стиле классического рока.

Большинство чикагских студий уже давно забыли, как это делается, обзаведясь кучей цифровых примочек и подстроившись под модные влияния рэпа и хип-хопа. Но нескладный, странноватый Ларри — хозяин студии, предложенной Дэйвом, — был, что называется, «в теме»: многое из его оборудования осталось раритетным, ламповым, а главное — и голова, и руки знали, как соорудить нечто в духе тех великих семидесятых, когда рок-н-ролл был ещё жив.

Хотя музыканты были вынуждены записывать всё второпях, с немногих дублей, а значит, мелких ошибок никак не могли избежать — и по неопытности, и от напряжения, — Ларри действительно знал своё дело и сделал запись «Индейского лета» пронзительной и настоящей.

А может, в том и была удача, что им не хватило времени, чтобы начать копаться в деталях: глядишь, и пропал бы тогда этот самый неуловимый, как говорят музыканты, драйв…

На следующий день после выхода в эфир «Индейского лета» Андрей был в «Сладких радостях» героем дня. Все знали про его успех, пожимали руку, обнимали. Даже хозяин с сияющим лицом влетел к нему в каморку, чтобы поздравить. Андрея неоднократно вызывали к телефону: звонили Фабрис, Илюша, какие-то знакомые и малознакомые люди.

А Матвей, когда они утром ехали в машине у Шмарии, спросил:

— Ну? И что теперь? Слава? Концерты? Деньги? Короче, когда будем водку пить?

— Какая слава? — деланно усмехнулся Андрей, почему-то стараясь не показать, что настроение у него на самом деле отличное-преотличное. — О чём вы говорите? Ну… проиграли песенку на местном радио в не самое хорошее время… Наверное, никто её и не заметил. Вот если б по национальному… и в прайм-тайм…

— Что ты прибедняешься! Песня-то хорошая? Это бабье лето твоё… или как его… хорошая? Я ведь ничего не понимаю в этом вашем роке.

— Шмария, — обратился Андрей к водителю, — тебе нравится «Индейское лето»?

— Хорошая вещь! — отозвался Шмария, по обыкновению что-то жуя. — Очень хорошая вещь, но не «Битлз».

— Вот и ответ, — сказал Андрей Матвею, — поняли?

— Понял, понял… — буркнул Матвей. — Он сказал, что хорошая. Значит, если не сейчас, то когда-нибудь заметят. Что ж тебе ещё надо?.. Зайди за мной, когда пойдёшь на обед. Надо это дело отметить… стаканом пепси, что ли.

Обычно они перекусывали бутербродами, которые приносили из дома, но сегодня решили пойти в какой-нибудь ближайший ресторанчик.

В половину первого Андрей заглянул на склад. Там было непривычно тихо: ни матерного бормотания заслуженного прапорщика, ни его возни. Семь торговых автоматов, раскрашенных в броские цвета, сгрудились в кружок у дальней стены пустого ангара, как бы рассматривая что-то находящееся между ними. Волна прозрачных пластмассовых шариков с конфетами, фигурками мультяшных героев, зажигалками, брелками и заколками выплеснулась из распахнутого нутра одного из автоматов на цементный пол, где в рабочем костюме и фартуке неподвижно лежал на животе Матвей с зажатой в руке длинной крестовидной отвёрткой.

Андрей глупо пытался растолкать его, что-то кричал, звал хозяина. Широкая дверь склада, тарахтя, убралась наверх, внутрь вошли яркий свет, тёплый воздух и приехавшие парамедики, которые, хрустя раздавленными игрушками, торопливо упаковали Матвея на тележку и увезли.

Хозяин сказал: «Инсульт…» — и, ничего более не добавляя, стал собирать разбросанный товар. Андрей присоединился к нему, и вскоре на складе «Сладких радостей» был наведён обычный порядок.

* * *

— Сегодня ты работаешь со мной, — пробурчал Шмария, когда утром заехал за Андреем, — хозяин велел. Нужно в южных районах заменить несколько попорченных автоматов. Там эти подонки в щель для монет жвачку запихивают… А других помощников больше нет… — он замолк и уткнулся в стакан со спрайтом.

Андрей сел рядом со Шмарией, и они отправились на юг Чикаго, останавливаясь в магазинах, прачечных и ресторанчиках, где стояло оборудование «Сладких радостей». Шмария забирал из автоматов мешки с монетами, обновлял контейнеры с товаром, подписывал у хозяев заведений нужные бумаги.

Места, по которым они ехали, становились всё грязнее и непригляднее. Особенно страшно смотрелись кварталы домов с обгоревшими стенами и тёмными провалами окон. В домах продолжали жить люди.

— Ты думаешь, это стихийное бедствие у них тут? Массовые пожары? — говорил Шмария. — Ничего подобного, это не стихия! В этих районах почти всё население — чёрные, они поголовно сидят на пособиях по бедности. Здесь действительно горели дома, но потому, что они сами их подожгли, чтобы показать, что у них нет пригодного жилья, нет никакого имущества и им нужно новое, бесплатное жильё от городских властей. Я уже давно говорил хозяину, что пора отсюда все автоматы убрать, тут больше проблем, чем дохода, но он не слушает…

Наконец добрались до места. Это был продуктовый магазин дешёвой торговой сети «Алди», внутри которого, рядом с кассами, стояли три автомата. Шмария и Андрей оставили микроавтобус на почти пустой автостоянке перед входом в здание и, сообщив управляющему магазином, что они прибыли, занялись заменой повреждённых автоматов на новые.

Через некоторое время, нагруженные частями автоматов, они вернулись к машине — и оцепенели. Окна микроавтобуса были вдребезги расколочены, задние дверцы распахнуты настежь, асфальт вокруг густо засыпан стеклянной крошкой, а со стоянки при их появлении сорвался, взревев мотором, потрёпанный «форд» с чёрными парнями. Парни смеялись, показывали им непристойные жесты. Ни Шмария, ни Андрей не успели запомнить номерной знак «форда», но Андрей успел разглядеть, что на заднем сидении в обнимку с одним из парней сидела девушка, очень похожая на Фабрис.

Все мешки с выручкой исчезли.

* * *

День выдался пасмурным, прохладнее предыдущих, и деревья на кладбище стояли уже не зелёные, а красные и жёлтые. Все мужчины были в кипах. Шмария плакал, и слёзы ненужными украшениями блестели у него в бороде. Раввин поддерживал жену Матвея, Таю, почти бестелесную, неузнаваемую в уродливой чёрной косынке, и что-то беспрерывно говорил ей — то по-английски, то на идиш, но она ничего не понимала из его слов ни на том, ни на другом языке.

Вместе с Андреем приехал папа. Они с удивлением разглядывали, как аккуратно и буднично выглядит процесс погребения — словно небольшое дорожное строительство. Внутренность могилы заранее забетонировали. Траву застелили полиэтиленовой плёнкой, а над могилой установили приспособление, с помощью которого молчаливые рабочие легко опустили гроб вниз. Миниатюрный жёлтый трактор, оборудованный невысоким подъёмным краном, ловко накрыл отверстие бетонной плитой и, всего несколько раз подавшись вперёд и назад, засыпал свежее захоронение землёй.

Папа негромко отметил:

— Чисто хоронят, не по-нашему…

И на эти слова вдруг отозвалась, беззвучно заорала в голове Андрея дурашливая, матерная, неуместная частушка:

> Наши спутник запустили
> У села Кукуева!
> Ну и пусть себе летает,
> Железяка…

Под утро за окнами начал бесцеремонно хозяйничать холодный дождь, заполнив навязчивым бормотанием чикагские улицы, быстро ставшие неуклюжими и окончательно осенними.

Андрей проснулся и понял, что индейское лето… что бабье лето прошло.

Тридцать минут до центра Чикаго

Начиналось всё очень даже весело.

Нужно было попасть из пригорода в центр Чикаго, на встречу в офисе заказчика, для которого уже довольно долго вымучивается небольшой сценарий. Машина выскочила на скоростную трассу, почти пустую в это предполуденное время, и всего лишь от лёгкого нажатия педали понеслась со скоростью семьдесят миль в час. Можно было бы и побыстрее, но сильно превышать скорость нельзя, хотя и весьма заманчиво на такой широкой, многополосной и гладкой дороге, как 90-й интерстэйт хайвэй. Однако именно на пустой дороге и ловят любителей быстрой езды придирчивые патрульные. Поставил автоматический контроль скорости на «65», убрал ногу с педали газа и расслабился под ритмы радиостанции «Олд рок». (Хорошо, что сын этого не слышит: уже бы заработал от него язвительный комментарий в духе того, что «Джетро Талл», «Иглз» и «Куин» слушают только старые пердуны… впрочем, так оно и есть).

— Как ты можешь слушать этих битлов? — говорит отец. — Они же только орут и хлопают в ладоши! А вот Марк Бернес…

«30 min to downtown» — «30 минут до делового центра города» — радостно сообщило электронное табло над трассой, показывающее в реальном времени состояние движения на дороге. «Замечательно!» — и расслабился ещё больше, но следующее табло, установленное через несколько миль, было не так оптимистично — на нём уже светилось: «40 минут», а на последующем — и вовсе досадное «50». Далее скорость пришлось снижать и снижать и, наконец, недалеко от аэропорта О'Хара, у слияния дорог, почти полностью остановиться.

Впереди не только соединение нескольких магистралей — здесь заканчивается пригородная платная часть скоростной трассы, поэтому половина её разбита на десяток ручейков, перекрытых шлагбаумами, и стоят будки платы за проезд. Машин много — вот и образовался затор. Конечно, они не касаются друг друга полированными бортами, но их легко можно представить разноцветными неповоротливыми животными, что настойчиво толкутся у водопоя, оттирая более слабых в сторону. Многометровые громады трейлеров безапелляционно втискиваются между деликатными кабриолетами и легковушками, сверкая блестящими трубами и жарко на всех дыша. Что поделаешь — они большие, смирились некоторые неуверенные в себе малыши, уступая дорогу... Ещё чего, думают другие, понаглее, и лезут вплотную к великанам, проскакивая прямо перед ними.

— Мужчина, вы выходите на Короленко или нет? Я к вам обращаюсь, мужчина! Дайте же пройти!..

Время идёт, и становится понятно, что это не просто затор — что-то нехорошее случилось на трассе, скорее всего авария. Стоишь и от нечего делать начинаешь исподтишка рассматривать соседей.

А вокруг — настоящий театр! Девчонка лет шестнадцати, сидящая в «фольксвагене» рядом с водителем, красит малиновым лаком ногти на ноге, высоко задрав её на переднюю панель. Из окна машины впереди мужские ноги в сандалиях и вовсе торчат наружу, покачиваясь в такт рэпу, низкие частоты которого, даже на расстоянии, отдают в животе, как поступь гигантского тираннозавра из фильмов Стивена Спилберга. В длинном, видавшем виды «крайслере», украшенном вдоль кузова модной в восьмидесятых годах отделкой «под дерево», помещается целая многодетная еврейская семья. За рулём красуется сухощавый носатый папа в чёрном костюме и широкополой шляпе, из-под которой свисают закрученные пряди тёмных волос. На пассажирском сидении едва просматривается маленькая мама. Определить, сколько в машине детей, невозможно, но похоже, что много. Это мальчишки — в таких же, как у папы, но меньшего размера, чёрных шляпах, и с такими же, но чуть покороче, пейсами. Они поочерёдно высовываются из открытых окон, а их визгливый настойчивый галдёж отчётливо слышен в промежутках между шагами динозавра.

Он прилежно желал родителям спокойной ночи, плотно закрывал дверь в зрительный зал, тушил свет и располагался у окна. Летом распахивал его и забирался с ногами на подоконник, рискуя упасть со второго этажа. Зимой подбирался поближе к стеклу, вдыхая запах мучного клея и высохших полосок бумаги, которыми окно было заклеено.

И ждал. Ждал в слабом свете ночного неба. Ждал, постоянно прислушиваясь, не идут ли в его комнату по коридору родители, готовый мгновенно соскочить с подоконника в разобранную кровать. Ждал, почти не отрывая взгляда от того места, где в боковой стене соседнего дома, располагалось одно-единственное, выходящее в проулок широкое окно. Бывало, что ждал довольно долго.

Внезапно сцена за решёткой частого оконного переплёта среди тёмной, старой кирпичной глыбы загоралась светом. Свет был разным — и по силе, и по оттенку, и по расположению. Это жильцы, выходя на кухню коммуналки, включали кухонную лампочку, каждый — свою. И появлялись в поле зрения единственного зрителя, о котором они не знали и думать не думали о его существовании.

Словно у настоящего театрала-ценителя, у него были свои кумиры и простые статисты, любимые сюжеты и затянутые пустопорожние мизансцены.

Медленно выползла с какой-то тарелкой серая старушенция, нудно повозилась у стола и у плиты. Шла бы ты уже спать…

Долгая темнота.

Пришёл с улицы насупленный Нёмка. Этого он знает, ему лет пятнадцать уже. Вор. И мамочка его на кухню притащилась, зовут её Дорой Моисеевной, кругленькая такая, что-то выговаривает и жрать даёт. Их семейку все ближайшие дворы знают. Время от времени пьяный Нёмка мамочку лупит, и тогда она выскакивает на улицу и на всю округу орёт: «Убывае ро́дный сын! Как же это так, чтобы мой Наум, мой мальчик, был такой несуразный бандит! Где ж наша милиция?» А пацаны говорят, что Дора Моисеевна тем самым барахлом торгует, что Нёмка украл… Сейчас сынок ей не отвечает, смотрит в окно, жуёт. Поел, поковырялся в зубах, сплюнул в раковину.

Скучно.

Появилась парочка, стоя начали что-то жевать, пить кефир, потом целоваться. Вроде не старые, но мужик почему-то весь седой. Он приоткрыл на ней сарафан и аккуратно потрогал внушительных размеров беременный живот, что-то приговаривая. Был виден кусочек её белого лифчика.

Ушли. Темнота.

А вот… вот это уже здóрово! Быстро, похоже, что из постели, выскочила в пустую кухню растрёпанная Галка, младше его на год, в короткой майке и светло-зелёных трикотажных трусах на толстой попке. Думает, наверно, дурёха, что никто её не увидит, если быстро. Попила воды, глянула в зеркальце над краном, почесалась в интересном месте и убежала, забыв выключить свет.

Класс!

Помятые мужчина и женщина долго и беззвучно орали друг на друга, размахивая костлявыми руками. Похожие, как брат и сестра.

Темнота.

А вот и главная сцена в пьесе. Вернулась с дежурства медсестра… кажется, её зовут Света… или Лена… рыжая, не очень красивая, но молодая. Один раз она приходила делать ему укол. Вышла на кухню в халатике. Оглянулась куда-то назад. Глянула в окно — прямо сюда, на него. Перестал дышать… нет, ничего, она его не видит. Оголилась до пояса, стала обмывать под краном шею, розоватые груди и золотистые подмышки. Напряжение в зрительном зале дошло до умопомрачения…

Процесс омовения окончен. Как-то не сразу вернулось дыхание. А на сцене уже темно и пусто — он, оказывается, не заметил, как она ушла. Теперь тоже можно идти спать. Ничего интереснее сегодня уже не будет.

В высоком, серого цвета внедорожнике, с полностью задраенными окнами (ни звука не слыхать), ожесточённо жестикулирует, разговаривая по мобильному телефону, озабоченный мужчина средних лет, по виду (белая строгая рубашка под горло, скучный галстук) — распространитель новых лекарственных препаратов по кабинетам врачей или агент по продаже недвижимости…

Персонажи, знакомые по окну, изредка попадались в окружающем мире. На улице, в ближайшем гастрономе, во дворе соседнего дома, где он зимой гонял без коньков на площадке шайбу, а летом стоял на воротах, между старой шелковицей и углом железного гаража. Галка попадалась чаще других — и в школе, и на улице, и на лавочке возле площадки. Она становилась всё привлекательнее и теперь уже не вылезала ночью в одном неглиже на кухню. Жаль…

В заторе начинается медленное движение, и декорации вокруг постепенно меняются. Справа, совсем рядом, оказалась колоритная парочка в открытом «бьюике»: он — крупный афроамериканец, в жёлтой свободной майке, с кольцом в ухе, она (за рулём) — белая, яркая, натуральная блондинка, с огромными серебристыми серьгами. Когда движение совсем останавливается, они тут же, не теряя времени, начинают так сладко целоваться, что в их сторону даже смотреть неудобно.

… Какие у него чёрные-чёрные волосы! Я возьми и скажи ему: «А ты что, волосы красишь?» Просто не знала, что сказать. Вот дура. А он так серьёзно стал объяснять, что нет, они такие у него от природы. Вот дурак. Сидим вдвоём, остальные уже по домам свалили. Семечки лузгаем, у меня в кульке были, и ему немного отсыпала. А я говорю, что мне такие волосы нравятся. А он так удивился: вроде, я ему что-то на китайском языке сказала. Ну, дурак. А во дворе стало

сильно темнеть. И фонарь один-единственный — в глубине двора, на туалете. На этой лавочке, под шелковицей, вообще всегда тень, а тут быстро стали пропадать все цвета, и его стало плохо видно. Только лицо и особенно нос. Нос у него большой. Хорошо, что я ему про нос ещё не сказала. Нет, не дура. А он спрашивает: Галя, ты что — с Вовкой гуляешь? Нет, говорю, мне другой человек нравится. А кто? Ты, вдруг говорю. Вот дура так дура! Он опять замолк: наверно, я снова это по-китайски сказала. Дурак. Знаю, что лупится в мою сторону, но на него теперь не смотрю. А тут вдруг полез ко мне, резво так, но неловко, вроде как со страху. Ты что это, говорю, такой борзый стал? Сейчас мамка выйдет, меня домой будет звать! А он сопит, обнимается и трогает в самых разных местах. Настоящий дурак. Я немного потерпела, интересно было, а потом у меня как-то само собой получилось — я семечками в него бросила. Целую жменю. А он опять лапать… прямо за… Совсем дурак. Я — в него семечки, а он — лапает. Я — семечками, а он… Дурак. И я сижу и никуда не ухожу. Ну, дура! Настоящая дура. Пока семечки у меня все не закончились.

Целующуюся колоритную пару неожиданно заменяет голова бульдога. Оказывается, «бьюик» уже продвинулся вперёд, а бульдог выглядывает из заднего окна машины, подрулившей следом. Какое-то время собака нехотя изучает чуть прищуренными карими глазами водителей и пассажиров соседних авто, потом зевает и, качнув щеками, прячется внутрь салона.

И вообще, в окне стало неинтересно. Беременная парочка разродилась, полкухни теперь в пелёнках, ничегошеньки не видно. Нестарый седой папаша таскает по вечерам мимо окна то железное корыто, то выварку. Нёмка пропал — похоже, *посадили. А главное, медсестра почему-то больше не моет свои прелести. Или, по крайней мере, не делает этого на кухне.*

Теперь слева — рыжая, полноватая особа в голубой медицинской блузе без воротника, одна в машине. Придерживая руль одной рукой, кусает здоровенный бутерброд — какой-нибудь «Бургер Кинг» — и запивает колой. Наверно, выбралась, даже не переодевшись, в перерыв из своей больницы по какому-то личному делу, ещё и перекусить старается по дороге. Видно, что очень нервничает, поглядывает по сторонам, что-то говорит сама себе вслух, боится опоздать… беда, застряла, могут уволить.

— Девки, к нам в отделение вчера одного мужика привезли… с козой… срамотища! Мужик, значит, по пьяни к козе пристроился, а козу, наверное, во время процесса кто-то испугал, и у неё всё сжалось… спазмировалось, значит. И мужик… вытащить не смог… Что вы гогочете, дайте дорассказать! Так вместе с козой на «скорой» и привезли. «Ко-и-тус с козой», — так Евгений Борисович, наш доктор, пропел диагноз в процедурной после осмотра. Он часто распевает диагноз на разные популярные мотивы высоким дурашливым голосом, когда больные не слышат. А козе укол делали, чтоб освободить пострадавшего… придурка этого. У нас всё отделение оборжалось…

Чего не наслушаешься, когда с девчонками выйдешь покурить за корпус! Юлька из травматологии такую историю сегодня рассказывает, что сама хохочет до слёз. А вчера Инка про какого-то солдата байку травила, про членовредительство… в полном смысле этого слова. Шарики какие-то он себе вставил от нечего делать, опухло всё, короче, в больничку привезли. А позавчера…

— Да иду, иду! — надо идти, из детского зовут. Закончился мой перекур.

Постель в 325-ой перестелить? Иду. Там помер кто-то. Ну да, тот мальчишка, что вывалился каким-то непонятным образом из окна второго этажа, да так неудачно, что головой прямо на булыжник, столько дней в коме, не спасли, мать его пару часов назад так кричала, так кричала… И адрес такой знакомый, я видела в его карточке, по-моему, он жил где-то совсем рядом с тем домом, где я комнату снимаю…

После смены нужно в дежурный гастроном заскочить, дома жрать совершенно нечего. Кирилловна вряд ли чем-то угостит, да и спать она, наверно, уже будет часов в девять. Она всегда с дикторами программы новостей вслух здоровается и прощается, а после окончания программы сразу и закимарит. «Старэ — шо малэ», — говорила моя мама…

А ночью мне ещё зубарить и зубарить треклятую анатомию…

Ой, Кирилловне надо за квартиру уже отдавать, первое число прошло, а я забыла… вот время бежит!

Смотреть на то место приборной доски, где светятся часы, уже просто страшно.

Наконец-то прерывистое передвижение (ползком, чуть на газ, стоп, опять на газ, опять стоп) переходит в постоянное. Сначала медленно, потом немножко быстрее, быстрее… Давайте, давайте, дорогие! И вот уже уверенно побежали те, что впереди, машина догоняет их, набирая приличную скорость, и через несколько минут — летит! Видны с высоты эстакады первые улицы Чикаго, кварталы краснокирпичных, трёхэтажных домов с квартирами, что сдаются внаём. Стали чаще проскакивать над головой плотные тени мостов и туннелей, а впереди, в едва заметной дымке, показались вертикальные усы двух антенн на самом высоком здании Америки — «Сиэрс-тауэр». Центр города. Уже близко.

И снова звонок в офис:

— Sorry, traffic, — вынужден извиняться опять и опять, — простите, сильное движение, попал в затор на дороге.

— Ничего, — отвечают вежливо, но сухо, — мы вас ждём.

И ваш доработанный сценарий по тридцатисекундной рекламе детского йогурта, please, который должен был быть готов ещё три дня назад, — вероятно, хотели бы они настойчиво напомнить… Да, да, безусловно, йогурт… он готов… почти. А мне, знаете, тут куски из *совсем другого*, можно сказать, сценария в голову лезли, пока торчал в этой пробке, — хочется хоть кому-то похвастаться… Какие характеры, какой сюжет, детали! Вот только бы додумать, соединить, записать…

Впрочем, зачем это им? Да и разговор-то на самом деле уже давно закончен.

Оставлена на стоянке разгорячённая машина, схвачен портфель с ноутбуком, преодолена за несколько секунд пустыня мраморного вестибюля, и, мелодично тренькнув, распахнулся лифт, предъявив своё зеркальное нутро.

Третий этаж.

325-я комната.

Улыбка…

Ангелы по пять

Анатолию Багрий

Теперь в такие магазины я заглядываю нечасто. Последний раз это было, пожалуй, лет десять тому назад. Когда приезжаешь без особых сбережений жить в чужую страну, сначала вынужден что-то покупать в комиссионных магазинах Армии Спасения. Если не одежду, то, по крайней мере, домашнюю утварь, может, что-то из мебели… Потом, когда есть хорошая работа, свой дом и возможность купить новое, в такие места заходишь с опаской: будто где-то здесь, среди длинных рядов с одеждой, стеллажей с разнокалиберными чашками и вазочками, плохими и неплохими картинами, стульями, столами, диванами и лежалым запахом могут встретиться давнишние эмигрантские страхи или ненужные воспоминания. Да и зачем сюда заходить?

Я хотел попасть в соседний ресторанчик, перекусить, но дёрнул не ту дверь. И когда пожилая женщина за кассой так приветливо улыбнулась мне и сказала «Хэлло!», сразу уйти стало как-то неудобно. Я потащился вдоль рядов, вяло разглядывая всякое барахло и обходя редких покупателей.

Следом за мной, вместе с очередным звяканьем дверного колокольчика, в комиссионке оказались ещё посетители, видимо, тоже перепутали двери. Я оглянулся — дама в большой светлой шубе громко зашипела на своего спутника по-русски:

— Идём отсюда, тут такой запах…

— Обожди, дай я быстро гляну на картины, тут может быть что-то…

Я повернул за угол стеллажа.

Здесь, в картонных ящиках, обнаружились целые горы виниловых пластинок. Некоторые из них — хорошо сохранившиеся и даже запечатанные в полиэтиленовую плёнку. Джаз, соул, очень много сборников к Рождеству. Вон натужно улыбается Донни Осмонд, выглянул из-под другого конверта немаленький носик Барбары Стрейзанд, этих я не знаю, этого тоже, Тина Тёрнер, опять Рождество, немножко древнего, забытого рока… А вот-вот… хитро ухмыльнулся старый знакомец — бородатый мужичок с тёмной заплатой на грязных штанах, согнувшийся под вязанкой хвороста на обложке четвёртого альбома «Лед Зеппелин». И обложка, и диск — как новенькие… чудеса! Это ведь 1971.

> There's a lady who's sure
> All that glitters is gold
> And she's buying a stairway to heaven…

— Фу, не трогай, бог знает, кто этого касался!

Объявление рядом сообщило, что все диски — по 50 центов. Боже мой, в одной далёкой стране семидесятых годов такой диск стоил моей месячной зарплаты молодого инженера! У меня давно уже нет проигрывателя… здесь у меня никогда не было проигрывателя, только CD-плеер. Какой блаженный будет внимать сейчас этому шипящему волшебству прошлого века?..

— А кошки — ничего… и пейзажик мы можем подарить твоей маме…

Я бережно взял конверт и двинулся дальше.

Почти у самой кассы была составлена горка из небольших одинаковых голубоватых коробок. Что-то уценённое, не распроданное в прошлый, а может, и в позапрошлый год, в других, дорогих магазинах, торгующих новыми товарами. Сверху на коробках — картонка с крупной надписью фломастером:

АНГЕЛЫ

5 долларов за штуку

Открыв одну из коробок, я достал милашку ангелочка, сделанного из приятной на ощупь, шершавой, чем-то похожей на резину керамики, раскрашенной в лёгкие пастельные тона. Он был немного меньше моей ладони, в курточке, штанах и кепке — этакий Гаврош с крыльями. «Сделано в Китае» — утверждала гордая крупная золотистая наклейка у него на заду, под крыльями… что ж, действительно, сделано в Поднебесной…

— Я хочу таких… штук пять, — изрекла за моей спиной всё та же светлая шуба, — поторгуйся с ними! Пригодится на подарки.

Я неожиданно решил не отдавать этого попавшего мне в руки и, признаться, совершенно ненужного мне глупенького ангелочка. Я продолжал внимательно изучать его, пока они отбирали других, торговались, платили за покупки, и повернулся к кассе только по сигналу колокольчика.

Эта женщина уверена:

Всё, что блестит, — золото.

И она покупает лестницу в небо.

И даже если все магазины закрыты,

Она, зная нужное слово,

Сможет получить то, за чем пришла.

И она покупает лестницу в небо.[1]

Я вышел на холодный воздух: теперь у меня есть ангел за пять долларов и лестница в небо за 50 центов.

Неплохо для начала.

Или, вернее, для конца.

---

[1] Композиция «Лестница в небо» рок-группы «Лед Зеппелин».

Евсей Цейтлин

Чьи-то растаявшие жизни

Беседа с прозаиком Семёном Каминским.
Из цикла «Откуда и куда. Писатели Русского зарубежья»
(Журнал «Чайка», США, 7 февраля 2018 г.)

Самое интересное у Семёна Каминского — это, конечно, история человека. Её каждый писатель создаёт заново, будто не было Стендаля и Чехова.

«Чья-то прошлая жизнь». Название рассказа. Символ литературного движения Каминского: через годы, страны и души.

Человек — это только его память. И ничего больше. Сегодня многие захотят оспорить категоричный тезис древних мудрецов. Но герои Каминского как раз многократно подтверждают эту мысль. Так возникают *почва* и *воздух* его новелл. Так (в мучительных поисках человеком своих следов, исчезающих в песке времени) складываются сюжеты. На первый взгляд, обычные: происходит ли действие в украинском городке, американской глубинке, шумной столице.

«Обычность» обманчива. В самих коллизиях этой прозы таится спокойное понимание тщетности попыток изменить человека. Одновременно рассказы Каминского переполнены глубинной любовью к героям, по счастью, нигде не прорывающейся в текст, не оборачивающейся сентиментальностью. И неизбывна уверенность автора: «чья-то прошлая жизнь» — пусть даже суетливая, растаявшая в пустяках — может обрести в литературе подлинную гармонию, зазвучать как мелодия. То насмешливо, то скорбно, то весело, чаще — печально.

ЕЦ: *Ваша творческая судьба обычна… своей внешней необычностью. Так часто случается в искусстве. Долгие годы в той, «другой» жизни были отданы вовсе не литературе. Несколько строчек Вашей автобиографии: «Работал инженером, преподавателем, руководителем юношеского фольклорного ансамбля, менеджером рок-группы, директором подросткового клуба и рекламного агентства, режиссёром и продюсером телевизионных программ». Писать прозу Вы начали в эмиграции. Что же послужило толчком?*

СК: Сразу уточню: писать я начал отнюдь не в эмиграции — в эмиграции начал публиковаться. Сочинять же стал ещё в детстве, и толчком к этому, как и у многих других, послужило чтение книг, причём чтение взахлёб. И сначала это моё сочинительство никак не отражалось на бумаге. Я выдумывал занимательные истории для мальчишек из соседних дворов. Сочинял экспромтом, совершенно не готовясь. Вечерами собирались на лавочке вокруг меня ребята, и я начинал импровизировать — рассказывать довольно складные истории (часто с продолжением), якобы вычитанные мною в книгах или виденные в кино. Врал, короче говоря. Мальчишки эти (в основном из простых семей) читали мало, обмануть их таким образом было легко. Слушателями они были прекрасными, внимательными, тихими. Я тогда впервые остро почувствовал свою власть над ними — власть рассказчика над слушателем, читателем — и это было упоительное, почти наркотическое ощущение. А фантазии мои я частично заимствовал, компилировал из любимых книг Жюля Верна, Беляева, Уэллса, Конан Дойла, Льва Кассиля. И ещё — из киносценариев.

Мой папа — преподаватель эстетики — подрабатывал лектором по киноискусству общества «Знание». Он очень любил кино, несколько раз побывал на Московских кинофестивалях (случалось — и на закрытых просмотрах), а потом читал лекции перед сеансами в кинотеатрах нашего города и области. Поэтому в доме было полным-полно литературы по кино, недоступной рядовому зрителю: книги с киносценариями зарубежных фильмов (которые в то время не выходили на большой экран), специальные журналы для кинопрокатчиков и т.п. Папа с увлечением беседовал о кино и со мной. Его беседы, его книги — вот мои важнейшие источники информации и вдохновения.

Кроме того, для дворовой публики я несколько раз умудрился показать кукольные спектакли собственного сочинения (и куклы, и декорации тоже изготавливал сам из подручных материалов). Позднее — выпускал рукописный журнал фантастики, а в тринадцать лет, во время летних каникул, написал со своим другом большой фантастический роман (правда, кроме нас с ним, никто эту толстую тетрадь-рукопись так и не увидел). В пятнадцать-шестнадцать (опять же — как обычно) прорвались стихи. Сейчас нашёл некоторые из них — на тему, близкую нашему разговору (что весьма странно, ведь написаны они почти полвека назад):

Убери вензеля и виньетки
и сними из углов образа.
Запах жизни — он мятный и едкий
и подчас разъедает глаза.
Ущипни себя за руку крепче
и живи — не загадывай даль.
Дни-икринки история мечет
в неразысканных дальних прудах.
Проживи, всё потом объяснится
в биографии, в памяти граф:

> недовыдуманные ресницы
> и концы недописанных глав.
> Вытри белой резинкой виньетки
> так, как ветер туманы слизал.
> Запах жизни — он мятный, но едкий
> и подчас разъедает глаза.

Так и произошло: мечтал о Литинституте, но родители были категорически против («не поступишь из-за пятой графы!»), пришлось стать инженером.

Можно ещё долго рассказывать о том, как увлечение литературным творчеством продолжалось в самых различных формах: писал стихи к песням собственного сочинения (их исполняла созданная мной фолк-рок-группа, получившая в 80-х на Украине звание «Народный»), сценарии к концертным программам этого же коллектива, сценарии телепередач и статьи в газеты. А опубликовать первые рассказы решился только в начале 2000-х, уже в Чикаго. И тоже — типичная история: тяжело заболел, пришлось долго лежать в постели, почти не мог ходить. Чтобы отвлечь меня от дурных мыслей, жена сказала: «А почему бы тебе не записать какую-нибудь из твоих историй?» Записал…

ЕЦ: *Есть ли литературная традиция, которая важна для Вас в прозе?*

СК: Критики находили в моих вещах сходство с рассказами Довлатова и Шолом-Алейхема. Очень приятные сравнения, но, конечно, это был просто обман зрения. А нравятся, нет, лучше сказать — люблю: рассказы Бунина, Чехова, Моэма, Набокова. Учусь ли у них? Помните маленький шедевр Бунина «В одной знакомой улице» из «Тёмных аллей»? Я перечитывал его (и перечитываю) десятки раз.

ЕЦ: *Пять лет назад Вы создали своё издательство, которое выпустило уже немало книг. Среди авторов — прозаики и поэты нашей эмиграции. Что это для Вас — хобби, заработок?*

СК: Сначала это было просто желание переиздать собственную книгу рассказов — да так, чтобы иметь к ней доступ. Дело в том, что эту книгу, «Тридцать минут до центра Чикаго», первоначально выпустили в Москве. Но точно понять, где, как и в каком количестве она реализуется, оказалось почти невыполнимой задачей. А уж тем более приобрести десяток-другой экземпляров для себя по разумной цене, чтобы подарить знакомым, устроить авторский вечер. А так как я по одной из своих профессий программист, то постарался освоить процесс книгоиздания с помощью онлайн-сервиса компании «Амазон». Результат превзошёл ожидания: книга выглядела совершенно профессионально, сразу же оказалась в продаже на сайтах «Амазона» по всему миру, приобрести её очень легко, а для автора — совсем недорого.

Потом я сделал пару книг по просьбе друзей… и, в конечном итоге, занялся этим бизнесом уже всерьёз. Удалось привлечь замечательных молодых профессионалов: редактора, дизайнера, нескольких художников.

Словом, издание книг для меня — это и хобби, и бизнес. И «философия»: таким способом борюсь с мировой энтропией… А что? Правда! Это ж удовольствие: видеть, ощущать, как строчки рукописей, частенько неухоженные, с ошибками, опечатками, превращаются в достойную книжку в тщательно продуманной нами обложке!

ЕЦ: *Одна из опасностей, которая очевидно угрожает современной литературе, — графоманы. Конечно, они существовали во все времена. Но сейчас, как Вы подтвердили, книгу издать совсем легко. И недорого. Да и некоторые журналы гостеприимно*

*предлагают автору опубликовать его опусы… за деньги. Как огра-
дить литературу от графоманов? А может быть, на них просто
не надо обращать внимания?*

СК: Не вижу здесь большой беды. Знаю: оградить нико-
го ни от чего не удаётся. А то, что никому не нужно, никуда и
не пойдёт. При том способе печати, что мы сейчас практикуем
(он называется «print-on-demand», то есть «книга по требова-
нию»), книги уже не печатаются массовыми тиражами, не тра-
тится зря бумага, не гибнут рощи деревьев. А если, к примеру,
человеку хочется увидеть свои мемуары в виде книжки — пусть
порадуется, дадим ему такую возможность. Плохая литература
сгинет сама по себе. Есть другая проблема: хорошая литерату-
ра мало кому теперь нужна, и вот это — огромная беда! Но тут,
как говорится, уже совсем другая история.

ЕЦ: *Любимый литературный жанр, в котором Вы работа-
ете, рассказ. Чем он дорог Вам?*

СК: Кто-то знаменитый сказал: написать роман легче, чем
хороший рассказ. Абсолютная правда. Каждый мой рассказ,
даже крошечный, — несколько месяцев жизни. Каждый рас-
сказ — это целый мир со своими отдельными стилем, слогом,
темпом, музыкой, шумами и запахами. Нужно в тесном про-
странстве нескольких страниц уместить всё это, не говоря уже
о самой истории. И мне важно, чтобы читатель не остался рав-
нодушным к этому созданному мной миру. Пусть ему не понра-
вится, пусть поёжится, покривится, усомнится или заплачет —
лишь бы не отложил в сторону.

У меня был такой, можно сказать, мистический случай. По-
сле публикации моего рассказа «Заноза» в русской газете во
Флориде редактор сообщил мне: один из читателей очень хо-
чет со мной связаться. Я разрешил дать этому человеку мой

электронный адрес — и ко мне пришло поразительное письмо. Автор писал, что, не будучи постоянным читателем газеты, взял её в руки только для того, чтобы немного развлечься во время какого-то затянувшегося ожидания, и случайно открыл на странице, где был напечатан мой рассказ. Бегло просмотрев несколько абзацев, он неожиданно заинтересовался, стал читать внимательнее. В герое рассказа он узнал парня, с которым познакомился в детстве, хотя имя героя было мной изменено. Трагедия, описанная в рассказе, действительно случилась в реальной жизни в середине 70-х: её герой, мой близкий друг — умный, спортивный, тонкий, необычайно обаятельный молодой человек — умер в возрасте двадцати лет от тяжёлой болезни. Так вот, тот человек, что написал мне письмо из Флориды, был ещё восьмилетним мальчиком, когда познакомился с моим другом в больнице. Они пролежали в одной палате недолго — мама мальчика была рентгенологом и договорилась, чтобы сына обследовали во взрослой больнице, где она работала (советские времена!). Мой друг был смертельно болен, однако за несколько дней сумел произвести на ребёнка такое впечатление, что тот запомнил его навсегда. Парень рисовал незамысловатые, но смешные рисунки (которые мальчик сохранил и, став взрослым, привёз с собой в эмиграцию, в Америку), рассказывал много интересного. Потом мальчик узнал, что мой друг через полгода после их встречи умер, ему сказала об этом мама.

Прочитав письмо, я позвонил этому человеку и выслушал его историю ещё раз — более подробно. Меня, без преувеличения, била мелкая дрожь: после ухода моего друга из нашего мира прошло сорок лет, но, кажется, я вернулся в то время. Я спросил, как он узнал запомнившегося парня в герое моего рассказа, ведь там многое изменено. Не раздумывая, он ответил: «Я сразу понял, что это о нём. Вы передали не только ситуацию, но что-то неуловимое — суть человека» … Вот чем мне дорог жанр рассказа.